T0153724

Historias de esperanza

HEATHER MORRIS

HISTORIAS DE ESPERANZA

Encontrar inspiración en vidas cotidianas

Traducción de Aleix Montoto

Obra editada en colaboración con Editorial Planeta – España

Título original: *Stories of Hope*

Bajo el sello editorial PLANETA M.R.
Avenida Presidente Masarik núm. 111,
Piso 2, Polanco V Sección, Miguel Hidalgo
C.P. 11560, Ciudad de México
www.planetadelibros.com.mx

Primera edición impresa en España: febrero de 2023
ISBN: 978-84-670-6882-5

Primera edición en formato epub en México: abril de 2023
ISBN: 978-607-07-9912-9

Primera edición impresa en México: abril de 2023
ISBN: 978-607-07-9870-2

Impreso en los talleres de Litográfica Ingramex, S.A. de C.V.
Centeno núm. 162-1, colonia Granjas Esmeralda, Ciudad de México
Impreso en México – *Printed in Mexico*

A Christopher Charles Berry, mi bisabuelo, la persona que me enseñó a escuchar. A los servicios de emergencias de todo el mundo que luchan valientemente para mantenernos a salvo, proporcionándonos durante esta pandemia la esperanza de un futuro mejor y más promisorio. Al personal, los pacientes y los familiares de estos con los que tuve el honor de trabajar y relacionarme durante el tiempo que trabajé en el Centro Médico Monash de Melbourne. Me enseñaron a preocuparme por los demás.

Introducción

1 de enero de 2020. Amanecía un nuevo día, un nuevo año, una nueva década. Existía la sensación de que, individual y colectivamente, como comunidad global, sería un «buen año». En palabras de Lale Sokolov, mi querido amigo y el hombre cuya extraordinaria historia conté en *El tatuador de Auschwitz:* «Si uno se despierta por la mañana, ya es un buen día». Se anunciaban propósitos, tanto nuevos como repetidos de años anteriores; quizá se susurraban a las personas más cercanas y queridas. Suele decirse que si compartimos las esperanzas y los sueños que albergamos para el año entrante es más probable que se cumplan.

Los fuegos artificiales de la noche anterior, tanto si los vimos en vivo o por televisión, ya se habían apagado, las fiestas habían terminado, la gente lidiaba con su resaca de distintas formas. Yo vivo en Melbourne, en la costa este de Australia. Este año nuestras celebraciones fueron más moderadas y en muchos lugares no hubo siquiera fuegos artificiales. Formulamos de todos modos nuestros deseos, esperanzas y sueños, pero estos también fueron más modestos. Todos estábamos preocupados por los incendios forestales que habían comenzado una semana antes y a los que todavía faltaba mucho para tener bajo control. De hecho, empeoraron. Mucho.

A lo largo de las siguientes semanas multitud de pueblos fueron arrasados y la gente perdió sus vidas, sus casas y sus comunidades. El impacto en la flora y la fauna fue devastador. En todo el mundo se pudieron ver imágenes de cómo los dos símbolos más icónicos de Australia, los canguros y los koalas, encarnaban la idea de destrucción y desesperación. Nueva Zelanda, Canadá y Estados Unidos enviaron bomberos para ayudar en lo que rápidamente se había convertido en un desastre nacional. Tres no regresaron a casa con sus familias; murieron cuando su hidroavión se estrelló mientras colaboraban en la extinción de un incendio.

Famosos de todo el mundo hicieron considerables donaciones para ayudar a los afectados. Algunos niños pequeños renunciaron a sus vacaciones de verano para vender galletitas en las calles; lo que hiciera falta para ayudar a recaudar fondos. La familia real nos hizo saber que nos tenía presentes en sus pensamientos y oraciones. Artistas de todas partes vinieron a Australia y celebraron el mayor concierto en vivo jamás visto aquí. Millones y millones de dólares fueron entregados a los bomberos y a las organizaciones benéficas encargadas de ayudar a aquellos que hubieran sufrido las consecuencias.

Durante varias semanas no solo pareció que nada podía detener este monstruoso incendio, sino que además otros más pequeños se le fueron uniendo, arremetiendo de las montañas al mar. Prepárate para lo peor, espera lo mejor. Todos rezamos por que lloviera. Y, finalmente, eso fue lo que sucedió. Los cielos se abrieron y estuvo lloviendo durante días, lo cual ayudó a extinguir muchos de los incendios. Las inundaciones que tuvieron lugar entonces en la tierra reseca, sin embargo, también causaron estragos al provocar aludes de barro en las zonas debilitadas por la pérdida de árboles, que actuaban como estabilizadores del terreno. Las inundaciones arrasaron pequeñas aldeas, acabaron con el ganado doméstico y destrozaron más hogares.

Los acontecimientos que tuvieron lugar en Australia en enero de 2020 encontraron eco en todo el mundo, no porque no pasen en otros lugares, sino porque, al encontrarse en el hemisferio sur, el verano australiano hizo que fuera el único país ardiendo al inicio de la nueva década. El hemisferio norte todavía estaba recuperándose de su propio verano infernal. Pero lo peor todavía estaba por venir. Fue durante estos extraños y desconcertantes momentos que escuchamos por primera vez la palabra *coronavirus*, o *covid-19*.

Desde entonces el mundo ha cambiado más allá de toda mesura, creencia o comprensión. Todos nos hemos visto obligados a afrontar una pandemia de proporciones desconocidas. La peor que haya experimentado nadie vivo hoy día. Este hecho ha incrementado los niveles de estrés individual y colectivo de un modo nunca visto. Pérdida de trabajos. Divorcios. Enfermedades de las que muchos pueden tardar mucho tiempo en recuperarse, si llegan a hacerlo alguna vez. Muerte. Con los medios de comunicación modernos, tanto convencionales como sociales, pocas tragedias han pasado desapercibidas. Ahí están, las veinticuatro horas del día, los siete días de la semana, mientras nosotros apartamos la mirada y luego volvemos a ellas; tal es nuestra necesidad de conocer el desarrollo de los desastres. Hemos aunado esfuerzos, pero, lamentablemente, también nos hemos alejado. Acurrucarse en posición fetal puede que sea el único modo mediante el que algunos podemos protegernos del dolor que sentimos a causa de nuestro sufrimiento emocional, físico o económico.

Hemos intentado cuidar los unos de los otros. Después de todo, en cierto modo somos animales gregarios y nos sentimos atraídos por la conexión y el contacto humanos. Hemos buscado la alegría en nuestra nueva cotidianeidad. La sonrisa de un niño, ajeno al dolor de la supervivencia, puede suponer un gran alivio durante un bajón emocional. La necesidad de salir de la cama y alimentar a una mascota fue para muchos de nosotros aquello que nos permitió superar el día a día. El aislamiento puede tener un efecto devastador en muchos de nosotros, y lo tuvo. ¿Dónde está mi grupo? ¿Dónde está mi tribu? Recuerda esto: están ahí, como tú, esperando el día en que podamos decir: «Hemos superado esto juntos. Somos más fuertes». La ola de memes recordándonos que nuestros abuelos lucharon en una guerra mientras que a nosotros solo se nos pide que permanezcamos sentados en el sofá y veamos Netflix no hace sino ridiculizar el auténtico trauma que supone para mucha gente el hecho de verse obligada a aislarse. Como Lale siempre me decía: «Lo único que hay que hacer es despertarse por la mañana». Puede que ahora se nos esté pidiendo que nos despertemos en más de un sentido.

¿Podría ser que nuestro planeta nos estuviera diciendo que bajemos el ritmo? ¿Acaso no lleva décadas pidiéndonos a gritos que lo cuidemos mejor? ¿Cuántas advertencias ha de darnos antes de que comencemos a escucharlo? Muchos ya lo hicieron. Prácticamente en todos los países está teniendo lugar una batalla que ha cobrado fuerza en el último par de años entre gobiernos y científicos acerca del impacto del cambio climático. Muchos activistas asombrosos e inspiradores, tanto jóvenes como mayores, están apoyando la causa, diciéndoles a quienes ostentan el poder, diciéndonos a todos nosotros, que ha llegado el momento de callar y prestar atención a lo que el planeta nos está pidiendo.

El covid-19 es un enemigo común que no hace distinciones por motivos de religión, política, orientación sexual, raza o edad, y sus efectos están haciéndose notar en todo el mundo. Y, sin embargo, los cambios que estamos llevando a cabo ante la amenaza de este nuevo y desconocido enemigo están teniendo beneficios inesperados y positivos. Tras unas pocas semanas de esta crisis aparecieron informes según los cuales el aire se había vuelto más limpio y se habían reducido los niveles de polución tanto en China como en muchas ciudades europeas. Al vernos obligados a recluirnos en nuestras casas, los cielos se habían vuelto más claros y los ríos más limpios. Podíamos ver fuera lo que nos esperaba.

Mientras escribo estas líneas echo un vistazo a la calle a través de mi ventana. Hoy no veo coches y camionetas, sino personas. Hombres y mujeres, de todas las edades, solos, juntos, muchos con niños, y todavía más acompañados por perros. Pasean por la calle, hablan; lo noto. Escuchan. Sus perros ladran a otros perros que permanecen escondidos detrás de las verjas, pero que aun así hacen notar su presencia. Manteniendo la distancia social necesaria, la gente se saluda. Muchos se detienen y conversan brevemente. ¿Qué me indican estas interacciones? Por primera vez hasta donde alcanza mi memoria tenemos un propósito común. Un enemigo común que derrotaremos poniendo todos de nuestra parte.

En el momento álgido del confinamiento vi como una camioneta se estacionaba delante de una casa cercana y una joven agarraba una caja repleta de alimentos de la parte trasera del vehículo. Sonreí ante la imagen hollywoodiense de la punta de una *baguette* que sobresalía de la parte superior de la caja. Vi como la joven llamaba a la puerta, dejaba la caja en el vestíbulo y retrocedía un paso. La anciana que vivía en la casa debió de verla llegar, pues la puerta se abrió de inmediato. Oí como decía «gracias, gracias» una y otra vez. Percibí la emoción de su tono de voz. Si yo hubiera tenido que decir algo en ese momento, me habría costado mucho. Con una gran sonrisa y tras decir «De nada, volveré en un par de días», la chica regresó alegremente a la camioneta.

Al reflexionar sobre esta escena me encuentro a mí misma pensando no solo en la anciana, sino también en la chica. ¿Estaba de voluntaria porque había perdido su trabajo? ¿Se trataba de una estudiante universitaria obligada a interrumpir sus estudios? ¿De dónde salieron los alimentos que repartía? ¿Fueron sido donados o los pagó ella misma?

Nunca podemos saber qué sucede en la vida de otras personas aparte de nuestros familiares o amigos. ¿Qué empuja a alguien a llevar a cabo actos de compasión y generosidad? ¿O qué le hace portarse mal, atacar o incluso abusar de las personas que intentan ayudarlo? Trabajando en un hospital, vi esta reacción muchas veces. Mi hija y mi yerno, ambos agentes de policía, la ven muchas veces. De nuevo me recuerdo a mí misma que no se deben juzgar los actos de alguien hasta haberse puesto en su lugar. A mediados de año el brutal asesinato de George Floyd cometido por un agente de policía en Estados Unidos desató en todo el mundo una oleada de indignación y la exigencia de que se reconociera que la vida de los negros importa. Recuerdo las palabras que me dijo Lale: «No importa de qué color es tu piel, ni tu religión, tu raza o tu orientación sexual. Todos sangramos por igual». Y tenía razón. Todos somos seres humanos.

Ahora mismo resulta difícil ofrecer nuestros servicios como voluntarios a causa de la necesidad de mantener la distancia entre nosotros. Muchos quieren o incluso necesitan ofrecer su ayuda en lo que puedan. Para la gente que vive sola el aislamiento resulta particularmente duro y lo seguirá siendo mientras la joven que vi no pueda entrar en la casa de la anciana, ayudarla a guardar los alimentos de la caja y quizá incluso tomar una taza de té y conversar con ella. El veto al contacto íntimo resulta particularmente duro: la gente necesita contacto físico, un abrazo o un beso de un amigo, un familiar o un nieto.

Todos tuvimos que dar un paso atrás y permanecer callados durante el tiempo que tardamos en adaptarnos al impacto del covid-19. El desempleo y las dificultades asociadas son un importante problema en todos los países. Es posible que algunas carreras profesionales desaparezcan definitivamente, y se tuvieron que encontrar nuevas formas de estudiar y trabajar. El impacto en nuestras familias fue inmenso, como sabemos por la Gran Depresión. Sin embargo, ahora también sabemos que podemos adaptarnos, que podemos buscar una nueva forma de vivir. Tal vez las cosas no sean igual que antes, quizá sean mejores. Durante un tiempo nuestra perspectiva global se redujo a la comunidad y al vecindario en el que vivimos. Eso no tiene por qué haber sido algo malo. A medida que fuimos reconectando y compartiendo nuestras historias individuales sobre cómo lidiamos con la pandemia de 2020, escuchamos, aprendimos, reímos y lloramos. Es un mundo nuevo y en muchos aspectos más oscuro, pero tal vez también mejor. Tuvimos que aceptar lo sucedido, evitar la nostalgia por el pasado y estar abiertos al inevitable cambio que vino.

Sí, la industria retomó su actividad en cuanto la peligrosidad del covid-19 menguó y hemos necesitado personas inteligentes trabajando en pos del bien general para asegurarnos de que eso suceda. Sin embargo, ¿acaso es posible que, al respirar un aire más limpio, no nos preguntemos si nuestras industrias no pueden hacerlo mejor ante el futuro y exigirles que reduzcan sus emisiones con el propósito de eliminarlas por completo? Si somos suficientemente inteligentes para luchar contra el covid-19, también podemos serlo para aprovechar esta oportunidad y tratar de conseguir un planeta más limpio. El alcance del vínculo entre el covid-19 y el cambio climático es más claro, y en un espacio de tiempo muy corto hemos abierto los ojos en cuanto a la rapidez con la que podemos conseguir un medioambiente más limpio y seguro. Quizá ha llegado el momento de parar y escuchar lo que el planeta está diciéndonos. Puede ser reparado, pero no puede hacerlo solo: los que lo habitamos debemos trabajar con él. Debemos escuchar a nuestro planeta.

Historias de esperanza explora el acto de escuchar; cómo mediante el hecho de escuchar a los demás podemos encontrar inspiración en las vidas cotidianas de aquellos que nos rodean.

El día que conocí a Lale Sokolov, unas pocas semanas después de la muerte de su esposa, este me dijo que esperaba poder seguir vivo el tiempo suficiente para poder contarme su historia. Cada vez que llamaba a su puerta me decía que no quería estar conmigo, sino con Gita. Esto era lo que me decía cada día hasta el día en que finalmente me dijo que esperaba poder vivir el tiempo que le llevara a él hablar y a mí escuchar para que yo pudiera escribir su historia.

Yo carecía de cualificación para ello. Lo que sí poseía, aunque en ese momento no era consciente de ello, era mi capacidad para escuchar. Escuchar de un modo verdadero y activo. Acudía a diario a trabajar al departamento de trabajo social de un gran hospital de Melbourne. Ahí trataba con pacientes, familiares, cuidadores y otros profesionales del hospital: ellos hablaban y yo escuchaba. A menudo no sabían qué decir, o cómo decir lo que estaban pensando o sintiendo (sí, sintiendo más que pensando). No importaba. Permaneciendo callada, haciéndoles saber que no iba a marcharme a ningún sitio, que estaba ahí para escucharlos y ayudarlos si podía, solían encontrar palabras suficientes. Era un privilegio ser la persona con la que unos desconocidos decidían hablar y, ocasionalmente, ser asimismo alguien capaz de causar un impacto positivo en sus vidas en un momento trágico o traumático.

Ahora ese privilegio de escuchar historias lo obtengo gracias a los lectores de *El tatuador de Auschwitz* y *El viaje de Cilka.* No deja de impresionarme el torrente de emociones que la gente comparte conmigo y resulta conmovedor saber que las historias de Lale y Cecilia *Cilka* Klein han conectado con tantas personas, y que la lectura de sus historias ha tenido un profundo impacto en hombres y mujeres de todas las edades y todas partes del mundo y los ha ayudado en momentos difíciles de sus vidas. Espero sinceramente que, al escribirme y compartir conmigo la esperanza que sienten de levantarse al día siguiente (y al otro), yo siga teniendo un impacto positivo en sus vidas, por pequeño que sea. No suelo ver o tocar a mis lectores, pero a menudo les pongo rostro y trato de imaginar cómo deben de ser ellos y el entorno que me describen. Al leer las cartas que me envían, también los escucho.

He llegado a la conclusión de que escuchar es un arte y espero que, con la lectura de este libro, tú también decidas practicarlo de un modo más activo. Puedo prometerte que, si lo haces, las historias que escucharás te transformarán; y lo harán para mejor. Solo escuchando las historias de los demás podemos empatizar con ellos, darles una voz, proporcionarles la esperanza de que son importantes para alguien. Debemos recibir con compasión la valentía que demuestran al sincerarse y compartir su vulnerabilidad, y por eso debemos animarlos a que no dejen de hacerlo.

En estas páginas compartiré lo que supuso para mí escuchar a mi querido bisabuelo y la sabiduría y la diversión que se puede obtener escuchando a nuestros mayores. También hablaré de la importancia de escuchar a los niños. Soy madre y abuela y, si bien no puedo jactarme de haber sido la progenitora perfecta (algo en lo que mis hijos estarán de acuerdo), sí creo haber aprendido una o dos cosas escuchando a mis hijos y reconociendo la validez de sus pensamientos y sentimientos, por más insignificantes o triviales que pudieran parecer en el momento. Compartiré más historias del tiempo que pasé con Lale y lo que escuchar a alguien tan especial me ha enseñado, así como lo que he aprendido de muchos otros que encontraron el valor de contarme historias de periodos de sus vidas profundamente personales y emocionales. También compartiré la lección que más me ha costado asimilar: que por encima de todo es necesario escucharse a uno mismo.

En este libro quiero ofrecer algunas ideas sobre cómo escuchar de forma activa. Si uno escucha y aprende, puede que se encuentre en la posición de ofrecerles esperanza a otros. No hay principio ni tampoco final en el círculo de aceptar y compartir estas historias. No son propiedad de nadie y ninguna experiencia vital está por encima de otra. Todas son exclusivas del individuo que las ha vivido, pero al escucharlas todos podemos aprender algo, ser un poco más compasivos y comprensivos y enriquecer nuestras propias vidas a través de lo que otros tienen que contar sobre las suyas.

Más allá de la experiencia de toda una vida, no tengo ninguna licencia para aconsejar a nadie sobre cómo vivir su vida o qué camino tomar cuando se encuentra con más de uno. Tampoco suscribo ninguna fe ni religión. Lo único que puedo ofrecer son las lecciones aprendidas gracias a la buena suerte que he tenido de encontrar a otros dispuestos a contarme sus historias. Y a mi voluntad de escucharlas. ¿Sencillo? Sí, lo es. Inténtalo.

1

Escuchar la sabiduría de nuestros mayores

> Escucha los consejos de tus mayores no porque siempre tengan razón, sino porque tienen más experiencia equivocándose.

Chiquilla. Me llamaba «chiquilla». Era mi bisabuelo y me enseñó a escuchar. No solo a él y a otros humanos, sino también los sonidos que nos rodean: animales, pájaros, máquinas… o simplemente nada. A veces, en la vida no hay nada más dulce que el sonido del silencio. Si uno le presta atención es posible que pueda sentirse más centrado, descansado y cómodo con la persona que es y con el lugar en el que se encuentra en ese momento. Algunos a esto lo llaman «meditación» o, más recientemente, «conciencia plena».

Crecí en la Nueva Zelanda rural rodeada por mi familia, lo cual puede ser tanto bueno como malo, según se mire, pero en cualquier caso era mi realidad, mi educación, y lo único que conocía. Mis bisabuelos vivían a dos huertas de la casa que compartía con mis padres y mis cuatro hermanos. Yo nací en segundo lugar, dos años y dos días después de mi hermano mayor. A los tres chicos que me siguieron los consideraba una molestia que prefería ignorar. Pirongia, el lugar en el que vivía, no puede considerarse un pueblo, ni siquiera una aldea. La montaña que daba nombre a la zona dominaba el paisaje, y sus laderas, bosques, ríos y arroyos eran mi patio trasero. Era el lugar al que acudía a evadirme, a menudo con mi hermano mayor. Se trataba de una zona lechera y las vacas regían nuestras vidas. El ordeño dos veces al día, los partos: todo lo bovino era parte de nuestro ADN. Siguen siendo mi animal favorito. Éramos autosuficientes en lo que respecta a todos los grupos alimentarios, y lo que no cultivábamos nosotros lo cultivaba un vecino e intercambiábamos productos. También intercambiábamos trabajos. Algunos de mis mejores recuerdos consisten en estar en casa de un vecino mientras mi padre y otros lugareños se juntaban para empacar heno, plantar o, en general, ayudar en lo que fuera necesario.

Cuando años más tarde vi la película *Único testigo*, una historia ambientada en una comunidad amish de Estados Unidos, recordé mi infancia. Era igual. Vecinos ayudando a vecinos, aunque sin las afiliaciones religiosas. Nunca me importó que cada vez que tenía vacaciones escolares me enviaran a casa de algún pariente para ayudarlo en la granja. Tenía un tío y una tía que vivían a unas dos horas, regentaban un rancho de ovejas y tenían cinco hijas. Aquí el género no significaba nada y las niñas hacían su parte con los hombres. Arreábamos a caballo las ovejas desperdigadas en miles de hectáreas, las conducíamos a la manga para remojarlas (empaparlas de antiparásitos) y luego a los rediles para esquilarlas.

Mi otra evasión era la escuela. Con solo cuatro aulas y menos de cincuenta alumnos en seis cursos, el número de amigos era limitado y el género tampoco importaba a la hora de hacer amistades. Como la mayoría de los niños acudía a la escuela en autobús, jugar con amigos después de clase no era una opción. Mis hermanos y yo íbamos a pie: ningún autobús pasaba cerca de casa. La alegría de caminar en invierno, cuando los charcos que había a lo largo de la maltrecha carretera estaban cubiertos de hielo, me proporcionaba un inmenso placer. Solía usar el talón de los zapatos para hacer añicos el hielo, lo cual suponía pasarme el resto del día con los zapatos y los calcetines mojados.

Los hombres eran hombres. Las mujeres eran, bueno, mujeres, pero no el tipo de mujer que yo quería ser cuando fuera mayor. No hay nada de malo en ser ama de casa si eso es lo que se quiere. Sin embargo, en las décadas de los sesenta y los setenta, mujeres como mi madre, mis tías y otras lugareñas que conocía no hacían más que quejarse de su destino en la vida. Envidiaban a los hombres, aunque yo no sabía por qué:

ellos trabajaban todas las horas del día y la noche y parecían tan tristes e insatisfechos como las mujeres. La única diferencia que recuerdo era que los hombres no se molestaban en quejarse. Repito que vivía en la Nueva Zelanda rural; ignoro cuál era la situación de las mujeres neozelandesas de los pueblos grandes o las ciudades.

Estoy muy orgullosa de Nueva Zelanda. Fue el primer país del mundo en permitir el voto femenino y tres mujeres han ocupado el cargo de primera ministra desde 1997, lo cual es un logro magnífico. *Dame* Jenny Shipley y Helen Clark marcaron el camino de la actual ocupante del cargo, Jacinda Ardern. Esta personifica todo lo que requiere un líder, particularmente en un momento como el que todos vivimos bajo la pandemia del covid-19. Su compasión, su empatía y el modo en que escucha a la gente de su país la convierte en la envidia de muchas otras naciones: es alguien a quien se ve, a quien se oye y que escucha a los demás.

«Los niños deben portarse bien y estar calladitos.» Este es el trasfondo de mi infancia. Salvo por una persona: mi bisabuelo. Lamentablemente, en retrospectiva, ningún otro miembro de la familia quería saber nada de los niños y, desde luego, nadie quería escuchar nada de lo que tuviéramos que decir; nunca se tomaban mucho tiempo para hablar con nosotros, al menos no al nivel de impartir consejos o sabiduría. Salvo mi bisabuelo; y si lo encontraba a solas y estaba de humor, ocasionalmente también mi tranquilo y considerado padre.

Luego estaba mi madre. Dicen que todas las relaciones entre madre e hija son complicadas. La mía la describiría como casi inexistente. Más allá de decirme que hiciera algo, rara vez hablaba conmigo. El afecto brillaba por su ausencia y yo me resistía a limpiar lo que ensuciaban mis hermanos y prepararles el almuerzo para la escuela. Había que hacer las tareas domésticas y hacerlas sin quejarse. Mi madre seguía los pasos de su madre viuda, mi abuela, que vivía justo enfrente, al otro lado de una pequeña carretera. Primos, tíos y tías tampoco vivían lejos. Los demás parientes estaban repartidos en la pequeña aldea.

Desde que tenía unos diez años debía pasar por casa de mis bisabuelos al volver de la escuela para ver si necesitaban algo. Para entonces mi madre ya habría estado en su casa para dejarles la cena hecha. Siempre encontraba dentro a mi bisabuela, entreteniéndose en la cocina o más adelante, cuando su salud se deterioró, en cama. Nunca tenía mucho que decirme. Me miraba con expresión de lástima, algo que también hacían mi abuela y mi madre. Era una niña. Mi madre me había dicho muchas veces que lamentaba haberme tenido y que, siendo niña, estaba condenada a una vida de duro trabajo y libertad limitada. Mis hermanos eran los afortunados que podrían explorar el mundo y contarían con oportunidades vetadas para mí.

De adolescente recuerdo a mi madre haciendo comentarios sobre uno o dos chicos con los que pensaba que debía pasar más tiempo. Yo no entendía a qué se refería, ya los veía tanto como quería. Me parecía bien pasar algún rato con ellos, pero no todos los días. Una vez me dijo que iría a cenar a casa de un vecino. Ocasionalmente, cuando los hombres estaban trabajando en la granja de un vecino, nos reuníamos todos ahí y las familias compartían una comida, pero que me dijeran que debía ir yo sola a cenar a casa de un vecino era algo inusual. Cuando le pregunté la razón me contestó que así podría pasar algo de tiempo con uno de los hijos y conocer mejor a la familia. Yo la conocía de toda la vida, ¿qué más debía saber sobre ellos? Pero me dijo que debía ir y punto. Le pregunté a mi hermano mayor, que era buen amigo del chico, si sabía de qué iba todo eso. Mi hermano, que no era de los que se callan las cosas, me contó que nuestras madres habían considerado que el chico y yo debíamos tratarnos más y que sería una buena opción para nuestras familias que nos casáramos. Así pues, hice lo que me decían y fui a cenar con la familia del chico. Su madre cocinaba mejor que la mía.

Al cabo de un año, tan pronto como hube ahorrado dinero suficiente, me fui a Australia. Todavía no había cumplido los dieciocho años. Hasta que no me casé y, posteriormente, le di un nieto, mi madre no volvió a figurar en mi vida. A ello contribuyó el hecho de que yo viviera en otro país. Incluso tras proporcionarle dos nietos más, obtener un grado universitario después de iniciar los estudios con más de veintiún años y conseguir un buen trabajo, todavía se refería a mí en las cartas como señora (nombre de pila de mi marido) Morris. Entre nosotras jamás hubo una conversación emocional o personal. Retrospectivamente me doy cuenta de lo afortunada que fui de contar con una persona que hablara conmigo cuando era niña: Abu, mi bisabuelo.

Con independencia del tiempo que hiciera, solía encontrar a Abu sentado en un gran y cómodo sillón que habían puesto solo para él en la veranda trasera, con un pequeño taburete enfrente para los pies. A su lado estaba la silla de mi bisabuela, aunque rara vez la vi sentada en ella; puede que lo hiciera cuando yo estaba en la escuela.

Cuando yo salía a la veranda por la puerta de la cocina, el ruido que hacía la mosquitera al cerrarse le hacía volver la cabeza. Su rostro siempre se iluminaba cuando me veía y, con unas palmaditas en la silla de mi bisabuela, me indicaba que me sentara. Pasaban unos minutos hasta que comenzaba a hablar. Ambos permanecíamos un momento contemplando el patio trasero, con su enorme castaño a la derecha, un huerto a la izquierda y, pegado a este, el corral con la «vaca doméstica». Al fondo había varios cobertizos y el garaje, así como la verja y el sendero que cruzaba las dos huertas que me separaban de casa. Al lado del castaño un caqui amenazaba el dominio de su vecino. Con el cambio de color de las hojas, anuncio de la llegada del final del verano, el fruto del caqui alcanzaba su madurez. El caqui solo es comestible si se recoge cuando está tan maduro que da la impresión de estar pudriéndose; de otro modo le deja a uno de inmediato la boca completamente seca.

El caqui era la fruta favorita de mi bisabuela y Abu era el encargado de asegurarse de que no se quedara sin su ración. Por desgracia, las aves locales también tenían gran estima por dicho fruto. En cuanto los caquis llegaban a su madurez, Abu ataba estratégicamente unas cuerdas en sus ramas, en las que además había colgado un cencerro en un extremo. El otro extremo de las cuerdas, que recorrían toda la extensión del patio, unos cien metros, estaba atado al reposabrazos de su sillón. Solo puedo suponer que durante varias semanas debía permanecer ahí sentado todo el día, librando con los pájaros una batalla por los caquis. Siempre que me sentaba con él después de la escuela nuestra conversación estaba salpicada con el tintineo que hacían los cencerros cada vez que tiraba de su extremo de la cuerda cuando algún pájaro cercano apenas ralentizaba su vuelo. A menudo me dejaba hacerlo a mí y nos moríamos de risa cuando yo retrasaba el tirón hasta el último momento para que los pájaros se acercaran y, en cuanto cruzaban una línea invisible en el cielo, hacía que salieran desperdigados. Se trataba de un trabajo de auténtica precisión. Debo añadir que ningún pájaro sufrió daño alguno a causa de los caquis y que a mí me embargaba una gran felicidad cuando me sentaba junto a Abu.

Él era la única persona que me preguntaba: «¿Qué tal la escuela? ¿Ha valido la pena ir?». A menudo yo le contestaba: «No, hoy no he aprendido nada nuevo», tanto si lo había hecho como si no. No quería hablar de mi día, prefería escuchar la historia que él quisiera contarme. Al mismo tiempo, sin embargo, siempre me sentía agradecida por que me preguntara cómo me había ido en la escuela, pues me indicaba que se preocupaba por mí. Una vez sentada, yo permanecía inmóvil, conteniendo la respiración a la espera de que empezara a hablar y diera comienzo a la magia.

A menudo mis tardes con Abu consistían en una exposición. Él tenía preparado un objeto, algo sobre lo que quisiera hablarme. Por ejemplo, una bonita postal decorada con hojas doradas y la letra ya desvaída que había traído consigo de la guerra de los bóeres en Sudáfrica. O una lanza que, según me dijo, era zulú. Guiándome con las manos, un día me permitió agarrarla: su punta todavía estaba afilada y resultaba amenazadora. Yo me quedé impresionada por sostener algo conectado a la historia y a un lugar tan lejano del que me encontraba en ese momento, mientras que Abu permaneció callado con la mirada perdida en dirección al corral. Sostuve la lanza hasta que él se volvió hacia mí otra vez, sonrió y la agarró de nuevo. Cuando llegó el momento de contestar a mis preguntas de cómo y dónde la había conseguido, se limitó a responder que «fue una época terrible. La guerra es algo terrible».

Cuando se trataba de otros objetos relacionados con nuestra historia y nuestro pasado con los maoríes, se mostraba más hablador. Estos fueron obsequios, de modo que no le importaba contarme cuándo se los habían regalado y quién lo había hecho. Yo era consciente del honor que suponía el hecho de que me permitiera sostener el precioso objeto del que estaba hablando y lo examinaba con cuidado, volviéndolo hacia un lado y hacia el otro mientras él hablaba. Resultaba fascinante. Muchos de estos objetos fueron donados posteriormente al museo local y recuerdo verlos ya de adulta con una pequeña tarjeta de cartón al lado que indicaba que se trataba de un préstamo de su familia; es decir, de mí: yo era su familia.

Nadie más en nuestra familia me confiaba nada que fuera valioso. Cuando la salud de mi bisabuela empeoró y tuvo que quedarse confinada en cama, yo solía pasarme por su casa de camino a la escuela y le leía los titulares del periódico local que había recibido el día anterior. En el tocador tenía varias joyas: uno o dos broches, algunos collares y, en una pequeña caja, un collar de perlas de doble vuelta. Cuando me ponía de pie tras haber estado sentada en el borde de la cama, solía pasar lentamente los dedos por encima antes de salir de la habitación. Ella no me quitaba los ojos de encima y siempre decía lo mismo: «No toques mis perlas», pero yo seguía haciéndolo todos los días. Era como un juego entre ambas. Cuando murió unos pocos años después, mi abuela me dio una caja y me dijo: «Ten, ella quería que tuvieras esto». Era el collar. Todavía lo tengo. Volví a ensartar las perlas y aún lo llevo.

Ahora sé que proporcionarles significado e importancia a los objetos físicos es algo intrínseco a nuestra cultura. Cuando somos pequeños un osito de peluche o una suave cobija se convierten en lo que los psicólogos llaman «objeto transicional»: una representación física de su cuidador, un objeto que transmite una sensación de seguridad al niño pequeño y que representa a esa persona cuando no está presente, permitiéndole al niño dormir solo o estar lejos de casa. Más adelante los objetos nos recuerdan poderosamente un lugar o una época. Pueden convertirse en recordatorios en extremo reconfortantes de experiencias positivas: de personas, lugares, recuerdos... Yo tengo el collar de perlas de mi bisabuela. Aunque no es a ella a quien me recuerda, sino a mi bisabuelo. En la gente mayor estos objetos se convierten en un puente al pasado. Con Abu era una forma de taquigrafía: me mostraba el objeto en silencio y yo ya sabía que iba a hablarme sobre él; no hacía falta que preguntara: «¿Quieres que te hable de la época en que...?». Y, por cómo era él y a causa de su timidez y retraimiento, yo sabía que no hacía falta que le insistiera ni que le preguntara por nada en particular; solo tenía que limitarme a seguir el hilo de su narración. Se trataba de objetos muy preciados, sacrosantos y, en algunos casos, estaban relacionados con algún hecho traumático, de modo que él debía sentirse preparado para hablarme de un objeto en concreto y yo no podía hacer otra cosa que esperar a que me enseñara aquellas cosas que me interesaban. Sabía instintivamente que debía esperar el momento en que él estuviera dispuesto a enseñármelas.

Todavía ahora recuerdo con claridad todos esos objetos. Había una azuela maorí de gran tamaño y hecha de jade (*toki* en el idioma maorí), así como una capa de plumas. Se los había obsequiado el jefe *kākahu* local. Pirongia, el lugar en el que vivíamos, se llamaba anteriormente Alexandra. Las guerras de Nueva Zelanda (el conflicto entre la Corona británica y los maoríes por la propiedad de la tierra) se libraron cerca. La relación entre los *pakeha* (los blancos) y los maoríes siguió siendo compleja durante décadas. Para Abu, sin embargo, no lo era: entabló amistad con las comunidades maoríes y vivía y trabajaba con ellas. El respeto era mutuo y fue instrumental en su comprensión y conexión con la cultura maorí, algo que compartió conmigo. Yo era una visitante frecuente y bienvenida del *marae** local, Mātakitaki Pā.

También había dos cartas que lord Kitchener había enviado desde Sudáfrica a los padres de Abu explicándoles que estaba cuidando de su hijo menor de edad, quien se encontraba en una guerra en la que no debería estar. Los padres de Abu, mis tatarabuelos, debieron de sentirse muy orgullosos al recibir estas cartas, aunque también aterrorizados por su hijo, en otro continente, un lugar del que debían de saber muy poco.

Yo permanecía sentada con estos preciados objetos en las manos y escuchaba a mi bisabuelo. Nunca decía nada a no ser que me preguntara algo. Cuando lo hacía, yo jamás tenía la sensación de que estuviera poniéndome a prueba, algo que sí me sucedía con los profesores o con mis padres («Demuéstrame que has estado escuchando»). Cuando Abu me preguntaba por qué razón pensaba yo que los ingleses habían estado luchando en Sudáfrica y yo le respondía «No lo sé, nada de lo que me has contado lo explica», él son-

* Lugar sagrado con función religiosa y social en las sociedades polinesias. *(N. del t.)*

reía, asentía y decía: «Eso es porque yo tampoco sé por qué estaba ahí». Una vez me dijo que esperaba que yo fuera capaz de desentrañarlo y decírselo. También le parecía extremadamente importante que comprendiera las batallas que libraron maoríes y británicos en el distrito en el que vivíamos. Y que los británicos no tenían ningún derecho a venir a este hermoso país y pensar que podían apropiarse de él. Se sentía orgulloso por el hecho de que los maoríes hubieran contraatacado para, tal y como él decía, enviar a esos desgraciados de vuelta a Inglaterra. Yo siempre tenía la sensación de que respetaba mis respuestas y jamás de los jamases me criticaba, se limitaba a asentir para indicarme que me había escuchado. ¿Por qué no iba yo a escucharlo a él?

Muchas veces, después de haberme contado una historia, se callaba y decía: «Quédate sentada conmigo y escucha». Así lo hacíamos y, al principio, yo pensaba que estábamos escuchando el silencio. Pero luego comenzaba a percibir los sonidos que nos rodeaban, tan familiares que ya casi no los oía: los pájaros, los perros de la granja ladrando en la distancia, a mi bisabuela haciendo ruido en la cocina con los platos y las cacerolas (y, a veces, maldiciendo para sí) o a Daisy, la vaca doméstica, bramando en su corral a la espera de que mi madre fuera a ordeñarla. Y luego estaban esos momentos maravillosos en los que realmente se hacía el silencio y solo oía el sonido de los latidos de mi corazón y la respiración pesada de mi bisabuelo.

En esas ocasiones yo levantaba la mirada hacia ese anciano corpulento y guapo y veía sus ojos cerrados y una sonrisa en su rostro. Su respiración era tranquila y constante. Yo entonces también cerraba los ojos para escuchar la nada y sentía que él y yo estábamos diciéndonos algo muy profundo. En ocasiones todavía más especiales, mientras permanecíamos con los ojos cerrados notaba su mano sobre la mía y podía sentir cómo la felicidad me embargaba por completo hasta que algo nos interrumpía, algún ruido que nos devolvía a ambos de vuelta de allá adonde hubiéramos ido, o mi bisabuela aparecía en el vestíbulo trasero y el hechizo se rompía. Inevitablemente ella me decía que me diera prisa en volver a casa. Yo me volvía entonces hacia Abu para comprobar cuál era su reacción. Esta variaba: a veces accedía con un «Vamos, chiquilla» y otras le decía a su esposa que regresara dentro porque todavía no habíamos terminado. Cuando sucedía esto me hacía sentir la persona más importante del mundo. Este anciano venerado y respetado, no solo en mi familia, sino también en la comunidad —había ejercido varios mandatos como alcalde de Pirongia—, quería estar conmigo.

Abu ponía fin al tiempo que pasábamos juntos cada día del mismo modo: diciéndome que la gente aprendería más si callara y escuchara. «Ahora vete, chiquilla. Mañana nos vemos.» Él sabía que volvería. No porque me sintiera obligada, sino porque quería pasar tiempo con él. Cuando estábamos de pie, su altura hacía que me sintiera enana. Su gran tamaño asustaba a mis hermanos pequeños. A mí, en cambio, me hacía sentir más protegida a su lado; era un auténtico gigante bonachón.

No éramos una familia afectuosa, de modo que nunca le di ningún beso o abrazo. Era él quien iniciaba los momentos en los que hubo algún contacto físico colocando una de sus manos sobre las mías.

De niña solía ir corriendo a todas partes, pero al marcharme de casa de Abu acostumbraba a caminar tan despacio como podía y recorría el jardín, cruzaba la verja y enfilaba el sendero que atravesaba las huertas lentamente, reacia a aceptar que el tiempo que pasábamos juntos cada día hubiera terminado y demorándome al máximo, a sabiendas de lo que me esperaba. Cuando me acercaba a casa, podía oír el ruido de mis hermanos peleando como niños que eran y de mi madre gritándoles fútilmente a medida que sus peleas iban a más. Aquí nadie escuchaba, no los unos a los otros, y desde luego no a mí. Mientras permaneciera fuera del campo de visión de mi madre, yo era invisible. Nunca me involucraba en las peleas diarias de mis hermanos. Dejaba la ventana de mi habitación un poco abierta para poder entrar a hurtadillas por ella sin tener que usar la puerta trasera de la cocina, donde mi madre parecía vivir. Podía contar con que, a la hora de la cena, mi hermano mayor asomaría la cabeza por la puerta de mi habitación para decirme que fuera a poner la mesa, una tarea reservada únicamente para mí. Recoger luego la mesa y lavar los platos también se consideraban tareas femeninas. Por lo general mi hermano mayor o mi padre me ayudaban con los platos. En la mesa no estaba permitido hablar a no ser que uno de nuestros padres nos hiciera una pregunta específica y, como he dicho, los niños sabíamos bien que no teníamos nada interesante que decir.

De hecho, escuchar era algo que en casa se censuraba abiertamente. Si alguna vez veía a mi madre hablando con otro miembro de la familia o algún amigo que estuviera de visita y se me ocurría detenerme, enseguida me acusaba de «husmear». Me decía que me marchara de inmediato, expulsándome antes de que siquiera hubiera tenido oportunidad de decir hola.

Siendo como era una niña inquisitiva que de forma instintiva comprendía el valor de las historias y de escuchar lo que otros tenían que decir, eso tenía el efecto contrario en mí. Yo quería saber de qué hablaban los adultos, lo quería saber todo. Tenía la sensación de que había cosas que no me estaba permitido escuchar, y eso todavía hacía que tuviera más ganas de averiguar en qué consistían. Sabía muy poco sobre mi propia familia y, sin embargo, estaba claro que había muchos secretos que circulaban entre susurros.

El día que escuché a mi madre y a mi abuela hablando sobre la muerte del padre de una amiga mía me quedé estupefacta. Mi amiga hacía dos días que no iba a la escuela, pero no nos habían dicho por qué. Yo no comprendía por qué no podía saber la razón y, así, consolarla. Pasaron semanas hasta que mi amiga regresó a la escuela y, cuando lo hizo, me dijo que tuvo que quedarse en casa ayudando a sus hermanos pequeños porque su madre no salía del dormitorio. A partir de entonces cada vez vino con menos frecuencia a la escuela. Cuando le pregunté a mi madre por qué pensaba ella que mi amiga no venía a clase me dijo que existían cosas más importantes que ir a la escuela cuando había gente que necesitaba cuidados, y que no era asunto mío. Conmigo nunca mencionó directamente la muerte del padre de mi amiga.

Un día caí en la cuenta de que eran las mujeres de la familia —mi madre, mi abuela, mis tías— quienes nunca me decían nada y nunca escuchaban nada de lo que yo tuviera que decir. Si bien mi padre no era tan hablador como mi bisabuelo, conmigo, su única hija, era muy buen escuchador. Si lo encontraba solo, de buen humor, al final del día, y especialmente si mi madre no andaba cerca, solíamos hablar.

Parecía sentir la necesidad de disculparse por la forma en la que me trataba mi madre e intentaba justificarlo explicándome lo duro que trabajaba criándonos a nosotros y que no quería que yo tuviera una vida como la suya. Yo no le encontraba ningún sentido a eso. Al igual que Abu, mi padre era un hombre bonachón y afable a quien nunca oí alzar la voz. Cuando podía, los fines de semana o durante las vacaciones escolares, procuraba pasar tiempo con mi hermano mayor y conmigo, llevándonos a pasear por los prados y contándonos algunas cosas sobre su vida en Escocia. Poseía una moral férrea y tenía muy claro lo que estaba bien y lo que estaba mal. Odiaba los chismes. Me sentí muy orgullosa de mi padre el día en que, asomada a la puerta de la cocina en la que mi madre y mi abuela estaban sentadas chismeando, vi cómo entraba en la estancia para servirse un vaso de leche y bebérselo mientras las dos mujeres ignoraban su presencia.

Solo estuvo ahí un minuto o dos, pero claramente no le gustó lo que estaba oyendo. Oí cómo le decía a mi abuela que ya había escuchado suficientes chismes insidiosos y que debía marcharse. Sintiéndose ofendida, mi abuela se acercó a él insultándolo y acusándolo de ser un intruso al que no se le había perdido nada ahí. Él contestó con tranquilidad que se fuera a casa. Mi abuela agarró entonces un plato y lo arrojó por encima de su cabeza. Él se limitó a decir: «Definitivamente, es hora de que se vaya».

Mi madre siguió a la suya al exterior sin dejar de disculparse y decir que su marido no lo decía en serio. Yo salí de mi habitación y le pregunté a mi padre si estaba bien. Él me dedicó una amplia sonrisa y me dijo que sí y que probablemente ella —mi abuela— hacía años que quería hacer eso. Juntos recogimos el plato roto.

Me dijo que era un forastero. Nadie en la familia lo escuchaba o buscaba su consejo. La familia de mi madre vivía en el pueblo y los alrededores desde hacía cinco generaciones. Mi padre, en cambio, había nacido en Escocia y se trasladó a Nueva Zelanda ya de adulto, y los lugareños no conocían a su familia. Había nacido en una familia muy extensa y era uno de los más pequeños de dieciséis hermanos. Estudió Medicina durante cuatro años antes de abandonar su pasión de ser doctor para servir en el ejército británico como médico durante la guerra. No me contó casi nada de la época que pasó en el ejército, salvo que se había sentido incapaz de regresar a la antigua vida que llevaba antes de alistarse, de modo que decidió venir a Nueva Zelanda. Trabajar la tierra era lo único que le proporcionaba placer. Así pues, creo que sentía que nunca había sido aceptado en la familia o la comunidad. Pero eso no parecía importarle.

Lamento sinceramente no haberle preguntado más sobre su familia. Sé algunas cosas, pero no mucho, la verdad. Todavía no había descubierto que, si uno quiere saber algo, primero debe preguntar; antes al contrario, en aquella época lo que aprendí era que en modo alguno debía preguntar nada, jamás. Esperaba que él me contara cosas, del mismo modo que lo hacía Abu. O quizá mi madre y su familia me habían disuadido tantas veces de hacer preguntas que pensaba que obtendría la misma respuesta de mi padre. Y quizá él no me contaba nada porque se acostumbró a que la familia que tenía alrededor estuviera muy poco interesada en las historias que pudiera contar. Lamento profundamente no haber hecho un mayor esfuerzo para conocer mejor a mi padre y conseguir que me contara más historias de su pasado, así como sus esperanzas y sus sueños. Él sabía que muchos días yo los pasaba con Abu y a menudo me preguntaba: «¿Cómo está hoy el viejo?», y yo entonces le contaba con detalle lo que había escuchado. Mi padre sabía lo mucho que me gustaba escuchar historias, o incluso la misma historia una y otra vez, y sin embargo nunca se ofreció a hacer lo mismo que Abu. También sabía que nunca le hablaba a mi madre del tiempo que pasaba con Abu. Para ella tan solo estaba cumpliendo con mi deber; ¡qué equivocada estaba!

Cuando años después comencé a trabajar en el departamento de trabajo social de un gran hospital me di cuenta de que me resultaba fácil escuchar a los pacientes, a sus familias y a los cuidadores. A menudo pensaba en Abu y en cómo la acción de escucharlo a él me había enseñado a hacerlo con los demás. Solo escuchando podía intentar ayudarlos. Con frecuencia, el mero hecho de que haya alguien prestando atención es suficiente y no hace falta mayor intervención. Por la forma en la que Abu me miraba puedo asegurar que el poder al fin compartir sus experiencias y que hubiera alguien que les prestara atención le proporcionaba consuelo y paz interior.

A tenor de lo que aconteció tras haber conocido y hablado con supervivientes del Holocausto, todos ya de una edad avanzada, solo ahora puedo reflexionar sobre la época en la que estuve escuchando a mi bisabuelo y unir los puntos: su edad avanzada y su necesidad de hablar con alguien que lo escuchara. Puede que yo fuera la persona adecuada en el momento adecuado de su vida. Para cuando mi padre alcanzó la misma edad yo ya estaba casada, tenía hijos y vivía en otro país. Se impone la pregunta: ¿encontraría a alguien con quien hablar, tal vez algún cuidador en el centro en el que vivió su último año?

A causa del éxito de mis novelas *El tatuador de Auschwitz* y *El viaje de Cilka* y el espantoso periodo histórico que relatan, tuve el privilegio de conocer a mucha gente que por desgracia había compartido las experiencias de Lale, Gita y Cilka. Por todo el mundo, en muchos países y muchos escenarios y eventos distintos, personas que sobrevivieron al Holocausto venían a escucharme y a pasar un pequeño rato —unos pocos minutos, a veces más— compartiendo conmigo las historias de sus vidas. Al final de estos eventos, a menudo me sorprendía a mí misma escuchando historias verdaderamente asombrosas sobre supervivencia, amor y esperanza. También recibo mensajes y cartas de personas de todo el mundo que, conmovidas por mis novelas, se ponen en contacto conmigo para compartir conmigo sus experiencias. Lo que me ha sorprendido y no deja de emocionarme es la cantidad de gente que me ha contactado con una historia que no está relacionada con el Holocausto. Se trata de supervivientes de enfermedades, de individuos que han vivido alguna muerte trágica en sus familias o sufrido en conflictos más recientes. Todos tienen una cosa en común: leyeron la historia de Lale y Gita y les transmitió esperanza. Esperanza de que también ellos pueden llegar a llevar una buena vida. Esperanza de que sus hijos y sus nietos podrán llevar asimismo una buena vida a causa —o a pesar— de su propio sufrimiento.

Siempre me impresiona la capacidad que tienen los hombres y las mujeres mayores para contarme breve y sucintamente una historia de una emoción y un dolor abrumadores y luego terminar diciendo: «Pero tuve una buena vida». Resulta reconfortante lo edificantes e inspiradoras que son estas personas «corrientes». Que hayan vivido a lo largo de nuestra historia —son nuestra historia viva— merece nuestro reconocimiento. No buscan nada a cambio. Solo alguien que los escuche, conozca su pasado y valide las decisiones que tomaron para estar aquí hoy. Ha sido para mí un regalo y un enorme privilegio escuchar estas historias. Ser capaz de convertir algunas de ellas en obras de ficción cambió mi vida por completo. Y creo que todo tiene su origen en el hecho de saber cómo escuchar.

Una tarde a principios de 2020 me encontré a mí misma en Israel, en la sala de una mujer de noventa y dos años, una superviviente de Auschwitz que conoció a Lale y a Gita. Cómo llegué a estar ahí es una historia que contaré más adelante en este mismo libro. Tras sentarnos, su hija leyó en voz alta, traduciendo del hebreo al inglés, el testimonio de su tía fallecida, hermana de la anciana. Esta es una de las tres hermanas cuya historia espero contar en mi próxima novela. A menudo pienso en las últimas palabras escritas en ese testimonio, propiedad privada de la familia. Esas últimas palabras son: «No nos juzguen».

Con excesiva frecuencia hay gente que se muestra crítica respecto a las decisiones que Lale tomó para sobrevivir al Holocausto. Sí, no siempre actuó con rectitud y, sí, sobrevivió en un lugar en el que muchos otros perecieron. Este es el sentimiento de culpa que acarrean todos los supervivientes del Holocausto. A menudo me veo obligada a morderme la lengua y limitarme a reconocer que tienen derecho a expresar su propia opinión mientras interiormente grito: «¡Tú no tienes derecho a juzgar a nadie! No estabas ahí, no puedes saber lo que era, no puedes imaginártelo aunque creas que sí, y no puedes decirme qué decisiones habrías tomado tú bajo las mismas circunstancias». Me apresuro a añadir que ninguna de estas personas que se muestran críticas con las decisiones de Lale, Gita y Cilka estuvo en los campos. Y, a menudo, aquello que reprochan ni siquiera se trató de una decisión o elección, simplemente estos fueron los afortunados a quienes se les presentó una oportunidad determinada o que tuvieron la suerte de ser objeto de un aleatorio y muy infrecuente acto de amabilidad.

En nuestra cultura moderna, obsesionada con la juventud, cuando una persona alcanza una determinada edad parece volverse invisible a no ser que sea una celebridad, y en este caso las mujeres famosas suelen ser criticadas y ridiculizadas. Tus abuelos, tus vecinos ancianos, el desconocido con el que te topas en la calle porque no lo has visto… Todos tienen historias que contar y sabiduría que transmitir. Si nos tomáramos el tiempo de escucharlos podrían enriquecer nuestras vidas en sumo grado. Nosotros (y ahora me incluyo a mí misma en las filas de los «invisibles») no queremos contarte cómo deberías vivir tu vida. No queremos advertirte acerca de los errores que hemos cometido en las nuestras para que tú no los cometas. Más bien al contrario. Necesitas cometer tus propios errores, así es como se aprende. Pero si te tomas el tiempo de escuchar el relato de la trayectoria vital y las experiencias de aquellos que tienes cerca puede que descubras cómo aprender más rápidamente de tus errores. Puede que aprendas algo acerca de aquellos que te rodean que resulte muy relevante o sea similar a una situación en la que te encuentras. Escuchar a la gente, escucharla de verdad, es algo tremendamente provechoso. De eso no tengo ninguna duda.

Una pandemia se ha extendido por todo el mundo. Una pandemia que está matando a mucha más gente anciana que joven. Se nos recomienda que mantengamos distancia social y que nos confinemos como muestra de respeto a nuestros familiares y amigos mayores, para mantenerlos a salvo. Una garganta dolorida o un resfriado en una persona joven pueden ser síntomas mortales en otra de más edad. Sin duda, la riqueza moral de un país debería ser medida por el modo en que trata a las personas que precisamente son quienes han construido sus comunidades. Resulta aleccionador leer acerca de la gran cantidad de personas que se han ofrecido voluntarias para asistir a aquellos que están aislados y carecen de medios para mantenerse y comprar por sí mismos. Esto incluye el grupo identificado como «ciudadanos de la tercera edad». Tengo constancia de muestras de una amabilidad tal que algunos ancianos han tenido que pedirles a los familiares y amigos que los están ayudando que bajen el ritmo: ¡no pueden comérselo todo!

Ser compasivo y ayudar a los ancianos es algo que difiere entre comunidades y culturas. Si bien yo le leía a mi bisabuela y me sentaba y escuchaba a mi bisabuelo, era mi madre quien se aseguraba de que tuvieran cada día la mejor comida que fuera capaz de preparar. Con cinco hijos y, a menudo, también trabajadores de la granja a los que alimentar, mi madre seguía la consigna de dar de comer primero a los animales, los ancianos y los bebés, y luego a los demás. Siempre me pareció gracioso que antepusiera los animales a los humanos.

El hecho de que Abu fuera querido y respetado no se debía únicamente a que fuera el miembro de nuestra familia de mayor edad. Todos sabíamos que de joven participó en la guerra. Todos los miembros de la familia que lucharon en la guerra (muchos de los cuales hicieron el mayor sacrificio posible y perdieron la vida) eran honrados y respetados en mi familia. Y nadie más que él.

Abu viajó de Nueva Zelanda a Sudáfrica para luchar en lo que ahora se conoce como la «segunda guerra bóer» (1899-1902) y que consistió fundamentalmente en una guerra de independencia: los estados bóeres (la Sudáfrica de hoy en día) querían liberarse del Imperio británico. Como había sucedido en otros conflictos, se daba por sentado que los jóvenes de las colonias debían alistarse y luchar en las filas del ejército británico. Abu no debería haber estado ahí. Era demasiado joven. Su hermano mayor quería alistarse y la madre de ambos le pidió a Abu que fuera (en caballo) de su casa a Auckland, un viaje de unos doscientos kilómetros, para hacerle compañía. Tardaron tres días en llegar. Y las dos noches del trayecto las durmieron en graneros. Al día siguiente comían y seguían su camino.

El criterio para pasar a formar parte del ejército británico (por aquel entonces Nueva Zelanda no tenía ejército propio) era saber cabalgar bien. Mi bisabuelo observó cómo su hermano recorría a caballo la distancia requerida para ser admitido en el ejército. Luego un oficial presente le indicó a él que hiciera lo mismo, de modo que lo hizo. Cabalgaba mejor que su hermano. Le pidieron que firmara en la línea de puntos y él así lo hizo. Acababa de alistarse para ir a la guerra. Un mes después los dos hermanos regresaron de Auckland y, con sus caballos (¡sí, había que llevar caballo propio!), embarcaron en un barco que se dirigía a Sudáfrica. Mi bisabuelo solo tenía dieciséis años. Su madre le imploró que no fuera. *Era una equivocación; era demasiado joven*. Al parecer, el padre le dijo a esta que dejara al chico «tomar sus propias decisiones». Abu me dijo que en modo alguno iba a permitir que su hermano James fuera el único que se divirtiera. Por supuesto, no era eso lo que en realidad quería decir; simplemente no quería que estuviera solo, sin familia, tan lejos de casa. Dejaban atrás cuatro hermanas y un hermano de trece meses, apenas un bebé.

Muy poco después de la llegada de Abu a Sudáfrica, el mariscal de campo Horatio Herbert Kitchener pasó revista a su unidad. Al ver a Abu en la formación le preguntó su edad y este admitió que solo tenía dieciséis años. Kitchener decidió que no entrara en combate y pasó a emplearlo como «asistente». A partir de entonces la función de Abu consistió en realizar para el mariscal tareas diversas y acompañarlo adondequiera que fuera. Kitchener escribió a la madre de Abu para decirle que cuidaría de su hijo y que se aseguraría de que regresara a casa sano y salvo. Mi tatarabuela recibió dos cartas del mariscal de campo que ahora se encuentran en un museo local. Yo tuve estas preciadas posesiones familiares en mis manos en varias ocasiones y pude leer la elegante letra en la que están escritas. Varios años después, cuando visité el museo, mi pecho se hinchió de orgullo al ver la colección de objetos (y estas cartas) con pequeñas tarjetas de cartón al lado que indicaban que procedían de mi familia. Y Kitchener cumplió la promesa de que mi bisabuelo regresara a casa sano y salvo. El hermano mayor de este también regresó a Nueva Zelanda.

Estas son las historias que Abu me contaba durante aquellas tardes en la veranda trasera. Cómo a los dieciséis años viajó con el mariscal de campo Kitchener por toda Sudáfrica y, gracias a ello, pasó tiempo entre distintas tribus africanas. Me habló asimismo de las campañas que libraron y me explicó que él sabía muchas cosas sobre ellas con antelación por el hecho de trabajar tan estrechamente con Kitchener. Esos preciados objetos que trajo consigo de vuelta y que me dejaba agarrar mientras me explicaba cómo los había conseguido también se encuentran ahora en un museo. Resultaría fácil hacer comentarios despreciativos sobre Kitchener y su papel en Sudáfrica. Muchos otros lo han hecho. Yo solo me siento agradecida por el hecho de que, gracias al celo que puso en cuidar de mi bisabuelo, yo llegara a nacer y haya podido vivir esta vida maravillosa, rica y gratificante. A veces es algo así de simple, ¿no? Dejando de lado la política y la historia, son los pequeños actos de humanidad los que resuenan durante generaciones.

Sé que mi bisabuelo nunca habló abiertamente sobre esta época con ninguna otra persona y que lo que me contó era nuestro secreto y yo no debía repetírselo a nadie. Solía explicarme que mi bisabuela no quería que hablara acerca de ello. ¿Te resulta familiar? Yo nunca le oí hablar sobre su vida con ningún otro miembro de la familia, ni individualmente ni en ninguna reunión familiar. A menudo reparaba en la intensa tristeza con la que me hablaba de la brutalidad de la guerra que presenció, en particular cuando se refería a los pueblos africanos.

En muchas ocasiones oí que miembros adultos de la familia comentaban lo gruñón o reservado que era Abu. A mí me daba la impresión de que, en realidad, eran ellos quienes en gran medida lo ignoraban y centraban toda la atención en mi bisabuela. Y si bien rara vez se mostró físicamente afectuoso conmigo ni, de hecho, con ninguna otra persona, siempre que lo veía (lo cual, durante muchos años, fue a diario) me saludaba con una cálida sonrisa, unas palmaditas en el brazo o, si había algún otro familiar cerca, un guiño. Toda la vida he sabido que para esta persona, para este hombre, yo era alguien especial. Creo que el mero hecho de que lo escuchara supuso una gran ayuda para él y, al mismo tiempo, Abu fue realmente importante para mí de niña. En una familia carente de afecto tanto emocional como físico, él resultó un gran consuelo (en una época, además, en la que más lo necesitaba).

En abril de 1971 dejé mi pequeño pueblo de Nueva Zelanda para labrarme un camino en la gran ciudad de Melbourne, en Australia. Antes de ir al aeropuerto fui a visitar a mi bisabuelo a la Residencia de Veteranos de Guerra de Auckland, en la que vivía desde hacía poco. Nos sentamos en una veranda con vistas a un jardín parecida a aquella en la que nos solíamos sentar cuando yo era niña. En esta ocasión fui yo quien más habló y le expliqué mi necesidad de desplegar las alas. Él me dijo que dejar el pueblo en el que me había criado y donde todo el mundo me conocía para encontrar mi propio lugar en este mundo era lo mejor que podía hacer. Murió cinco meses después, el 29 de septiembre. No regresé para su funeral. No necesitaba hacerlo. Él sabía lo que sentía por él. Preferí llorar su muerte a solas.

Mis nietos son muy pequeños. Lo único que necesitan oír de su abuela ahora es lo mucho que los quiere y que le encanta estar con ellos y escucharlos. Ya son unos pequeños grandes narradores y les gusta contar con gran lujo de detalles hasta el menor acontecimiento acaecido en su guardería, a menudo acompañado por gestos teatrales. Yo los escucho atentamente, disfrutando de la expresión de felicidad que se dibuja en sus rostros al narrar estas anécdotas.

Espero que, a medida que se vayan haciendo mayores, yo pueda ser para cada uno de ellos el mismo tipo de persona que mi bisabuelo fue para mí. Alguien dispuesto a escuchar, con independencia de lo que tengan que decir. La relevancia de su historia no importa, lo que importa es proporcionarles un espacio en el que se sientan escuchados. Y, quizá, si me escuchan ellos a mí, seré capaz de compartir algunas de las historias que he escuchado a lo largo de mi trayectoria vital. Puede que incluso algún día les hable de Abu.

Si tienes un familiar o un amigo que atesora algo (pequeño o grande, valioso o no), pregúntale qué significa para él. Dale la oportunidad de compartir contigo su vínculo con ese objeto. Puede que se trate de algo con valor económico, o puede que sea una cosa tan sencilla como una canica, pero que posee un valor incalculable para su propietario. En cualquier caso, habrá una historia relacionada con ello. Aquí abajo dejo algunas ideas para conseguir que nuestros mayores nos revelen su pasado.

Trucos prácticos sobre cómo escuchar a nuestros mayores

«Ojalá le hubiera preguntado por...» ¿Quién no reconoce este remordimiento después del fallecimiento de un querido amigo o familiar ya mayor? Y, sin embargo, absortos como estamos en nuestras ajetreadas vidas, a menudo parece difícil encontrar el tiempo necesario para sentarse y escuchar historias que podríamos haber oído docenas de veces. Mi consejo es que debemos reservar tiempo para ello, pues, cuando la oportunidad desaparece, lo hace para siempre.

Preguntas sencillas

Con la edad, incluso entre aquellos que sufren de alzhéimer u otras formas de demencia, los recuerdos tempranos a veces se vuelven más nítidos. Probablemente tus padres o tus abuelos recuerdan su primera infancia o años de colegio con una claridad de la que eran incapaces mientras estaban ocupados con sus agitadas vidas profesionales. Si los conoces bien puedes preguntarles por sus juguetes favoritos, sus primeros días en la escuela o quizá sus primeros recuerdos. Por lo general estas remembranzas son lugares seguros para que comiencen su viaje de vuelta al pasado, aunque sean preguntas específicas, a menudo basadas en algo que estén haciendo juntos; también pueden ser una forma útil de iniciar una conversación. Mientras comparten una taza de té y un trozo de pastel, por ejemplo, intenta preguntar:

- ¿Cuál era tu comida favorita cuando eras pequeño?
- ¿Quién cocinaba en la familia?
- ¿Cuándo y dónde comían?
- Cuando se sentaban a la mesa, ¿lo hacías siempre en el mismo sitio?
- ¿Tenías una taza o plato especial?

Preguntas directas como estas, realizadas de forma natural en el momento de una experiencia compartida (en este caso, la taza de té y el pastel) y que requieren respuestas simples y objetivas, pueden conducir a alguien a revelar cómo se sentía respecto a su familia y su casa, así como el lugar que ocupaba en ella. Si sigues sus respuestas y le inquieres amablemente para obtener más detalles, puede que te encuentres con su buena disposición a compartir aspectos más personales de su vida.

Como bien sé por mis propias experiencias con Lale, conseguir que se dé un entorno de confianza entre una persona mayor y otra joven requiere tiempo, pero si comienzas poco a poco con preguntas engañosamente sencillas como las indicadas más arriba, descubrirás que tienes una sólida base sobre la que desarrollar la conversación. Siempre puedes usar esas preguntas básicas como punto de partida para una reflexión más profunda:

> La última vez hablamos sobre lo mucho que te gustaban las pastas que hacía tu madre. ¿La recuerdas preparándolas? ¿Dejaba que la ayudaras? ¿Cómo te sentías cuando te ponía el plato delante?

Lo que estás iniciando es en realidad una conversación con esa persona sobre el tipo de infancia que tuvo, pero, como estás preguntándole algo tan específico, resulta mucho menos amenazador y abstracto que si te refieres a ello directamente. La respuesta puede que conduzca a más reflexiones sobre su niñez, con lo que establecerás un círculo de confianza e interés que reportará enormes beneficios. Provocar sonrisas involuntarias y risitas espontáneas al rememorar y compartir un recuerdo es algo hermoso.

Uso de objetos

Una taza de té (o, en mi caso con Lale, una taza de un café malísimo) es un reconfortante ritual doméstico. Ahora bien, a no ser que después de haberla servido, tomado y servido otra tu interlocutor de edad avanzada se encuentre completamente inmerso en la rememoración de su pasado, es posible que la oportunidad que dicho ritual le ofrece para compartir su vida de forma segura ya haya pasado. Si tienes la sensación de que has llegado a un punto muerto y no se te antoja tomar otra taza de té, te recomiendo que introduzcas un objeto físico para incentivar la conversación.

Como ya he contado antes, cuando visitaba a Abu este solía tener algo preparado para enseñarme: las cartas que Kitchener escribió a sus padres o sus *toki* (medallas). Él me daba estos objetos y yo los volvía a un lado y a otro en la mano para examinarlos desde todos los ángulos mientras él me explicaba su origen y la historia que había detrás de cada uno de ellos. Instintivamente yo mantenía la atención puesta en el objeto mismo en vez de establecer contacto visual con Abu, y creo que esto le proporcionaba el espacio necesario para concentrarse y recordar con mayor libertad sin tener que estar pendiente de mis reacciones a lo que estaba contando. Cuando se habla con alguien que está recordando su pasado no es necesario mantener contacto visual todo el rato; de hecho, yo recomiendo evitarlo y dejar que la mirada de tu interlocutor deambule libremente. Es posible que no esté mirándote, sino que su mente habrá retrocedido a otra época y lugar. Déjalo ahí tanto tiempo como quiera.

Mi amiga Jenny me habló una vez de las visitas que había hecho a su suegra para ayudarla a empaquetar sus cosas y trasladarse de la casa en la que vivió durante más de sesenta años. Mientras las dos mujeres hacían cajas y clasificaban todos y cada uno de los muebles, los cuadros o los adornos, la suegra de Jenny iba describiéndole todas esas cosas con detalle y ternura: dónde y cuándo las había comprado, o quién se las había dado, y lo importantes que eran para ella. Jenny me explicó que su suegra era una persona muy privada que normalmente no solía divulgar nada acerca de su vida personal. A través de esta tarea práctica compartida, sin embargo, fue capaz de encontrar un modo de transmitir su importante historia familiar.

Si visitas a alguien mayor de forma regular, ¿por qué no llevas contigo algo que pueda ayudarlo a incentivar su memoria? Puede que alguna vez haya mencionado unas vacaciones de las que disfrutó tiempo atrás; en ese caso, podrías llevar un mapa o una fotografía del lugar en cuestión y podrían mirarlos juntos. O quizá suele sentarse siempre en su viejo sillón favorito; podrías preguntarle dónde lo compró o cómo llegó a su sala. Probablemente en la casa habrá expuestas algunas fotografías: escoge una y pregunta si puedes verla con más atención y, si no lo sabes, averigua quién aparece en la fotografía y cuándo y dónde fue tomada. Adornos u otras fotografías también pueden estimular su memoria e incitarlo a contar su historia. Ten cuidado cuando toques estos objetos: el hecho de que estén expuestos o hayan sido guardados con cuidado durante tantos años indica lo valiosos que son; quizá no económicamente, pero sí por lo que representan.

Reflexión

A estas alturas ya deberías haber establecido un buen nivel de confianza y haber tendido un puente entre ambas generaciones. Puede que esta persona mayor haya compartido contigo anécdotas de su vida y, quizá —si son familiares—, recuerdos de tu propia infancia. En ese caso, es posible que la veas con una nueva luz y hayas descubierto a alguien enérgico e independiente con un pasado y experiencias que desea compartir. Cuando tengas la sensación de que te has ganado el derecho a profundizar un poco más en su pasado, podrías invitarlo a reflexionar sobre algunas de las lecciones que aprendió con los años.

De nuevo, yo siempre prefiero no hacer esto directamente. En mi experiencia, preguntar de forma explícita por trucos vitales suele provocar que nos ofrezcan indeseados consejos prácticos (aunque debo admitir que alguna vez yo misma los he dado y no es algo malo): «Ve siempre con los zapatos limpios», «Trata a los demás tal y como deseas que te traten a ti», «Lleva calzones limpios por si te atropella un camión». Lo que busco, en cambio, y espero que tú también si estás leyendo este libro, es algo más reflexivo. A continuación detallo una posible estrategia para ello…

¿Por qué no le preguntas a esta persona mayor qué le diría a su yo más joven si lo tuviera delante? Si pudiera conocer a esta persona inexperta y probablemente nerviosa e insegura, ¿qué tipo de consejo y guía le ofrecería? ¿Qué le recomendaría que evitara? ¿Qué le aconsejaría que abrazara? ¿Qué considera que es aquello de lo que más se enorgullece? Puede ser de ayuda colocar una silla vacía cerca e invitar a esta persona mayor a que haga ver que su versión más joven está sentada en ella, de forma que ambos puedan volver la mirada a la silla y evitar así la intensidad de estar mirándose mutuamente. Podrías incluso preguntarle a tu interlocutor cómo va vestida esta versión más joven, si está escuchándolo o incluso cómo está sentada en la silla. Tómate tu tiempo para establecer una conexión auténtica y ve con calma: este es un ejercicio que puede entrañar una gran intensidad emocional y ofrecerte a ti, el oyente, una lección vital que no olvidarás.

Debería dejar claro que yo nunca hice este ejercicio con Lale. La necesidad que este tenía de contar su historia —por dolorosa que fuera— era demasiado apremiante para que yo pudiera hacer otra cosa que no fuera escuchar, establecer confianza entre ambos y luego seguirlo allá adonde me condujera, inquiriendo educadamente para obtener más detalles cuando creía que podía o debía. Aunque la mayoría de las personas mayores no son supervivientes del Holocausto, muchos necesitarán cierta persuasión para compartir sus propias historias y algunos tendrán la sensación de que no tienen nada excepcional que transmitir. Yo no estoy de acuerdo: todos y cada uno de nosotros hemos vivido una vida única, todos tenemos algo que decir que merece la pena ser escuchado. Espero que te sientas animado a probar algunas de estas formas de iniciar una conversación con una persona mayor; puedo garantizarte que será un tiempo bien empleado.

2

Escuchar a Lale

> Si uno se despierta por la mañana, ya es un buen día.
>
> Lale Sokolov

En diciembre de 2003 me puse al día con una amiga a la que no había visto en unos cuantos meses. Mientras tomábamos café y conversábamos, me dijo despreocupadamente:

—Estás interesada en escribir guiones, ¿verdad? Tengo un amigo cuya madre acaba de morir. Su padre, de ochenta y siete años, le pidió que encuentre a alguien a quien pueda contar una historia. Esta persona no puede ser judía. Tú no lo eres. ¿Te gustaría conocerlo?

Yo le pregunté si sabía de qué trataba esa historia y ella me dijo que en realidad no. Intrigada, accedí a conocer a ese anciano. Al cabo de una semana, una soleada tarde de domingo en pleno verano del hemisferio sur, salí de casa para encontrarme con Lale Sokolov.

«Feliz Janucá. ¡Feeliiiz Janucá!»: fui ensayando esta felicitación de camino al encuentro. Sabía vagamente que la Janucá era la fiesta de las luces judía. Mientras cruzaba urbanizaciones engalanadas con las decoraciones de Navidad, me pregunté cuáles deberían ser mis primeras palabras. ¿Podía decir «Feliz Janucá» con mi acento neozelandés sin sonar ridícula? ¡Un momento! El hombre al que iba a ver acababa de perder a su esposa. Era posible que usar una expresión que incluía la palabra *feliz* resultara inapropiado. Mi estado de ánimo cambió. Las centelleantes guirnaldas, los cascabeles y los felices santaclauses que me rodeaban ya no me hacían sonreír. Ahora mi destino cada vez más cercano me colmaba de aprensión.

La puerta se abrió y apareció un caballero anciano, pequeño y delgado. Dos perros, uno a cada lado, la hacían de escolta. Uno de los perros no era más grande que mi gato; el otro era del tamaño de un poni pequeño, aunque con un aspecto mucho menos afable.

—Soy Lale. Estos son mis pequeñines, Tootsie y Bam Bam.

Esto pareció ser suficiente introducción, pues la siguiente palabra que dijo fue «Ven», y lo hizo en un tono que sonó más a una orden que a una invitación. Todos se dieron la vuelta súbitamente y recorrieron poco a poco el pasillo en fila india. Tras cerrar la puerta tras de mí, los seguí. No tuve siquiera la oportunidad de saludar ni tenía claro a qué pequeñín pertenecía cada uno de los nombres.

El convoy entró en una habitación inmaculada que venía a ser un santuario dedicado a la década de los sesenta, y se detuvo ante una gran mesa maravillosamente pulida.

—Siéntese.

Era una orden, y me la dio mientras señalaba la silla que había elegido para mí. Yo me senté en ella. Satisfecho, Lale y los pequeñines se marcharon a la habitación contigua. Aproveché que me había quedado sola para examinar el lugar en el que me encontraba. La influencia de una mujer hacendosa era evidente allá donde mirara. Alfombras con estampados de grandes flores desperdigadas aquí y allá, paredes decoradas con reproducciones y fotos familiares, un aparador cercano repleto de una vajilla exquisita y, encima de este, un cuadro que llamó mi atención: en él se veía a una gitana arrodillada en una alfombra rosa extendida sobre la tierra, con una flor roja detrás de la oreja izquierda, un gran aro colgando de la derecha y una abundante mata de pelo negro cuyas ondas caían sobre sus hombros. Un collar de tres vueltas rodeaba su cuello, sus labios eran de un color rosa pálido y sus oscuros y penetrantes ojos miraban fijamente hacia delante como si estuviera observando el objetivo de una cámara. Iba vestida con una falda larga de color verde botella y una blusa blanco crudo con las mangas abombadas sobre los codos. Su cuerpo ocultaba parcialmente un bolso y un pañuelo que descansaban sobre el suelo. Los dedos de unos pies desnudos asomaban por debajo de la falda. Sobre la alfombra había cuatro cartas. Ella estaba señalando una: parecía ser el as de corazones.

Unos pocos minutos después Lale y los pequeñines reaparecieron triunfalmente. El anciano dejó ante mí una taza con un platillo y un plato con seis obleas colocadas con todo cuidado. Luego se sentó a mi derecha con un pequeñín a cada lado.

—¿Ha probado alguna vez estas obleas? —preguntó señalándolas.

—Sí, las obleas son una de las pocas cosas que todavía pueden conseguirse que me recuerdan a mi infancia.

—Pero apuesto lo que sea a que no son estas mismas obleas…

Regresaron a la cocina y yo volví a quedarme sola. Luego reaparecieron y el anciano dejó ante mí un paquete de obleas. Estas idas y venidas estaban comenzando a incomodarme y no estaba segura de querer quedarme en caso de que volvieran a desaparecer.

—Aquí tiene. ¿Ha probado estas alguna vez? —repitió.

Se sentó y los pequeñines se tumbaron en el suelo, uno a cada lado de su amo, sin dejar de mirarme fijamente.

—No, estoy segura de que no he probado nunca esta marca.

—Ya lo imaginaba. Son de Israel, ¿sabe? No puede leer el texto del paquete, ¿verdad?

Le di la vuelta al paquete y me fijé en el texto extranjero.

—Supongo que está en hebreo, así que no, no puedo leerlo. Pero ¡puedo asegurar que son unas obleas realmente estupendas!

El primer amago de una sonrisa.

—¿Con qué velocidad puede escribir?

—No puedo contestar a eso. Depende de lo que esté escribiendo.

—Bueno, será mejor que sea rápida porque no tengo mucho tiempo.

Primer atisbo de pánico. Había decidido deliberadamente no traer conmigo ningún material de escritura. Solo quería escuchar la historia de la que me habían hablado y luego considerar si quería escribir sobre ella. Tras echarle un vistazo a mi reloj, le pregunté al hombre:

—Lo siento, ¿de cuánto tiempo dispone?

—No mucho.

—¿Tiene que ir a algún lugar?

—Sí, necesito estar con mi Gita.

Intenté mirar a los ojos de este frágil anciano de ochenta y siete años que acababa de pronunciar el nombre de su esposa fallecida. Él permanecía con la cabeza inclinada.

—Señor Sokolov, no deseo importunarlo. Si no quiere hablar conmigo no pasa nada, prepara usted un café muy bueno y me gustan mucho sus obleas.

Pero en realidad estaba mintiéndole: esa sería la primera de muchas tazas del pésimo café que Lale preparaba.

—No llegó a conocer a Gita, ¿verdad?

—No.

—¿Le gustaría ver una fotografía de ella?

Antes de poder contestar, Lale y sus dos acompañantes habían vuelto a ponerse en pie y ya se dirigían a un mueble cercano en el que había una televisión de gran tamaño y una fotografía de Gita y él.

Tras darme la foto, me dijo:

—Era la chica más hermosa que hubiera visto nunca. Sostuve su mano, miré sus asustados ojos y tatué en su brazo los dígitos de su número de identificación. ¿Sabía usted eso? ¿Sabía usted que yo era el tatuador de Auschwitz?

Cautivada por la fotografía de una sonriente Gita de unos setenta y tantos años sentada junto a este atractivo anciano que le rodeaba los hombros con un brazo, permanecí estupefacta y en silencio, sin asimilar todavía lo que Lale Sokolov acababa de decirme.

Este volvió a dejar la fotografía en su sitio, asegurándose de que quedaba justo en la misma posición en la que estaba antes. Reparé entonces en que tanto la fotografía como la televisión estaban colocados de forma que pudieran verse perfectamente desde un sillón reclinable cercano.

—Ya que vino hasta aquí debería contarle mi historia, ¿no?

—Solo si quiere.

Bajé la mirada a sus acompañantes, que ahora parecían estar dormidos.

—Por aquel entonces yo era un tipo guapo. —Tras rebuscar en su cartera agarró una vieja fotografía de tamaño credencial y me la dio. Un atractivo y sonriente Ludwig Eisenberg de veinticuatro años me devolvía la mirada. Más adelante me contaría que se había cambiado el apellido a Sokolov después de la guerra para que sonara «ruso», y supongo que también para ocultar que era judío. No, más que atractivo, en la fotografía lo que vi era arrogancia y confianza en sí mismo. Se trataba de alguien descarado y seductor; un hombre seguro de quién era y de su lugar en el mundo.

»Era un niño consentido. Siempre lo he sabido, nunca lo he negado.

—Y…

—¿Y qué?

Durante las siguientes dos horas permanecí sentada mientras Lale me contaba retazos de historias fragmentarias, a menudo a toda velocidad, con escasa coherencia y sin continuidad ni vínculo entre sí. Pasaba del inglés a lo que parecía eslovaco. A veces también usaba alemán y, ocasionalmente, algo de ruso y polaco. Los pequeñines permanecían inmóviles, pero en un momento dado tuve la sensación de que Lale comenzaba a inquietarse y se sentía cansado. Cuando dijo que había sido el *Tätowierer* de Auschwitz, lo interrumpí para preguntarle qué quería decir. Él me miró como si fuera estúpida. No estaba segura de si eso se debía a que lo interrumpí o a que debería haber sabido a qué estaba refiriéndose.

—Tatuador. Yo era el tatuador de Auschwitz-Birkenau. Yo me encargaba de tatuar el número de identificación de los prisioneros —me explicó pacientemente—. También se lo tatué a ella. —No hizo falta que dijera a quién se refería—. Sostuve su mano mientras lo hacía y luego la miré a los ojos. Supe entonces, en ese mismo segundo, que ya nunca podría amar a ninguna otra mujer.

Lale se llevó al pecho la fotografía en la que aparecían Gita y él y que había vuelto a agarrar para colocarla sobre la mesa ahora que ella también se había unido a la conversación. Podía oír los latidos del corazón roto del anciano. Y también cómo el mío se aceleraba a medida que su pena y su dolor cruzaban la mesa y me alcanzaban.

Extendí una mano y la coloqué con suavidad sobre uno de sus brazos. La manga de su camisa se deslizó un poco, revelando parcialmente el tatuaje de su propio número identificativo. Me fijé en él. Él se dio cuenta. Al apartar la mano, se remangó y extendió con orgullo el brazo ante mí.

—32407 —dijo. Los desvaídos dígitos de color azul verdoso captaron mi atención.

—¿Quién…? —susurré—. ¿Quién lo tatuó a usted? ¿Lo sabe?

—Claro que lo sé. Fue Pepan. Pepan me tatuó mi número identificativo.

Un poco después le pregunté a Lale si le gustaba el tenis. Sentí que necesitaba poner fin a esa conversación sobre un periodo de su vida tan oscuro y doloroso. Yo tenía suficientes conocimientos sobre lo que suponía hablar con personas acerca de épocas trágicas y traumáticas de sus vidas para saber que había llegado el momento de cambiar el tema sobre el que estaba hablando y romper así el conjuro en el que ambos estábamos encerrados. Si yo me sentía angustiada escuchando sus historias fragmentarias, ¿cómo se sentiría él?

Sí, le encantaba el tenis, el futbol, el basquetbol y el atletismo, me dijo.

—¿Y qué hay del críquet? —le pregunté—. Es temporada de críquet.

No. No le gustaba el críquet. No le encontraba el sentido a un juego que podía jugarse durante cinco días sin que hubiera un ganador.

Finalmente me di cuenta de que había llegado el momento de marcharme.

—¿Puedo volver a verle la semana que viene? —pregunté.

—Necesito preguntarle algo antes de poder contestar. ¿Cuánto sabe sobre el Holocausto?

Agaché la cabeza avergonzada.

—Lo siento mucho —dije—. La educación que recibí hace años en mi pequeño pueblo de Nueva Zelanda era muy deficiente y me avergüenza confesarle que no he aprendido mucho más desde entonces.

—Perfecto —dijo él—. Es usted la persona idónea.

—Necesito preguntarle algo, señor Sokolov. ¿Por qué quiere hablar con alguien que no sea judío?

—Es muy sencillo. Quiero hablar con alguien que no tenga ninguna conexión con el Holocausto.

—¿Por qué?

—No creo que haya ninguna persona judía viva, en ningún lugar, que no se haya visto afectada por el Holocausto, ya sea personalmente o a través de su familia o amigos. A causa de este bagaje emocional propio, un judío no podría escribir bien mi historia.

—¿Es consciente de que no he escrito nunca un libro? Estudié y escribí unos pocos guiones, ninguno de los cuales ha llegado a ningún sitio.

Era necesario que confesara mis inexistentes logros literarios. Siendo como era una amante del cine, era tan ingenua de pensar que si me pasaba los fines de semana acudiendo a clases y tutoriales de guion, leyendo guiones de películas y estudiando las películas resultantes, podría escribir un guion. Tenía varias tramas en la cabeza y podía visualizar mentalmente todas mis historias. No debería subestimarse nunca la confianza en la capacidad de uno mismo para conseguir algo. Uno no fracasa porque haya intentado algo y no le haya salido, eso solo significa que hay que intentarlo con más empeño la próxima vez. O, al menos, eso había estado diciéndome a mí misma. Solo había escrito un guion.

—Sabe escribir, ¿no? —preguntó Lale.

—Eso creo.

—Entonces escriba mi historia.

—Hay una cosa que creo que debería saber sobre mí.

Al oír eso me miró directamente a los ojos por primera vez.

—Debo decirle cuál era el apellido de soltera de mi madre: Schwartfeger.

—¡Ah, es alemana! —dijo en el tono de voz más animado de ese día.

—No, soy neozelandesa. Nací en Nueva Zelanda. Cinco generaciones de mi familia lo han hecho.

—No importa. No podemos escoger a nuestros padres, ¿no?

Al oír eso compartimos nuestra primera sonrisa.

—El martes, venga el martes —dijo.

—El problema es que trabajo de lunes a viernes.

—¿A qué hora termina?

—A las cinco en punto.

—Está bien, la veré después.

De camino a casa no me fijé en las decoraciones callejeras. Mi cerebro seguía intentando procesar todas esas imágenes de horror y amor, maldad y valentía.

—¿Qué tal? —me preguntó mi familia cuando llegué a casa.

—Acabo de pasar unas horas con alguien que es historia viva —fue mi única respuesta. Cuando insistieron en que les contara algo más, no pude o no quise. Por el momento necesitaba estar sola con mis pensamientos para intentar interpretar lo que me habían contado, teniendo en cuenta mis limitados conocimientos del Holocausto, y averiguar cuán significativa era la historia de este hombre. No tenía la menor idea.

Volví a casa de Lale Sokolov el martes después del trabajo y volví a hacerlo las tardes del jueves y del domingo. Nos sentábamos a la mesa de su comedor y tomábamos un café pésimo y unas obleas deliciosas. Él hablaba, yo escuchaba. Lale rara vez me miraba a los ojos. Le hablaba a la mesa, a la pared o a alguno de sus dos pequeñines cuando se inclinaba y lo acariciaba detrás de la oreja. Ocasionalmente uno de los perros tomaba con la boca una pelota de tenis y se la traía. Él la lanzaba entonces por encima del hombro y los dos perros iban detrás de la pelota y se peleaban por ella. Tootsie siempre ganaba y la conseguía, pero Bam Bam nunca dejaba de intentarlo.

En ningún momento hice tentativa alguna de escribir delante de él nada de lo que me contaba. Consideré la posibilidad de preguntarle si podía grabarlo, pero nunca llegué a hacerlo. Las pocas veces que lo interrumpía para hacerle una pregunta, él se aturullaba, perdía el hilo y era incapaz de terminar la historia que estaba relatando en ese momento. Pero no importaba. Estar sentada con él y los pequeñines, escuchando lo que a veces no eran más que las divagaciones de un anciano, resultaba fascinante. ¿Se debía a su delicioso acento de Europa del Este? ¿O a ese encanto de granuja que había dispensado toda su vida? ¿O tal vez se debía a esa retorcida y enrevesada historia a la que yo estaba empezando a encontrar sentido y cuya significación e importancia estaba comenzando a comprender? Era todo esto y más.

Yo me apresuraba a regresar a casa e, ignorando las preguntas y demandas de mi marido y mis tres hijos jóvenes, iba directamente a la computadora e intentaba recordar todo lo que había escuchado, incluidos nombres, fechas y lugares. Echando la vista atrás me doy cuenta de lo cómica que era mi ortografía de los nombres, en especial los de los rangos de los oficiales de la SS a los que Lale se había referido. También tenía una hoja de cálculo en la que registraba la fecha y la hora y cómo creía yo que se encontraba emocionalmente Lale y cómo me sentía yo durante y después de estar con él.

Durante varias semanas lo visité dos o tres veces cada semana. Él y los pequeñines siempre me recibían en la puerta con las mismas palabras:

—¿Terminaste ya mi libro? Ya sabes que quiero estar con Gita.

A lo que yo respondía:

—No, todavía no lo he hecho, y has de recordar, Lale, que estoy escribiendo un guion, no un libro.

Él ignoraba mis palabras y sostenía la puerta para que yo entrara en su casa y luego esperaba a que me sentara a la mesa antes de ir con los pequeñines a la cocina, de donde regresaba con el «café» y las obleas.

Lale todavía estaba de luto por la muerte de su mujer. Escuchar sus historias era una cosa; ver cómo las contaba, otra. Estaba claro que tenía sentimientos encontrados: quería unirse a Gita, pero también quería contar la historia de ambos y todavía tenía muchas cosas que contar. Algunos días el pesar y la depresión que sentía se cernían sobre su cabeza como una nube a punto de reventar. En días así me di cuenta de que Tootsie y Bam Bam yacían en silencio a los pies de su amo. Su comportamiento me indicaba cuál era el estado de ánimo de Lale. Otros días este se mostraba animado y dicharachero al hablar de «su Gita». Me siento eternamente agradecida por el hecho de que la intuición canina y el amor incondicional que Tootsie y Bam Bam sentían por Lale no solo lo ayudaran a él, sino también a mí a formar parte de su estrecho grupo. Yo misma tenía un perro (Lucy) y sabía y creía de todo corazón en la fortaleza y el consuelo que pueden proporcionar un hocico húmedo y unos ojos de cachorro.

Lale estaba acostumbrándose a mí. Se mostraba afable y afectuoso y no le costaba hablar de su vida anterior a Auschwitz, mezclándola con la que había llevado después con Gita en Australia. Lo hacía describiendo los hechos de un modo factual y frío. A menudo, sin embargo, comenzaba diciendo algo, pero de repente se detenía y pasaba a otra cosa. Cada vez que se acercaba a la emoción descarnada con la que había vivido, durante sus casi noventa años, el que fue uno de los periodos más oscuros y malvados de la historia, se apartaba de ella.

Un domingo por la tarde le pregunté qué iba a cenar. Él me contestó que le quedaba sopa del almuerzo, así que, dejándome llevar por un impulso, decidí invitarlo a que viniera a casa a cenar con mi familia y conmigo. Se le iluminó el rostro y aceptó sin vacilar. Tras dar de comer deprisa a sus pequeñines cuando le avisé educadamente de que mi perra no aceptaría de buen grado la presencia de otros amigos de cuatro patas, me permitió que lo llevara a mi casa en coche.

Mi hija de dieciocho años no esperaba que Lale le besara la mano cuando se la tendió al conocerlo. Mi marido y mis dos hijos se sintieron inmediatamente encantados con él y la conversación fluyó con facilidad. Cuando mi marido y yo fuimos a la cocina a preparar la cena, los niños se quedaron en la sala con Lale. Un poco después oí un sonido que no había oído antes y que hizo que me detuviera de golpe maravillada: Lale estaba riendo. Asomé la cabeza por la puerta y ahí estaba él, sentado en un sofá con mi hija, haciéndola reír a carcajadas, enfrascado en lo que luego yo describiría como un auténtico coqueteo.

La velada fue maravillosa. Nos sentamos alrededor de la mesa y estuvimos comiendo y hablando durante horas. Lale mantuvo la atención de todo el mundo, y no solo con historias sobre el Holocausto. Por primera vez lo oí hablar sobre cómo era su vida antes de que lo enviaran a Auschwitz, y también sobre su vida en Bratislava después de la liberación, o con Gita en Australia.

¿Estaba viendo a un nuevo Lale o era este el de antes? El afligido anciano protagonista de una historia de un horror y una maldad tremebundos estaba cambiando ante mis ojos. Comencé a ser consciente de cómo se las había arreglado para sobrevivir. Se trataba de una persona llena de carisma, y esa noche sedujo no solo a mi hija, sino también a mi marido e hijos. Estaba claro que les había caído bien de inmediato y que, al escuchar sus historias, se habían sentido cautivados por su valentía e inteligencia.

Cuando llegó el momento de recoger la mesa, Lale insistió en que mi hija y yo permaneciéramos sentadas; él ayudaría a los demás hombres a lavar los platos. Desde la mesa escuché cómo les preguntaba a ellos sobre mí y no pude evitar morirme de vergüenza por algunas de las cosas que le contaron. Mis hijos le confesaron que yo no cocinaba demasiado bien y que su padre era más creativo en las parrillas. Mi marido le comentó que yo era muy desordenada y que era él quien hacía la mayor parte de las tareas domésticas. Reconozco que había parte de verdad en lo que le dijeron. Pero lo que recuerdo más vívidamente sobre esa primera visita de Lale a mi casa es su risa. Era la primera vez que lo oía reír y, a partir de entonces, lo haría cada vez que nos viéramos, hasta por las cosas más pequeñas o tontas.

De camino a casa mencioné su «coqueteo» con mi hija. Lo primero que dijo fue:

—¡Es una chica muy guapa!

Y, tras un momento de silencio, añadió:

—Tiene la misma edad que tenía Gita cuando la conocí.

Ahora tenía sentido. Algo en mi hija le había recordado poderosamente a Gita y sus primeros años juntos.

El hecho de presentarle a mi familia, de dejar que viera quién era yo y que escuchara las historias sobre mí que contaron mi marido y mis hijos (o que disfrutara de las bromas de estos a mi costa), le proporcionó a Lale la conexión conmigo que necesitaba para confiar en mí un poco más. Esta confianza alcanzó otro nivel unos días después, cuando Tootsie se acercó a la mesa a la que estábamos sentados. Como siempre, llevaba en la boca una pelota de tenis, pero esta vez soltó un gruñido cuando Lale intentó agarrarla.

—No seas mala, Tootsie. Dame la pelota —dijo él dándole un pequeño golpecito en la cabeza.

Ella volvió a gruñir y ambos nos quedamos sorprendidos. Tootsie y Bam Bam eran unos compañeros perfectos y solo ladraban cuando la motoneta del cartero se detenía bajo el departamento de Lale para repartir el correo.

Tootsie se apartó de Lale, se acercó a mí y apoyó la cabeza en mi rodilla con la pelota en los dientes y mirándome directamente a los ojos. Con cautela, extendí la mano y rodeé la pelota con los dedos. Ella la soltó y se apartó. Cuando la tiré por encima de mi hombro, ambos perros salieron corriendo para agarrarla. Lale y yo los observamos y luego él se volvió hacia mí.

—A mis pequeñines les caes bien y a mí también. Puedes contar mi historia —dijo finalmente.

Este pequeño e intrascendente acontecimiento pareció accionar un interruptor en Lale. Cuando volví a verlo me recibió como siempre:

—¿Terminaste ya mi libro?

Pero esta vez no añadió la habitual continuación: «He de estar con Gita». Ahora estaba completamente enfrascado en contar su historia.

La intensidad emocional cuando hablaba sobre Gita, o sobre su madre, su padre y su hermana Goldie, el único otro miembro de su familia que había sobrevivido, resultaba abrumadora. El relato de Lale del tiempo que había pasado en Auschwitz-Birkenau me dejaba enojada y llena de rabia. Aun así, reparé en otro cambio más en su comportamiento. A medida que comenzaba a hablar con más emoción de su pasado, parecía estar librándose de un peso y se le veía más feliz.

Nuestra relación dejó de ser meramente la que tiene un escritor con el sujeto sobre el que está escribiendo y pasó a ser de amistad. Él seguía siendo quien más hablaba; yo estaba ahí para escuchar. Conseguir que me contara esas historias y demás recuerdos relacionados era una tarea agotadora. Para entonces yo estaba leyendo mucho sobre el tema para confirmar nombres de lugares y de personas y corroborando los detalles de la época que Lale había pasado en Auschwitz-Birkenau. No dejaba de tener presente que la memoria y la historia a veces danzan al mismo paso y otras van cada una por su lado. La memoria de Lale parecía clara y precisa, y mi investigación corroboraba aquello que me contaba. ¿Suponía esto un consuelo para mí? No, pues en realidad hacía que sus historias fueran todavía más horrendas; para este entrañable anciano no había discordancia alguna entre memoria e historia y, con demasiada frecuencia, ambas danzaban perfectamente acompasadas. Al descubrir más cosas de la vida de Gita en el campo de concentración a través de otros supervivientes que Lale me presentó, comprendí por qué quería hablarme del tiempo que habían pasado juntos y no afrontar lo que ella tuvo que soportar cuando no estaba con él.

Al cabo de varios meses Lale comenzó a pedirme que lo acompañara a eventos sociales y a visitar a amigos. La primera vez que fui a uno de estos eventos con él me encontré con una sala en la que los hombres permanecían de pie a un lado y las mujeres al otro. Nos quedamos un momento en la entrada mientras todo el mundo saludaba efusivamente a Lale, felices de ver a su amigo otra vez. Él me señaló y exclamó:

—¡Es mi novia! Cuiden de ella, señoras. La recogeré a la salida. —El encanto y el donaire que este hombre cautivador había dispensado toda su vida estaban de vuelta para deleite de todos.

¿Me importó que me hiciera pasar un rato con las «señoras»? Para nada. Así tuve la oportunidad de escuchar a un maravilloso grupo de mujeres supervivientes, todas dispuestas no solo a compartir historias de su supervivencia, sino también de las décadas pasadas con Lale y Gita en la comunidad judía de Melbourne. Lo cierto es que me sentí privilegiada.

Al día siguiente reflexioné sobre esta experiencia, la primera de muchas parecidas. Me preguntaron muy poco sobre mí, pero todo el mundo quería hablar y llamar mi atención. Fue algo hermoso escuchar a esas mujeres embelesadas hablando las unas por encima de las otras, terminando las frases de las demás, discutiendo y contradiciéndose. Cuando yo hablaba era para hacer una pregunta, normalmente sobre Lale o Gita, o para obtener más detalles sobre una historia o pequeña viñeta que me hubieran contado.

También tuve el privilegio de conocer a amigos de la pareja en encuentros más privados. Escuchar a Lale y a alguno de sus amigos, también superviviente, hablar, reír y burlarse uno del otro sobre sus experiencias resultaba extraordinariamente aleccionador. Igual que me parecía maravilloso ser admitida en su círculo y que sus amigos se abrieran a mí y apreciaran el rol que yo tenía en su vida. Su amigo Tuli apenas tenía diecisiete años cuando lo apresaron en su pueblo natal de Bardejov, en Eslovaquia.

—Era un muchacho muy delgaducho. Una ráfaga de viento podía tumbarme. —Así fue como se describió a sí mismo. Al igual que Lale, además de inanición y degradación había caído enfermo. Posteriormente fue trasladado de Auschwitz-Birkenau a trabajar a otro campo, algo que según él fue lo que le salvó la vida.

—¿Me permitirías que te filmara? —le pregunté un día a Lale—. No mucho rato, se trataría solo de una pequeña conversación conmigo.

Él me dijo despreocupadamente:

—Lo que sea si te ayuda a contar mi historia.

Les pedí a mis dos hijos que formaran junto con unos amigos un pequeño equipo de rodaje y contrataran un estudio. La mañana de la filmación no comenzó bien. También le había pedido a mi hija de dieciocho años que se uniera al rodaje y se encargara de colocarle el micrófono de solapa a Lale para la entrevista. Ella, sin embargo, no hizo sino provocar la ira de su madre al llegar tarde y con resaca. Lale, no obstante, siendo como era fan de mi hija, se puso de su parte y tras alabarla por vivir su vida al máximo, le dijo que hacía bien enfadando a su madre y que ese era precisamente el cometido de los hijos.

Los cinco jóvenes —productor, director, sonido, cámara y la hija rebelde— callaron cuando el director dijo:

—¡Acción!

Se desarrolló la escena. En un momento dado yo me callé y me quedé a la espera de que el director dijera «¡Corten!».

Nada. Cuando me volví hacia el equipo vi por encima del hombro que permanecían todos estupefactos y mudos ante lo que acababan de ver y escuchar. La cámara seguía en marcha.

—¡Corten! —dije yo finalmente. Reparé en que mi hija tenía lágrimas en los ojos mientras contemplaba con admiración a este increíble anciano. Poco a poco todos se acercaron a Lale e, inclinándose, lo abrazaron, le dieron palmadas en la espalda o le estrecharon la mano. Habían caído bajo su hechizo.

—Eres historia viva —oí que murmuró uno de ellos. Lo habían entendido. Habían entendido a Lale. Permanecimos en el estudio dos horas. Los cinco jóvenes querían saber más y lo escucharon con los corazones y las mentes abiertos. Lale se encontraba en la gloria. Le encantaba ser el centro de atención de una audiencia que lo escuchaba atentamente. Recuerdo sentirme un poco celosa al observar su reacción cuando uno de los jóvenes lo interrumpió para hacerle una pregunta.

—¡Bien, bien! —dijo Lale—. Me has oído y quieres saber más. Te lo contaré.

Había varias cuestiones de su época en Auschwitz-Birkenau acerca de las que a Lale le costaba hablar. Sobre algunas de ellas no supe nada hasta un año después de haberlo conocido. Al mencionar otras fruncía los labios, negaba con la cabeza y se quedaba callado. Yo sabía que en esos casos no debía decir nada ni insistirle para que siguiera rememorando, solo dejarlo en paz. Si él quería que yo supiera ciertas cosas ya me las contaría a su debido tiempo. A menudo me he preguntado cuántos recuerdos sin contar se llevó a la tumba. No importa. Era decisión suya, estaba en su derecho.

Si leíste *El tatuador de Auschwitz* sabrás que Lale pasó un tiempo viviendo en la parte de Auschwitz-Birkenau designada como «campo gitano». Por supuesto, los términos correctos deberían ser *campo romaní*, pero este no era el nombre que usaban en aquella época y Lale tampoco lo hacía en su relato, de modo que no lo juzgué en absoluto por el hecho de que lo llamara «campo gitano». Este periodo de su vida en Auschwitz-Birkenau era una de esas cosas sobre las que no soltaba prenda.

Hasta que un día sí lo hizo. Como siempre con Lale, me contó fragmentos de historias, nombres de prisioneros o de oficiales de la SS y fechas de los horrores históricamente importantes de los que fue testigo o, en algunos casos, sufrió en sus propias carnes. He escrito sobre su relación con las familias gitanas, pero lo que hasta ahora no he desvelado nunca es el nivel del dolor que Lale sintió entonces y que revivió al contármelo todo mientras yo permanecía sentada en silencio, escuchando su trémula voz y viendo cómo se secaba las lágrimas de los ojos con manos temblorosas. El dolor físico que yo sentí al escucharlo todavía me afecta enormemente. Lale tuvo la valentía de hablarme al fin de ello. Y yo me limité a escribir mis notas unas pocas horas después. Al hacerlo visualicé su rostro con la mirada fija en un punto de la pared del fondo mientras Tootsie y Bam Bam permanecían acurrucados a sus pies. Cuando terminó se puso de pie y, tras acercarse al cuadro que colgaba detrás de él, se quedó a unos pocos metros del regalo que Gita le hizo cuando estaban viviendo en Bratislava después de la guerra: la pintura de la mujer gitana. Esto es lo que me contó:

> Estoy postergando el final de mi historia sobre los gitanos. No quiero terminarla, es demasiado dolorosa. La Historia registró lo que les pasó en una frase. Yo usaré unas pocas más.
>
> Yo estuve presente. Oí cómo gritaban cuando los despertaron y los sacaron de sus barracones en medio de la

noche. Me levanté y vi cómo mis amigos me llamaban a gritos para que los salvara. En aquel momento no podía saber exactamente qué era lo que iba a pasarles, pero me hacía una buena idea. Cuatro mil quinientos hombres, mujeres y niños fueron empujados, golpeados y encerrados en las traseras de unos camiones grandes. Yo corrí hacia ellos y me dirigí a un SS que permanecía de pie junto a uno de los camiones para suplicarle que los dejara en paz, que no se llevara a las mujeres y los niños. Él alzó su rifle hacia mí y me dijo que si no regresaba a mi barracón me metería en el camión con ellos.

Los vi pasar a mi lado mientras permanecía en la entrada. Muchos de los hombres me estrecharon la mano, las mujeres se limitaban a decirme adiós. Cuando vi a Nadya, le supliqué que no fuera con los demás y le dije que encontraría algún modo de protegerla. Ella me sonrió y me contestó que tenía que ir con los suyos.

Al cabo de poco me quedé solo. Ahora era el único habitante del campo gitano. Nunca me había sentido más desamparado. La noche se hizo eterna, pero al final amaneció el nuevo día, gris y ominoso, y tuve que ir a trabajar. Para entonces había aprendido a calcular aproximadamente la hora, de modo que si digo que sucedió a última hora de la mañana es que debían de ser las 11 u 11:30. Yo estaba trabajando a un ritmo frenético con los recién llegados cuando, de repente, noté el familiar ardor de la ceniza sobre el rostro. Al cabo de unos pocos minutos el cielo se oscureció y la ceniza de cuatro mil quinientos gitanos comenzó a llover sobre el campo. Recuerdo que caí de rodillas al suelo con lágrimas en los ojos. Uno de mis asistentes, temiendo que estuviera enfermo, me ayudó a ponerme de pie.

—¡Lale, Lale! ¿Qué sucede? —preguntó.

Yo me volví hacia el lugar en el que seleccionaban a los nuevos y vi que Mengele me miraba. Se acercó a mí.

—¿Estás enfermo, *Tätowierer?*

Yo negué con la cabeza, agarré la aguja y me dispuse a tatuar el brazo del siguiente prisionero.

Mengele me sonrió.

—*Tätowierer, Tätowierer…* Algún día te llevaré conmigo.

Historia y memoria. He escrito anteriormente al respecto. Sigo convencida de que cuando uno escucha el testimonio de alguien que ha presenciado o participado en aquello que relata, estos recuerdos tienen prioridad sobre los relatos de otros que no fueron testigos de primera mano. Aun así, decidí que para contar la historia de Lale y Gita solo incluiría acontecimientos que pudiera corroborar con otras fuentes, especialmente si estaban relacionados con otras personas. Esa fue la regla que me autoimpuse. Estaba escribiendo una obra de ficción, pero, debido a lo delicado del tema, decidí que debía estar basada en hechos reales y que si no podía verificar un relato determinado de Lale con una fuente secundaria no lo usaría. Recuerdo un ejemplo concreto de esto. Lale me habló de un incidente que implicaba a Czesław Mordowicz, un significativo prisionero de Auschwitz-Birkenau cuya historia ha sido contada extensamente sin referencia alguna a Lale. Un investigador profesional había hablado con miembros de la familia Mordowicz y estos insistieron en que no habían oído hablar nunca de Lale Sokolov, que su padre jamás lo había mencionado y que no tuvieron relación alguna durante el tiempo que Mordowicz pasó en el campo de concentración.

Cuando Lale leyó por primera vez una copia de mi guion original se enfadó conmigo y me preguntó:

—¿Dónde está mi historia de Mordowicz? ¿Por qué no escribiste sobre él?

Sé que no le hizo gracia mi explicación de que no había podido verificar su relato. Me contó el incidente muchas veces y yo había permanecido sentada, escuchándolo y creyéndolo de todo corazón. Lo conocía muy bien y estaba segura de que su versión de lo que él llamaba su «historia de Mordowicz» era ciento por ciento fiel a su recuerdo.

Cuando *El tatuador de Auschwitz* se publicó finalmente en 2018, no contenía la historia de Mordowicz porque fui incapaz de verificarla. Sin embargo, la novela fue publicada en muchos países y comencé a recibir correos electrónicos de todo el mundo. Uno de estos era de un periodista canadiense que me decía que había leído mi libro mientras escribía un obituario tardío de Czesław Mordowicz. Tenía una copia traducida del testimonio de este sobre su huida de Auschwitz-Birkenau y me dijo que Mordowicz hablaba del papel que Lale Sokolov había jugado en ella. Me envió asimismo una foto de Mordowicz ya anciano, en la que sostenía en alto el brazo izquierdo para la cámara. La importancia de esto quedará clara a continuación.

Al leer el testimonio recordé las palabras de Lale contándome esa misma historia. Ya había fallecido y su historia ya había sido escrita, pero sentí deseos de decirle: «Nunca dudé de ti, Lale. Espero que comprendas por qué no pude incluir este incidente en tu libro. Me lo contaste muchas veces. Sé que habrías querido que formara parte de tu novela. Ahora puedo relatarlo».

Para comprender el pequeño papel de Lale en la vida de Mordowicz primero debo hablar un poco sobre este hombre y su importancia en la historia del Holocausto.

Czesław Mordowicz, prisionero 84216, huyó de Auschwitz-Birkenau con otro prisionero, Arnost Rosin, el 27 de mayo de 1944. Llegaron a Eslovaquia, donde se encontraron con otros dos jóvenes que se habían escapado en abril de 1944: Rudolf Vrba y Alfred Wetzler. Estos habían escrito un informe para el Consejo Judío de Eslovaquia sobre la función de Auschwitz-Birkenau como campo de exterminio. Mordowicz y Rosin no solo corroboraron la información y los detalles proporcionados, sino que además añadieron detalles horrorosos, como que cien mil hombres, mujeres y niños judíos húngaros fueron llevados directamente a las cámaras de gas. La recopilación de este documento y otros dos posteriores es conocida como «Los protocolos de Auschwitz». Copias del informe redactado por Vrba y Wetzler fueron llevadas de forma clandestina a zonas neutrales como Suiza y el Vaticano. Poco después también llegó una a Estados Unidos. Tanto *The New York Times* como la BBC de Londres informaron sobre su contenido. Gracias a la presión pública que generó, en julio de 1944 el gobierno húngaro detuvo las deportaciones de sus ciudadanos judíos. Para entonces habían sido enviados a Auschwitz aproximadamente 430 000 hombres, mujeres y niños judíos húngaros.

En agosto de 1944 tuvo lugar en Eslovaquia una insurrección en la que guerrilleros de la resistencia se enfrentaron a las tropas alemanas que ocupaban el país. El levantamiento no solo fracasó, sino que además Mordowicz fue capturado y volvieron a enviarlo a Auschwitz-Birkenau. De camino a Polonia intentó arrancarse a mordiscos el número tatuado en el brazo. Sabía que el castigo por huir era ser ejecutado públicamente para que sirviera de medida disuasoria. A todos los prisioneros recién llegados les tatuaban un número identificativo en el brazo izquierdo y cuando le tocara a él, o bien fuera inspeccionado por un médico o un oficial de la SS durante el proceso de selección, descubrirían que ya tenía uno.

En cuanto Lale se enteró de que Mordowicz había llegado al campo, fue a verlo con otros dos prisioneros eslovacos. Mordowicz cuenta en su testimonio que Lale le tapó el número identificativo con el tatuaje de una flor. Lale, por su parte, me explicó que Mordowicz tenía en el brazo una herida infectada y muy desagradable, pero que los dígitos todavía eran visibles y podían identificarlo. Destacó asimismo la valentía que Mordowicz mostró mientras le tatuaba una rosa en la piel herida e infectada. Para este solo era una flor; para Lale, en cambio, era el símbolo del amor: una rosa, no una flor cualquiera.

Gracias a Lale, Mordowicz consiguió pasar desapercibido y sobrevivió al Holocausto. Después de la guerra ambos volvieron a encontrarse en Bratislava, Eslovaquia. Posteriormente Lale se iría a vivir a Australia y Mordowicz se trasladaría a Canadá.

Cuento esta historia porque Lale estaba muy orgulloso de haber conocido y ayudado a uno de los cuatro valientes jóvenes que se habían escapado de Auschwitz-Birkenau y tuvieron el coraje de escribir lo que habían visto y vivido de primera mano. Tras convencer al Consejo Judío de Eslovaquia de la veracidad del informe, algunos de sus miembros se arriesgaron a su vez a sacar el documento clandestinamente del país para llevarlo a la neutral Suiza. Si bien Lale me contó esta historia muchas veces, no fue hasta que recibí la prueba del periodista canadiense cuando me sentí capaz de ponerla por escrito.

Cuando pienso en Lale y en mi bisabuelo no puedo encontrar ninguna similitud entre ambos hombres. Abu medía más de metro ochenta —era un hombre corpulento, incluso pasados los ochenta años—. Lale, en cambio, tenía ochenta y siete años cuando lo conocí, apenas medía metro sesenta y siete y una fuerte ráfaga de viento habría podido tumbarlo. En un par de ocasiones vi que tenía moratones porque sus perros habían tirado de él durante un paseo y había caído. Al tener la piel traslúcida, las magulladuras destacaban todavía más, pero él les quitaba importancia y no quería que se las examinara. A Lale le encantaba reír, le brillaban los ojos y no podía evitar coquetear con toda mujer que le presentaran. Abu era reservado, pensativo y escogía con cuidado cada una de sus palabras; no le recuerdo riendo en ninguna ocasión. La narración de Lale era dispersa, verborreica, construida mediante frases inconexas. Podía pasarme varias horas con él y no llegar a descubrir nada nuevo; simplemente le gustaba hablar. Hacíamos un buen equipo: a mí me encantaba escuchar. El único vínculo entre estos dos hombres fui yo y mi pasión por pasar rato con gente mayor, apreciando sus experiencias vitales y sintiéndome honrada por que las compartieran conmigo.

3

Cómo escuchar

En inglés, la palabra *escuchar* (*listen*) contiene las mismas letras que la palabra *callado* (*silent*).

El mayor problema de comunicación es que no escuchamos para comprender, escuchamos para responder.

Debería ser sencillo, ¿verdad? Si estás en compañía de —al menos— otra persona que está hablando, es que entonces tú estás escuchándola, ¿no? Muchas veces, sin embargo, no estamos escuchando a esa persona para enterarnos de algo nuevo. En vez de eso, nuestros cerebros están examinando y seleccionando frenéticamente solo una parte de lo que nos están diciendo:

aquello a lo que queremos responder, sobre lo que queremos comentar y exponer una opinión. A menudo, pues, estamos más concentrados en lo que queremos decir nosotros y nos limitamos a esperar el momento adecuado para hacerlo. Fíjate en ello la próxima vez que te encuentres en una conversación: todos lo hacemos, y señalarlo no es ninguna crítica. Con frecuencia escuchar no es más que una pausa en una transacción mediante la cual nos turnamos para exponer lo que cada uno de nosotros quiere decir. Esto suele estar vinculado a una particular impresión que estamos intentando causar y forma parte de la naturaleza misma de la conversación. A eso se le llama a veces «comunicación fática» y, más que ser un auténtico intercambio de información, esta interacción verbal cumple con una función social. En gran medida, si lo único que se pretende es mantener una conversación informal —una plática con un vecino por encima de la verja, por ejemplo—, no tiene nada de malo que el acto de escuchar sea solo parcial. Un intercambio de palabras sobre el tiempo, la salud, cómo ha ido el fin de semana o cómo está la familia puede realizarse perfectamente en piloto automático. Ahora bien, si la persona que está hablando desea compartir algo personal y significativo para ella, es necesario escuchar de una forma muy distinta: escuchar de verdad. Y creo que esta capacidad, este arte, ha ido a menos en este mundo tan ajetreado y socialmente desconectado en el que ahora vivimos.

El acto de escuchar comienza cuando nacemos. Algunos dicen que incluso antes, y hay estudios que indican que los bebés nonatos oyen sonidos. ¿Cuántos padres han pasado momentos íntimos hablándoles a sus bebés cuando todavía están en la barriga de sus madres con la esperanza de que reconozcan sus voces cuando nazcan? Yo he hecho lo mismo con los hijos de mi hija, en busca de una conexión con mis nietos nonatos. Y estuve presente en el parto de dos de ellos y pude susurrarles palabras cariñosas al poco de nacer.

Ser abuela me ha dado la oportunidad de observar, escuchar y aprender de los niños; algo que me resultó imposible en medio del agotamiento, la falta de sueño y la ansiedad que supone ser madre. Nada me produce mayor felicidad que escuchar a los niños que me cuentan cosas de sus días y me explican qué están haciendo. A veces, sin embargo, es fácil perder la concentración y eso tiene sus repercusiones.

Actualmente mis nietos están obsesionados con los bloques de construcción de LEGO©. Mi hija llama al catálogo de LEGO© de su hijo la «biblia» de este. A todas horas puede verse al niño estudiando el manoseado cuadernillo con las páginas ya sueltas, erigiendo mentalmente las construcciones LEGO© que sueña con tener. De noche, cuando nos asomamos a su dormitorio para comprobar si está dormido, a veces nos lo encontramos sentado en medio de la oscuridad con una pequeña linterna, hojeando las páginas del cuaderno y pasando los dedos por sus fotografías. Sabe cuántas bolsas de LEGO© tiene cada construcción y comparte este dato con todo aquel que esté dispuesto a escucharlo. Yo creía estar haciendo un buen trabajo prestando atención a estas construcciones soñadas y a las explicaciones de cuánto tardaría en construir el castillo de Harry Potter y muchas otras cosas, y estaba convencida de estar haciéndolo de un modo activo y mostrándome participativa. No obstante, sin duda hubo un momento en el que no le presté toda mi atención, cosa que descubrí cuando me dijo que se moría de ganas de que reabrieran las tiendas para poder ir a buscar la (carísima) montaña rusa doble que al parecer yo había prometido comprarle.

He observado que incluso los niños pequeños pueden optar por no escuchar. Un día oí que mi nieto de cinco años le decía a mi nieta de tres:

—¡No me estás escuchando, Rachy! ¡Escúchame, Rachy!

Yo me acerqué a ellos. Habían estado jugando juntos y ahora Rachy le daba la espalda. Le pregunté a mi nieto cuál era el problema y me dijo que Rachy no lo escuchaba. Entonces le pregunté a Rachel si había oído a su hermano y ella asintió. El mayor nos interrumpió:

—¡No me estás escuchando!

A lo que la Pequeña Señorita Testaruda de tres años contestó con contundencia:

—No quiero escucharte.

Le expliqué entonces al hermano mayor que su hermana tenía derecho a no escucharlo si no quería, y que él no podía obligarla a hacerlo. Él lo aceptó con una madurez impropia de la edad que tenía y le preguntó a su hermana si lo escucharía más tarde. Ella le contestó que lo haría y él se quedó satisfecho.

Lo que me encantó de este diálogo fue su falta de ambigüedad y pretensiones. La Pequeña Señorita de tres años quería hacer otra cosa. Su hermano descubrió que era inútil intentar obligarla y decidió que volvería a probarlo más tarde. De adultos creo que no expresamos nuestros sentimientos de forma tan clara cuando no estamos de humor para escuchar a alguien. No decimos nada y en realidad no escuchamos, pero la persona que está hablando con nosotros no siempre es consciente de eso. A eso se le llama «incomunicación» o, en muchos casos, «incapacidad para la comunicación». Incapacidad de ser receptivo a las necesidades de una persona cuando esta no quiere hablar con nosotros. Incapacidad por parte de uno como hablante para reconocer la necesidad que puede tener nuestro interlocutor de encontrarse en un momento y lugar adecuados para escuchar aquello que deseamos compartir desesperadamente.

Yo soy tan culpable como cualquiera de no interpretar el lenguaje corporal o las insinuaciones verbales que indican que alguien quiere decirme algo y que necesita que lo escuche. No importa lo cercano o íntimo que puedas ser con alguien, incluso nuestros seres más queridos desconocen en qué estado mental nos encontramos. O, también, qué nos ha pasado en los minutos, horas o días precedentes, pues tal vez no se lo hemos comunicado de un modo que el otro sea capaz de interpretar.

Lo más importante son las primeras palabras que decimos cuando queremos que alguien nos escuche (no que nos ofrezca consejo, solo que nos escuche). He llegado a la conclusión de que las palabras «¿Puedo contarte algo?» son las mejores para obtener la atención requerida. Puede que la otra persona piense que voy a contarle un secreto, pero a mí me funciona. Por supuesto, el momento y el lugar son un factor de gran importancia cuando necesitamos que alguien nos escuche de verdad, pero también lo es el hecho de pedir que lo hagan. Lo que sigue a continuación son, desde mi punto de vista, los elementos básicos del acto de escuchar (insisto en que no hablo como experta, sino por mi experiencia como madre, pareja, hermana, trabajadora social y, más recientemente, como escritora):

Escucha activa

Esto suena extraño, ¿no? ¿Cómo no se escucha de forma activa? Bueno, la respuesta breve es que no se trata de algo tan fácil u obvio como suena. En mi opinión, no es así como solemos actuar siempre que mantenemos una conversación con alguien. Pero las ideas y técnicas básicas para escuchar de un modo activo pueden aprenderse y practicarse, y nos convertirán en mejores oyentes.

La idea clave detrás de la escucha activa consiste en dedicarle una atención plena al hablante, proporcionándole así el espacio y el estímulo necesarios para que pueda contarte aquello que quiere que escuches. Se trata de una transacción completamente distinta a la de la comunicación fática de la que hablaba antes y en la que tú y tu vecino intercambian saludos y comentan sus respectivos fines de semana. Aquí el propósito es simplemente establecer una comunicación positiva.

Las reglas básicas de la escucha activa son: concentrarse, comprender, responder, recordar qué está siendo dicho y reprimir todo juicio u opinión.

Siempre que me sentaba con Lale ponía en marcha todos mis mecanismos de escucha activa. Me llevó tiempo ganarme su confianza, y supe que lo había hecho el día que Tootsie me trajo la pelota para que se la lanzara. Llegamos a un punto en el que él sabía que yo estaba ahí, dispuesta a escuchar lo que necesitaba relatar con tanta urgencia. Creo que decidió entonces que yo sería la persona escogida, que estaba preparada para oír su historia, que comprendía la importancia de esta y que no lo juzgaría. Cuando iniciábamos la conversación propiamente dicha tras el intercambio inicial de comentarios triviales mientras tomábamos esas deliciosas obleas y ese pésimo café, yo solo me concentraba en sus palabras. Hacía el esfuerzo consciente de oír no solo lo que estaba diciendo, sino el mensaje completo que pretendía comunicar con cada frase y cada historia.

A mis encuentros con Lale nunca llevaba conmigo ningún instrumento para grabar su relato, ni tampoco lápiz y papel. Los llamaba «encuentros», no «entrevistas». Las entrevistas son vías de doble dirección: pregunta, respuesta. Yo me di cuenta el primer día que lo conocí de que cualquier movimiento o interrupción por mi parte provocaba que se distrajera y perdiera el hilo de lo que estaba diciendo. Hay que tener en cuenta que tenía ochenta y siete años y estaba tremendamente afligido por la muerte de su esposa. Yo lo escuchaba con atención, esforzándome por recordar nombres de personas y lugares que anotaba tan pronto como llegaba a casa. Esto a veces tenía su lado divertido cuando Lale se ponía a hablar en un idioma que yo no comprendía. Lo hacía en eslovaco, ruso, alemán... Yo no le decía nada y, en un momento dado, Lale se daba cuenta de ello y soltaba una risita. Nunca llegué a saber si luego repetía en inglés lo que acababa de perderme.

Al llegar a casa solía hacer un listado de las cosas más importantes que se habían hablado en el encuentro. Escribía según sonaban nombres de personas y lugares en un cuaderno pequeño para comprobar después su ortografía. Al final de cada uno de nuestros encuentros sacaba este cuaderno y le decía despreocupadamente a Lale algo como:

—La última vez que nos vimos mencionaste a alguien llamado...

Él se reía de mis intentos de pronunciar nombres extranjeros. Yo luego me unía a su risa, lo llamaba «sabelotodo» y colocaba el cuaderno delante de él para que corrigiera mi ortografía. Llegábamos a este punto solo cuando me daba la sensación de que era el momento de dejarlo por ese día, pues Lale parecía cansado o demasiado afligido o inquieto. Hasta entonces él hablaba y yo escuchaba, nada más.

Básicamente se trataba de prestarle toda mi atención y no permitir que ninguna distracción rompiera el hechizo bajo el que dejaba que me sometiera. En ningún momento corría el riesgo de aburrirme, pero había ocasiones en las que la concentración me fallaba. Muchas de las cosas que Lale me contaba sobre el tiempo que pasó en Auschwitz-Birkenau consistían en él siendo testigo de actos violentos, brutales y horribles perpetrados por los nazis. Mientras me esforzaba por comprender lo que estaba oyendo (cosa que no siempre conseguía), miraba cómo se movían sus labios y me daba cuenta de que él seguía hablando pero que yo ya no estaba escuchándolo. Era como si estuviera ahogándome en el horror del relato. Como había aprendido en nuestros primeros encuentros que no debía interrumpirlo ni tampoco pedirle que repitiera algo ni que me explicara con más detalle quién era alguien porque, si lo hacía, él perdía el hilo de la historia que estaba contándome y se ponía nervioso, esto hacía difícil que pudiera escucharlo al nivel que necesitaba para volver corriendo a casa y anotar lo que acababa de contarme. Me quedaba sobrecogida con la imagen de alguna atrocidad y no conseguía desprenderme de ella. Después de que esto me sucediera unas pocas veces, un día extendí instintivamente la mano a sabiendas de que habría un perro dormido entre Lale y yo. Acariciar y rascar la cabeza del perro que se encontraba a mis pies me devolvió al presente. Lale no llegó a enterarse de que lo había «abandonado» y yo ya estaba de vuelta.

Los animales —y las mascotas en particular— nos proporcionan un consuelo incondicional. Siempre que me quedaba despierta escribiendo toda la noche hasta las primeras horas de la mañana (pues mi trabajo de día me impedía cultivar mi pasión por la escritura en horas laborales «normales») era mi perra Lucy la que permanecía acurrucada a mis pies, por lo general dormida. Como en el caso de Lale y sus perritos, yo extendía la mano y la acariciaba, y si mis caricias la despertaban, la miraba y compartíamos un momento antes de que ella volviera a dormirse y yo siguiera escribiendo. *Hasta la próxima vez*. De niña nunca llegué a tener una mascota. Los perros se usaban para trabajar, y los gatos para mantener alejados a los ratones de la casa y de los cobertizos en los que se almacenaba comida. Puede sonar extraño, pero yo obtenía de las vacas el consuelo que las mascotas suelen proporcionarle a la gente. ¿Acaso hay un animal más afable? Acostumbraba a caminar entre ellas mientras pastoreaban y, como teníamos la misma altura, las miraba directamente a los ojos. Darles palmaditas y decirles cosas hacía que me sintiera en mi zona de confort.

Durante los años que pasé trabajando en el departamento de trabajo social de un gran hospital (entre 1995 y 2017), solía estar en contacto con un dolor y un sufrimiento insoportables. Hace no mucho estábamos celebrando el heroísmo de los médicos y las enfermeras que trabajaban largas y exigentes horas intentando salvar las vidas de la más que excesiva cantidad de gente contagiada con covid-19. Parecía que el resto del mundo acababa de darse cuenta de lo que yo siempre he pensado: no son nuestros políticos ni nuestros deportistas quienes deberían ser considerados leyendas y héroes, sino el personal médico. Y hay otro grupo de profesionales que trabajan en los hospitales a los que considero merecedores del más alto pedestal: los trabajadores sociales. Yo no lo era, pero trabajaba con ellos. Los apoyaba y asistía en momentos difíciles. Como solíamos decir en broma, ¡nadie acude a ver a un trabajador social porque esté disfrutando de un buen día! Se dedican a apoyar a las familias y los amigos que no pueden estar junto a sus seres queridos en las últimas horas de estos. ¿Puedes imaginarte lo que debe de ser eso? ¿Tener que abrazar, consolar y estar con madres, padres, maridos, esposas, niños, hermanos o amigos en el momento en el que se enteran de que sus seres queridos han fallecido? Y todavía hacen más: después de que las familias y los amigos se van del hospital, a menudo son los mismos médicos y enfermeras que han intentado salvar vidas quienes acuden a ver al trabajador social de su ala para comentar lo sucedido y buscar consuelo.

Durante más de veinte años tuve el privilegio de ser considerada una trabajadora social honoraria y que en el hospital en el que trabajaba me confiaran el cuidado, consuelo y apoyo de miles de pacientes y sus familias (especialmente de estas). Una de mis funciones consistía en proporcionar alojamiento y apoyo a familiares y amigos de pacientes que vivían lejos del hospital: cuidaba a los cuidadores. Mientras escribo esto, en la pared que tengo delante de mí cuelga un cuadro pintado por una joven de apenas veintiún años. La traté a ella y a su familia (sobre todo a su madre) durante cinco o seis años. Cuando podía, la paciente pasaba el tiempo pintando. Tres días antes de morir le pidió a su madre que la acompañara a mi despacho para poderme dar un cuadro que había pintado especialmente para mí. Verlo me resulta muy doloroso. Pero no verlo cada día todavía lo sería más. Cuando me lo dio y me dijo lo que significaba para ella, yo no contesté nada. Se lo agradecí con un abrazo. Al darme cuenta de lo consternada que se sentía la joven, le indiqué a su madre con un movimiento de cabeza que volviera a llevarla a la cama; había llegado el momento de despedirme de ella y dejar que estuviera con la gente que más importaba en su vida. Siempre agradeceré a su familia que le permitiera venir a verme y atesoro con gran cariño la obra de arte que hizo para mí.

Siempre había un momento en el que interrumpía deliberadamente a Lale. Esto sucedía cuando yo veía que estaba alterándose demasiado y que había llegado el momento de que dejara atrás 1944 y regresara al presente. Podía advertir señales de su creciente agitación. Como, por ejemplo, que comenzara a golpetear repetidamente el suelo con el pie o que evitara mirarme. También tenía un modo de fruncir los labios y negar con la cabeza de lado a lado al tiempo que abría y cerraba los ojos que me indicaba que ya tenía suficiente y que la sesión había terminado por aquel día. Durante los años en los que estuve trabajando con pacientes y sus familias aprendí a reconocer muchas señales y manierismos que indicaban que estábamos en un momento en el que la agitación y el trauma habían alcanzado su punto máximo y que la necesidad de hablar de esa persona había llegado a su fin. El tiempo que cada persona soportaba hablando podía variar mucho y no podía saberse de antemano. Algunas personas solo aguantaban diez minutos cuando narraban circunstancias en extremo traumáticas o trágicas. Otras..., bueno, digamos que me salté muchas comidas para quedarme con gente que se sentía abrumada por la necesidad de hablar. Contar con alguien que te escuche y que no esté personalmente vinculado contigo puede desatar un torrente de cuestiones pasadas y presentes.

Había ocasiones, sin embargo, en las que yo no interpretaba bien las señales de Lale. Él me decía en términos inequívocos que era importante que pudiera terminar de contarme algo y que necesitaba desahogarse. Cuando yo le contestaba que estaba preocupada por él y que tal vez había llegado el momento de parar porque lo veía cada vez más física y emocionalmente alterado, él me decía que esa carga emocional era necesaria. ¿Cómo iba si no a contarme el horror que vio y experimentó? ¿Cómo podía esperar que yo pudiera escribir sobre él si no lo revisitaba y experimentaba de nuevo? Por supuesto, tenía razón. Para mí la sesión pasaba a ser entonces un acto de malabarismo. Tenía que dejar que mis instintos dictaran si le permitía continuar cuando todos y cada uno de los huesos de mi cuerpo me pedían que lo detuviera y no lo dejara sufrir más ese día.

Tenía dos formas de traer a Lale de vuelta a su inmaculada sala, a su lugar seguro, al aquí y el ahora. Sugerirle que sus perritos tal vez querían que los lleváramos a pasear, por ejemplo, siempre funcionaba. Lale vivía en lo que podía considerarse una zona residencial predominantemente judía. Había familias caminando por las calles a todas horas del día y de la noche. Las más jóvenes siempre nos saludaban con una sonrisa, un movimiento de cabeza o unas palabras dependiendo de la hora que fuera. Muchas veces nos encontrábamos con algún amigo de Lale y nos quedábamos conversando con él tanto tiempo como los perritos pudieran permanecer quietos, hasta que un tirón de la correa —normalmente la de Tootsie— nos impulsaba hacia delante.

Siempre me gustaba cuando alguien lo llamaba desde el otro lado de la calle diciendo algo como: «¿Qué tal estás, *Tätowierer*?». Muchos sabían que Lale había sido el *Tätowierer* de Auschwitz-Birkenau, y así lo saludaban. A causa de su edad nuestros paseos no eran largos, de treinta minutos como mucho. Lale sabía muy bien cuándo dar media vuelta y emprender el camino de regreso a casa.

Si hacía mal tiempo o Lale no tenía ganas de ir a dar un paseo, algo frecuente por las tardes, cuando ya estaba cansado, el truco para que dejara de hablar consistía en mencionar cualquiera de los deportes que se jugaran en ese momento local o internacionalmente. Le encantaban los deportes. Si cuando yo llegaba tenía la televisión encendida, siempre estaba viendo algún partido. Había ocasiones en las que se nos unía el hijo que tuvo con Gita, Gary, y este compartía conmigo historias de cuando era pequeño y lo que su padre le había contado sobre el Holocausto. Lo que más me gustaba oír cuando hablaba con Gary, sin embargo, eran las historias sobre su madre. La relación entre padres e hijos es muy distinta que la que tienen los miembros de una pareja. Estaba claro que Gary se crió en una familia cariñosa y compasiva. Y si bien su madre le contó muy pocas cosas sobre su vida durante el Holocausto, él irradiaba el amor y el afecto que ella sentía por su hijo.

¿Escuchaba Lale de forma activa? A veces lo hacía, pero en general lo que le gustaba era ser quien hablaba, y ambos sabíamos que era yo quien estaba ahí para escuchar. Un tema sobre el que solía escucharme con atención era el que trataba los problemas que tenía con mi hija. Quería saber qué había estado haciendo ella desde la última vez que nos vimos y si todavía tenía el mismo novio (al que había conocido y que no creía suficientemente bueno para ella). Cuando compartía con él algunas de las travesuras de mi hija y le confesaba lo preocupada que estaba por ella, él soltaba una carcajada y me decía que le encantaría verla para animarla a que incordiara todavía más a su madre. También se le daba muy bien ofrecerme consejos paternales, que siempre iniciaba diciendo: «No he tenido ninguna hija y no sé lo que es criar a una, pero, si la hubiera tenido, esto es lo que habría hecho…». Y luego procedía a ofrecerme su considerada opinión. A mí me encantaba poder hablarle de mi familia y que me hiciera preguntas significativas y se mostrara sensible a las preocupaciones que tenía al lidiar con algún problema relacionado con ella. Siempre me sentí completamente segura compartiendo con él detalles sobre mi vida, pues sabía que respetaba mi privacidad.

Cada vez que yo llegaba a uno de nuestros encuentros, él me recibía diciéndome:

—¿Terminaste ya mi libro?

A lo que yo siempre contestaba:

—No, Lale, y no estoy escribiendo un libro. Estoy escribiendo un guion.

Durante casi un año él no dijo nada más al respecto, hasta que un día se volvió hacia mí con expresión de desconcierto y me preguntó:

—¿Qué es un guion?

Habíamos llegado a la sala y sabía que a continuación él se dirigiría a la cocina para prepararme otra taza de su pésimo café. Tootsie y Bam Bam ya estaban esperándolo ahí (conocían el ritual), pero Lale se detuvo para oír mi respuesta, de modo que tuvieron que volver.

—Bueno, Lale, estoy escribiendo tu historia con la esperanza de que se haga una película. Quiero ver tu historia en la gran pantalla.

La expresión de su rostro fue impagable.

—¡¿Una película?! ¡¿Quieres hacer una película sobre mí y mi relación con Gita?! —exclamó.

—Sí, eso es lo que quiero. Su historia de amor rivaliza con la de Romeo y Julieta —le dije—, y el poder de su historia es comparable al de las mejores películas jamás hechas sobre la valentía y la supervivencia. Así que, en efecto, me encantaría que su historia fuera una película.

Sus siguientes palabras no fueron las que yo esperaba, aunque retrospectivamente, al pensar en este anciano encantador, entrañable y seguro de sí mismo, fueron perfectas:

—¿Y quién me interpretará? —me preguntó.

—No lo sé, Lale. Todavía no hemos llegado a ese punto. Solo estoy escribiendo tu historia con la esperanza de que algún día alguien quiera convertirla en una película.

Y las sorpresas no habían terminado:

—¡Brad Pitt! ¡Consígueme a Brad Pitt! ¡Es un chico guapo, yo soy un chico guapo!

Incapaz de contener la risa, lo abracé y le dije que efectivamente era un chico muy guapo, al igual que Brad Pitt, pero que este era demasiado mayor para interpretar su papel. *¡Lo siento, Brad!*

Tras aceptar lo que le decía, Lale me dijo entonces que teníamos que encontrar a la persona perfecta para interpretar a Lale Sokolov porque quería saber quién lo haría antes de unirse a Gita y así poder contárselo.

Yo le ofrecí la posibilidad de traer un día mi laptop para que pudiéramos echarles un vistazo a todos los actores jóvenes disponibles en esos momentos y que los considerara. *No, no era eso lo que íbamos a hacer. Iríamos al cine.* Lale quería ver a los actores en acción antes de tomar su decisión.

Desde que conoció a mi hija, Lale disfrutaba de su compañía y cada vez que nos veíamos me preguntaba por ella. También me ofrecía consejos sobre cómo educarla. *¡Dios lo bendiga!* Le preocupaba en particular que bebiera alcohol: había visto cómo arruinaba la vida de demasiadas jóvenes que no eran del todo conscientes de sus peligros. Quería que le asegurara que le transmitiría a mi hija su opinión. Ella había decidido que no tenía intención de ir a la universidad, algo que él consideraba una equivocación, y me sugirió que me esforzara en convencerla para que lo reconsiderara. Al final ella tendría un papel decisivo en el hallazgo del actor que Lale quería que lo «interpretara». Por aquel entonces trabajaba en un multicinema, por lo que conocía todas las películas que se estrenaban y podía conseguirnos a Lale y a mí entradas para que pudiéramos ir a analizar a los actores.

Vimos una película tras otra. En varias ocasiones tuve que pedirle a mi jefe que me diera la tarde libre para poder así adaptarme a los horarios de Lale (porque no le gustaba salir de noche). En la sala de cine nos recibía mi hija, nos tomábamos una taza de café (preparada por un mesero, de modo que la aceptaba de buen grado) y ella se quedaba con nosotros un rato antes de acompañar a Lale a su asiento.

—¿Qué te parece este? —decía yo cuando en la pantalla aparecía un chico joven y guapo. Aunque lo hacía susurrando, Lale siempre me contestaba en voz alta:

—¿Se puede saber en qué estás pensando? —solían ser sus palabras.

Al oír esto yo me recostaba, me relajaba y me dedicaba a disfrutar de la película. Hasta que no estábamos de vuelta en su casa no me ofrecía sus razones para rechazar a ese actor. A menudo empleaba el argumento de que no eran suficientemente altos. En esos casos yo disimulaba una sonrisa: la imagen de un tipo de un metro ochenta que Lale parecía tener de sí mismo no se correspondía con la del anciano con el que yo pasaba tiempo ni con la de las fotografías que había visto del joven Lale.

Otro día, otra película. De camino a la sala, le hablé a Lale acerca del actor James Marsden, que yo consideraba perfecto para el papel: alto, moreno y apuesto. Como de costumbre, Lale se mostró evasivo, pero se le iluminó el rostro al ver a mi hija y poder pasar un rato con ella. Yo siempre me sentía un poco carabina cuando estaban juntos, pero también disfrutaba enormemente viendo el brillo en los ojos del anciano y lo mucho que a ella le gustaba estar con alguien a quien todos en la familia considerábamos historia viva.

Cuando las luces se apagaron y comenzó la película, estaba convencida de que ese iba a ser el día. La película acababa de estrenarse y la sala estaba llena. Al cabo de unos pocos minutos James Marsden apareció en la pantalla: alto, moreno y apuesto, tal y como yo había dicho. Le di a Lale un pequeño codazo en las costillas y susurré:

—¡Es este! ¡Eres tú!

La sala estaba a oscuras, pero aun así pude notar que Lale ponía los ojos en blanco y luego decía las ya familiares palabras:

—¿Se puede saber en qué estás pensando?

Error. Había vuelto a equivocarme. Me recosté y me relajé otra vez. Pero entonces sucedió. Al pasar a una nueva escena apareció otro actor. De inmediato Lale se puso de pie de un salto.

—¡Soy yo! ¡Soy yo! ¡Este es el actor que debería interpretarme! —exclamó.

Yo le indiqué que se callara mientras tiraba de él para que se sentara. Él así lo hizo y permaneció en silencio unos pocos minutos antes de volver a ponerse de pie.

—¡Tú, el de la fila de delante, date la vuelta y mírame! ¿No crees que se parece a mí? —exclamó.

Mientras tiraba de él otra vez para que volviera a sentarse, él seguía hablando en voz alta. Que otros le dijeran que se callara pareció funcionar. Entonces alguien comenzó a aplaudir lentamente y otros se unieron.

—¿Ves? Están de acuerdo conmigo. Este es el actor que debería interpretarme —susurró Lale.

Sí, Lale. Habíamos encontrado al actor perfecto para interpretar a Lale Sokolov: Ryan Gosling. Ahora que por fin se había callado, toda la gente que estaba en la sala podía disfrutar al fin de la maravillosa película que había ido a ver: *El diario de Noa*.

Con anterioridad Lale había visto una película protagonizada por la actriz Natalie Portman. Para él esta era la única persona que podía interpretar a Gita.

Tenía buen gusto nuestro Lale.

Así era como a menudo se refería a sí mismo, con el nombre completo, Lale Sokolov, si bien pronto descubrí que Sokolov no fue su apellido hasta 1945. Tras sobrevivir al Holocausto Lale regresó a Checoslovaquia, país por aquel entonces controlado por los comunistas, y fundó un exitoso negocio de importación de telas: lino, seda, lana y encaje. Suministraba las telas a empresas que manufacturaban ropa, la mayoría de las cuales pertenecían bien al Estado, bien a individuos no judíos. Su apellido original, Eisenberg, comenzó a crearle problemas, pues el antisemitismo seguía campando a sus anchas en su país natal. Lale estaba convencido de que estaba perdiendo contratos por ser identificado esencialmente como judío más que como el exitoso hombre de negocios que él se consideraba. Su hermana Goldie, el único otro miembro de la familia que había sobrevivido a los nazis, se casó con un soldado ruso al final de la guerra y adoptó el apellido de este, Sokolov. Lale tomó la decisión de usar el mismo apellido. En su pueblo natal de Krompachy el alcalde me enseñó el grueso volumen en el que estaba registrado su nacimiento. Al final del documento había una nota según la cual Lale visitó el ayuntamiento y solicitó que su apellido pasara a ser Sokolov.

Que otro miembro de su familia hubiera sobrevivido era algo así como un milagro. Lale era el más pequeño de la familia, un niño de mamá confeso. Idolatraba a su hermano mayor, Max, que no sobrevivió al Holocausto, pero tenía una relación más estrecha con su hermana Goldie. En muchos aspectos, me explicó Lale, esta fue para él una segunda madre. Solía cuidar de él cuando era pequeño y su madre estaba ocupada, llevándolo incluso cada día a la escuela hasta que él decidió que ya era suficientemente mayor para ir solo. El día que Lale subió al tren que lo llevaría a Auschwitz en abril de 1942, Goldie se quedó en la casa familiar de Krompachy. Y ahí seguía cuando regresó en mayo de 1945. Los lugareños habían cuidado de ella, escondiéndola y trasladándola de casa en casa para evitar que los nazis la capturaran.

Lale estuvo en mi vida durante casi tres años. ¿Hablábamos siempre de su época como *Tätowierer* en Auschwitz-Birkenau? No, ni mucho menos. Al cabo de poco ya éramos amigos y nuestras conversaciones podían versar sobre cualquier cosa. De esta manera comencé a descubrir la vida que él y Gita habían llevado después de la liberación, de vuelta en la Eslovaquia comunista, así como su huida y posterior vida en Australia.

Huida. Una palabra que se asocia al encarcelamiento. Y es que ahí es exactamente adonde Lale fue a parar antes de ir a vivir a Australia: a la cárcel. Se había convertido en un exitoso importador de telas. Gracias al traslado a Checoslovaquia de gran cantidad de hombres de negocios rusos junto con sus familias (en particular, sus esposas), se había creado un mercado anteriormente inexistente al que Lale había accedido y que consistía en proporcionar telas elegantes a los fabricantes de ropa. Con el éxito vino la necesidad de ofrecerle algo a la sociedad en compensación. En vez de compartir su riqueza en el país, Lale decidió transferir fondos a contactos judíos que luchaban en Palestina por un Israel libre. Pero fue descubierto y lo acusaron, juzgaron y encarcelaron en la prisión de Ilava. Asimismo las autoridades les quitaron a él y a Gita el departamento y vaciaron sus cuentas bancarias: todas sus posesiones pasaron a pertenecer al Estado. Gita se fue a vivir con unos amigos. Sin embargo, siendo como era, Lale había escondido unos fondos de los cuales solo su esposa tenía conocimiento.

Tras sobornar a un juez, Gita se puso en contacto con un psiquiatra junto con el que tramó un plan para conseguir que a Lale le concedieran un permiso carcelario. Un sacerdote católico fue el siguiente en recibir un sobre de Gita. El sacerdote fue a visitar a Lale a la cárcel y le explicó que debía empezar a comportarse como un «loco». Cuando las autoridades solicitaron que un psiquiatra evaluara a Lale, fue el psiquiatra «sobornado» quien lo visitó. Luego este explicó que el recluso necesitaba que le concedieran permiso los fines de semana para evitar que se volviera permanentemente «loco». Cuento todo esto con las mismas palabras que Lale usó cuando me explicó esta historia.

Cuando le concedieron el permiso, unos amigos ayudaron a Lale y a Gita a huir a Viena, adonde viajaron escondidos en la falsa pared de un camión agrícola. A pesar de ir cargados únicamente con una maleta cada uno, Gita insistió en llevar también el cuadro de la gitana que le había regalado a Lale. Desde Viena viajaron a París, donde permanecieron varios meses. Como no lograron encontrar trabajo, decidieron dejar Europa y trasladarse al país más lejano que conocían: Australia. Lale consiguió pasaportes falsos y llegaron a Australia en 1949. Él no volvería a salir del país. Gita, sin embargo, sí viajó a Eslovaquia varias veces para ver a sus dos hermanos (quienes durante la guerra se unieron a los partisanos, lucharon contra los rusos y consiguieron sobrevivir), así como a su amiga Cilka Klein, con quien mantuvo contacto toda su vida. También visitó Israel.

En Australia Lale y Gita volvieron a comenzar de cero, de nuevo en la industria textil. A veces las cosas iban bien, otras no tanto y Lale se veía obligado a empezar de nuevo. En ningún momento dejó de trabajar y siempre se las arregló para llegar a fin de mes; no le preocupaba demasiado el trabajo que se viera obligado a hacer mientras pudiera sostener a su familia.

Cuando Lale me contaba historias como la de su huida con Gita, se mostraba emocionado y orgulloso por el hecho de que ella hubiera tomado la iniciativa para conseguir liberarlo. Con frecuencia cambiaba de tema y se ponía a contarme algo nuevo igual de extraordinario, lo cual suponía todo un desafío para mí: tenía que concentrarme en no perder el hilo. Yo no tenía control alguno sobre lo que iba a hablarme cada día, y no podía dirigirlo para que resolviera las dudas que tenía sobre historias anteriores o me explicara algo con más detalle. No, Lale me hablaba únicamente de aquello de lo que quería hablar. Solo él decidía el tema de conversación. Mi papel era escuchar de forma activa aquello que él hubiera decidido contarme y buscar entre líneas la razón por la que sintió la necesidad de cambiar de tema. ¿A qué se debía que de repente optó por relatarme otro recuerdo? A veces estaba claro y veía el vínculo, pero a menudo no y tan solo aceptaba su necesidad de trasladarse a otra época y lugar.

Era importante que permaneciera alerta a todos los ingredientes de un buen oyente activo. Los más obvios los practiqué durante toda nuestra amistad. Siempre estaba pendiente de su lenguaje corporal, como el golpeteo en el suelo con el pie cuando aumentaba su agitación, o que apartara la mirada cuando los recuerdos, la rememoración, se volvían dolorosos; también del brillo en sus ojos cuando me miraba directamente al hablarme del amor que sentía por Gita. ¡Oh, cómo me gustaba escucharlo cuando hablaba de sus vacaciones anuales en la Costa Dorada de Queensland, Australia!

Iban a la playa cada día y él no podía evitar sentirse abrumado por la belleza de Gita al verla ataviada únicamente con un traje de baño, disfrutando del sol y de la arena. Esas vacaciones eran el punto álgido del año, cuando los dos se relajaban de verdad y estaban el uno para el otro. «Sin distracciones», solía decir él. Nadie los molestaba ni les pedía nada; pasaban las veinticuatro horas del día juntos, viviendo una vida que les fue negada a las familias de ambos. Lale me contó que eso tan simple era lo que los conectaba con los seres queridos que habían perdido: disfrutar al máximo de la vida. La lágrima que se le escapaba siempre que me lo contaba era de felicidad. Cuando nos veíamos no me resultaba nada difícil estar del todo atenta y presente en el momento: suponía un honor y un privilegio ser la persona con la que compartiera estos recuerdos. Los buenos y los malos. Los dolorosos y los hermosos. Me gustaría pensar que conseguí transmitirle cómo me sentía al estar con él, lo especial que era para mí. Solo puedo imaginar que lo sabía: nunca dejó de querer verme, hablar conmigo y contarme sus historias de esperanza.

No hay ninguna duda de que Lale sufría lo que considero cierto «síndrome del superviviente». En mi opinión (no profesional), todos los supervivientes del Holocausto que he conocido eran víctimas en alguna medida de ese sentimiento de culpa. En Lale resultaba obvio cuando hablaba sobre su familia. Me explicó que él y Gita solían hablar de la injusticia que suponía haber sobrevivido cuando la mayoría de sus familiares no lo lograron. Él le recordaba entonces el juramento que se habían hecho el uno al otro: el único modo mediante el que podían honrar a aquellos que no sobrevivieron era disfrutando al máximo de la vida.

Temiendo que las autoridades checoslovacas lo arrestaran si abandonaba Australia, Lale decidió no volver a salir del país. Como tanto él como Gita trabajaban, podían enviarle dinero a Goldie, que seguía en Checoslovaquia, y en cuanto a esta le fue posible viajar, le pagaron un vuelo a Australia para pasar juntos un preciado tiempo.

A Lale le encantaba hablarme de la primera vez que Goldie vino a verlo. Por aquel entonces no había vuelos directos de Checoslovaquia a Melbourne y tuvo que volar a Sídney. Él hizo lo que consideraba correcto y fue allí para ir a buscarla y traerla a casa. Durante varias horas estuvo dando vueltas por el aeropuerto de Sídney sin encontrarla. Finalmente llamó a Gita para decirle que su hermana debía de haber perdido el vuelo. Estaba aterrorizado por si le había pasado algo. Al parecer Gita dejó que hablara y deliberara sobre qué debía hacer y cómo podía averiguar qué le había pasado a Goldie antes de pasarle a esta el aparato. Resulta que su hermana no era tan inútil como pensaba Lale y, al llegar a Sídney, descubrió que para llegar a Melbourne debía tomar otro vuelo, de modo que compró un boleto y, en cuanto llegó a esta ciudad, tomó un taxi y se dirigió a casa de su hermano. Al llamar a la puerta agradeció que Gita estuviera en casa. Lale se vio obligado a pasar la noche en Sídney y la reunión con su hermana se retrasó veinticuatro horas.

Ya he comentado que cuando me sentaba en la sala de Lale (o estábamos en una cafetería, o iba en coche con él, o paseábamos sus perros; siempre que lo escuchaba, en definitiva) nunca grababa el encuentro ni tomaba notas. Bajo circunstancias normales, si, digamos, un periodista o un historiador estuviera entrevistando a alguien, grabaría la conversación y, además, tomaría notas. Instintivamente, en cambio, yo tuve la sensación de que cualquier distracción, fuera el zumbido de un aparato o el ruido del bolígrafo contra el papel al escribir y garabatear (¡porque suelo garabatear!), hubiera supuesto una interrupción con consecuencias. Y eso a pesar de que el relato estaba salpicado por una gran cantidad de nombres de personas y lugares, así como de detalles de una época histórica de la que, como había admitido vergonzosamente a Lale, conocía muy poco. Para mí existía una tensión entre mi papel como oyente y el trabajo que suponía dejar registrado su testimonio, algo que era igual de importante (para él y cada vez más también para mí). Lo que Lale necesitaba era a alguien que lo escuchara, que estuviera ahí mientras él hablaba de una época y un lugar que había mantenido reprimidos durante décadas y que revivir en esa etapa final de su vida se le antojaba esencial y terapéutico. Pero también sentía en el hombro la mano de la historia. Bajo todas las bromas sobre Ryan Gosling y Natalie Portman, este anciano sabía que tuvo un papel que debía quedar registrado para el futuro. Sabía que compartir estas historias resultaba esencial para asegurar que no volviera a pasar algo así. Y, a su vez, yo sentía una enorme responsabilidad tanto como confidente como siendo la persona a la que había decidido confiar su historia.

Cuando dejaba a Lale, siempre me iba directa a casa. La cena solía retrasarse porque yo seguía delante de la computadora intentando poner por escrito de la forma más exhaustiva posible aquello que me había contado. Escribía nombres de personas y lugares fonéticamente y luego buscaba su ortografía real. Mi biblioteca sobre el Holocausto crecía día a día. Partiendo de las fechas que Lale me había proporcionado tanto de los acontecimientos que presenció como de los que formó parte, buscaba más información sobre ellos en internet y en los libros. Lentamente, poco a poco, comencé a darle forma a su historia. Este era mi papel como cronista de Lale. En mi otro papel, el de persona escogida para escucharlo, creé la hoja de cálculo que he comentado antes y en la que tomaba nota de su estado mental en cada visita.

Un profesional de la salud mental amigo mío me dijo que Lale nunca me contaría nada que no quisiera que yo supiera. Yo le había pedido su opinión porque temía que el hecho de rememorar y hablar sobre un pasado tan traumático pudiera resultar perjudicial para Lale. Mi amigo me recordó que, después de cada sesión, debía «desconectarlo» y asegurarme de que se encontrara felizmente de vuelta en el presente, y yo me encargaba de hacerlo mediante las técnicas que he descrito antes. En cuanto a la hoja de cálculo, me permitía hacer un seguimiento sobre el estado de ánimo de Lale. También incluía una breve nota acerca de cómo me había afectado a mí la visita y lo que había oído y absorbido durante el tiempo que pasaba con él.

Uno de los aspectos más importantes para un trabajador social o cualquiera que realice algún tipo de labor terapéutica son las sesiones regulares de «supervisión» con un colega experimentado. En estos encuentros se puede hablar de las prácticas empleadas, expresar preocupaciones y recibir apoyo y ánimo. Si bien mi relación con Lale no era ni mucho menos terapéutica, me siento muy agradecida por el hecho de que mi jefa —que probablemente sabe tanto sobre Lale como yo— accediera a que me sincerara con ella. Más adelante hablaré un poco más sobre el costo de escuchar.

Antes de cada sesión con Lale anotaba los nombres de personas y lugares que había encontrado en mi investigación y que parecían corresponderse a los que él había mencionado en alguna sesión anterior. También hacía una lista con las cosas que tenía la sensación de que me faltaba conocer. Guardaba estas notas en mi bolsa hasta que estaba a punto de marcharme, después de que ya nos habíamos relajado yendo a dar un paseo con los perros o mantenido una plática informal y justo antes del momento de despedirse. Era entonces cuando sacaba la hoja de papel y le hacía una pregunta específica (o, como mucho, dos). «¿Era el comandante del que me hablaste la última vez

Schwarzhuber o Kramer?», por ejemplo, o: «¿Cuándo crees que fue la primera vez que viste a Mengele?», o: «¿Cuál era el nombre del pueblo del que provenía Gita?». Cuando le hacía una pregunta de este estilo después de que hubiera estado hablando de forma ininterrumpida durante horas y ya hubiéramos roto el hechizo sacando a pasear a los perros o discutiendo sobre quién ganaría Wimbledon, él respondía despreocupadamente con la mirada perdida. Creo que sabía muy bien por qué le hacía estas preguntas, pero nunca lo comentó. Siempre tenía la respuesta lista: su memoria era afiladísima e infaliblemente precisa. Y así, poco a poco, día a día, mes a mes, Lale me proporcionó y yo recibí el argumento que conformaría *El tatuador de Auschwitz*.

Tenía una historia. Una historia que ahora necesitaba escribir. Una historia que creía que otros querrían oír o —como estaba escribiendo un guion— ver. Mi vida y la de Lale se habían entrelazado: ninguno de los dos podía avanzar sin el otro. Lale tenía plena confianza en mi capacidad para contar su historia y su ánimo supuso un bálsamo que me permitió dar lo mejor de mí misma. Mi familia me apoyó incondicionalmente. Amigos y colegas del trabajo escuchaban entusiasmados cada una de mis palabras cuando compartía algunas de las anécdotas. Si bien no me di cuenta en el momento, el hecho de que Lale me contara sus experiencias y yo las escuchara se convirtió en una historia en sí misma. Sin embargo, siempre hago hincapié en que, a pesar de que la novela es mía y lleva mi nombre, *El tatuador de Auschwitz* es la historia de Lale; de Lale y de Gita.

A continuación incluyo tres de las incontables entradas que hice en la hoja de cálculo. En ellas se registran el primer encuentro, otro del año siguiente y el último.

El viaje de un escritor con un superviviente del Holocausto

Mi historia			La historia de Lale	
Fecha	**Dónde, lo que hice / dije**	**Lo que sentí**	**Lo que él dijo**	**Su estado de ánimo**
03/12/03	Primer encuentro con Lale, sus perritos, café malo y obleas.	¿Qué estoy escuchando? ¿Ante qué me encuentro aquí?	Nombres, Gita, Baretski, Höß, ¡Date prisa y escribe! Necesito estar con Gita.	Terriblemente afligido. Brusco, impaciente, agitado.
	Reconozco mi ignorancia sobre el judaísmo y el Holocausto.	Cohibida, avergonzada.	Algo bueno. No tendrás ideas preconcebidas ni expectativas al oír mi historia.	Pareció hacerle cierta gracia.
	Confieso mis ancestros alemanes.	Frustración por no ser capaz de conectar ni seguir las historias inconexas que cuenta de forma atropellada.	Ningún problema. No podemos elegir a nuestros padres.	Perplejidad.
04/04/04	Encuentro en su departamento. Sigue sirviendo un café malo, pero me siguen gustando las obleas.	Angustiada con insoportables sentimientos de horror y tristeza por lo que él y Gita tuvieron que pasar. No sé qué hacer con estos sentimientos que Lale parece estar transfiriéndome.	Ha cambiado desde que conoció a mi familia y me dijo que a sus perritos les gusto. Le caigo bien, puedo contar su historia.	Lale está abriéndose más. Dice que le cae bien contarle a otra persona lo que para él no son solo anécdotas, sino secretos sobre él y Gita en el campo de concentración. El imperecedero amor que siente por Gita siempre está presente en la habitación con nosotros.

Mi historia			La historia de Lale	
Fecha	**Dónde, lo que hice / dije**	**Lo que sentí**	**Lo que él dijo**	**Su estado de ánimo**
31/10/06	Hospital Alfred. Gary les dijo a los médicos que le gustaría que yo viera a Lale. Este sufrió una apoplejía y probablemente esta será su última noche.	Destrozada.	Ya no está consciente, al principio se muestra algo agitado, pero al sostener su mano y susurrarle unas palabras parece tranquilizarse. Ha llegado el momento de que me despida de él.	

Nunca olvidaré la última vez que vi a Lale. Gary se puso en contacto conmigo para decirme que Lale estaba en el hospital y que debía ir a verlo. Fui tan pronto como pude y permanecí sentada con él durante una hora aproximadamente. Él ya no estaba consciente, pero en un momento dado pareció sentirse algo agitado y farfulló algo. Yo lo tranquilicé susurrándole unas palabras y, mientras le sostenía una mano, le di un beso en la mejilla. Recuerdo que le dije:

—Si quieres unirte a Gita, estoy segura de que Gary lo entenderá. Ve con ella y gracias por estos maravillosos tres años. Nunca jamás dejaré de intentar contar tu historia.

Mientras permanecía sentada con Lale sosteniendo su mano, nos interrumpió un médico y una enfermera que me dijeron que necesitaban ocuparse de él y que debía marcharme. Al levantarme para hacerlo les dije:

—Por favor, cuídenlo bien. Es alguien muy especial. Este hombre es historia viva.

A lo que el médico respondió:

—¡Aquí cuidamos bien a todos nuestros pacientes!

Mi comentario fue una estupidez, sabía que Lale estaba obteniendo los mejores cuidados posibles, pero aun así lo hice.

La enfermera rodeó la cama y, al ver que yo sostenía una de las manos del anciano, dijo:

—Vi los números que tiene tatuados en el brazo.

Y el médico, que claramente era la primera vez que veía a Lale, preguntó:

—¿Qué números?

A lo que la enfermera contestó en voz baja:

—Es un superviviente del Holocausto.

Después de lo cual no pude evitar contarles algunas cosas sobre la vida de Lale. Les expliqué que él fue el tatuador de Auschwitz y que ahí conoció al amor de su vida. La enfermera sostuvo la otra mano de Lale y ni siquiera intentó disimular las lágrimas que caían por sus mejillas. En un momento dado miré al joven médico y comprobé que permanecía inmóvil, mirando fijamente a Lale sin decir nada. Tuve que ser yo quien dijera que ya me iba para dejar que lo atendieran. La enfermera rodeó la cama y me dio un fuerte abrazo. El médico, por su parte, me estrechó la mano y me dio las gracias por explicarles quién era este paciente.

Lale murió unas pocas horas después con su hijo Gary a su lado. Estaré siempre en deuda con este por permitirme pasar un rato con su padre antes de que se uniera finalmente a Gita.

Mostrarse vulnerable

La doctora Brené Brown, renombrada investigadora y profesora estadounidense de trabajo social, describe la vulnerabilidad como nuestra capacidad de establecer conexiones humanas mediante la empatía, el sentimiento de pertenencia y el cariño. A mí me gustaría añadir también el hecho de permitirnos a nosotros mismos ser queridos y aceptar que somos merecedores de ese amor y ese vínculo.

Qué fácil es construir un muro alrededor del corazón de uno y permitir que sea únicamente la cabeza la que lleve las riendas. Demasiado fácil. Es la opción segura cuando conocemos a alguien. Si no hay intención de conectar con esa persona en el plano emocional, tiene sentido revelar lo menos posible sobre uno mismo y dejarlo así. Cuando una relación comienza a formarse, la cantidad de información sobre nosotros mismos que revelamos y la rapidez con la que lo hacemos se convierten en una decisión personal. Aquí es donde la cuestión se vuelve delicada. ¿Puede alguien esperar que otra persona se abra y se muestre vulnerable si no se le devuelve el favor?

Lale quería contarle a alguien su historia, esto lo sabíamos ambos. A mí estaba contándomela de un modo poco sistemático, fragmentario, con escasos vínculos y coherencia entre una anécdota y otra. No dejaba de decir que yo tenía que escribir su historia, pero no me la contaba, todavía no. Yo tenía dificultades para comprender lo que él quería, y si ello era realmente hablar sobre su pasado. Cuando me hablaba del tiempo que pasó en Auschwitz, su tono de voz se volvía extrañamente frío y carente de toda emoción. Las únicas veces en las que parecía perder el control era cuando hablaba de Gita. Muchas veces comenzaba a decir algo, pero de repente se detenía y apartaba la mirada o llamaba a uno de sus perros para que este se acercara a él y poder así acariciarlo, lo cual le permitía tranquilizarse y cambiar de tema.

Hasta que un día estábamos sentados y, tal y como solía hacer, él no dejaba de dar largas, aludiendo a un suceso y luego cambiando de tema enseguida, y entonces me di cuenta de algo: Lale parecía estar cómodo hablando conmigo, me había agarrado cariño y se enojaba si le parecía que había pasado demasiado tiempo desde el último encuentro. Aunque era él quien hablaba y ahora, no sabía por qué razón, pero nuestros encuentros se habían vuelto artificiales. Era como si estuviéramos atrapados en el vestíbulo, de brazos cruzados, esperando que comenzara algo. Él había preguntado muy poco sobre mí y yo había respondido de forma muy vaga: le dije los nombres de mi marido y mis hijos y le hablé de mi trabajo. El detalle más íntimo que le proporcioné fue el nombre de soltera de mi madre el primer día que nos conocimos. No le confié ningún otro detalle personal sobre mí. Y, retrospectivamente, me doy cuenta de que cuando me preguntaba algo, yo evitaba contarle nada que no fueran los detalles más básicos; él preguntaba poco, pero yo no decía ni pío. No era que estuviera ocultándole nada, pero ahora soy consciente de que había malinterpretado la insistencia en su necesidad de contar su historia deprisa para poder estar con Gita como una falta de interés por su parte acerca de cualquier otra cosa. Yo conseguí crear una atmósfera cuando estábamos juntos que le hacía sentirse seguro. Definitivamente se encontraba cómodo conmigo (me recibía y se despedía de mí con un beso en cada mejilla e insistiendo en que le dijera cuándo iba a regresar), pero faltaba algo en nuestra conexión y me di cuenta de que en parte era culpa mía.

Las cosas cambiaron cuando llevé a Lale a casa y le presenté a mi familia. Después de eso, antes incluso de cerrar la puerta tras de mí al llegar yo a su casa, ya estaba preguntándome por mi hija. Muy de vez en cuando me preguntaba por los hombres de mi vida, pero siempre se interesaba por mi hija. Algo había cambiado entre nosotros, pues ahora había más cordialidad y franqueza. Una o dos semanas después de la cena con mi familia tuvo lugar el cambio definitivo en lo que respecta a su confianza en mí para que escuchara y contara su historia. Al mostrarme vulnerable y permitirle que conociera a mi familia y descubriera algunas cosas sobre mí, tanto buenas como malas, ayudé a que se produjera una conexión mucho más estrecha entre ambos. Generalmente protegía a mi familia de todo aquel que no formara parte de nuestro círculo más íntimo, pero a Lale le abrí la puerta y dejé que me viera sin filtro. Y si bien necesitaría tiempo para procesar lo que descubrió sobre mí, al menos ahora tenía algo para procesar.

Gracias a la conexión entre nuestras dos familias se estableció un nuevo nivel de confianza entre ambos. Fue como si se hubiera accionado un interruptor. Lale comenzó a hablarme sobre la maldad y el horror que había experimentado y presenciado de un modo muy emocional, a menudo llorando abiertamente conmigo y describiéndome el dolor que sentía ante las atrocidades que vio, así como los esfuerzos que hacía para mantenerse optimista con Gita. Ahora que lo oí hablar con mi familia sobre las vidas que llevó antes y después de Auschwitz, podía reconducir su narración a recuerdos más felices cuando veía que lo estaba pasando realmente mal.

Un día que fui a su casa a verlo decidí que esta vez necesitaba una taza de café decente. Cuando me abrió la puerta (para entonces siempre me esperaba con la puerta abierta mientras yo subía los escalones que conducían a su departamento), lo saludé y le dije:

—¿Podemos ir a tomar café a algún sitio?

Él recibió con entusiasmo la sugerencia, comprobó que llevaba la cartera en el bolsillo y agarró las llaves del coche. Esa fue la primera —y última— vez que dejé que Lale me llevara en coche. En un momento dado dio media vuelta en mitad de una calle sin mirar a ningún lado (haciendo que cerrara los ojos y comenzara a despedirme de mi familia). Por suerte la distancia era corta y pronto llegamos a una cafetería, pero durante todo el trayecto él ignoró todas las normas de tráfico. No supe si reír o llorar cuando finalmente se detuvo en una zona en la que estaba prohibido estacionarse, apagó el motor y descendió del coche. Yo me apresuré a ir detrás de él y le señalé que no podía estacionarse donde lo había hecho, pero, descartando mi observación con un movimiento de mano, él me contestó que siempre se estacionaba ahí y que nadie más lo hacía. No me molesté en intentar explicarle que había una razón para ello.

Cuando entramos en la pequeña cafetería (cuya decoración claramente había permanecido inalterada durante décadas), todos los clientes y los trabajadores saludaron a Lale por su nombre. Las mujeres, por su parte, se acercaron enseguida a él para abrazarlo y recibir unos habituales besitos en cada mejilla. Yo conseguí mi taza de café decente, pero lo que más disfruté fue el hecho de ver a Lale cobrar vida entre personas que lo conocían bien mientras aceptaba sus condolencias y las mujeres le preguntaban si comía bien y comentaban que había perdido peso. A mí me acogieron cordialmente en su círculo y me preguntaron por lo que estaba haciendo con Lale.

Yo esperaba que esta excursión supusiera el inicio de la reintegración de Lale en la comunidad judía de la que él y Gita habían formado una parte integral. Esta había fallecido hacía ya cinco meses. Él me enseñó muchas fotos de los dos socializando fuera de casa. Tenían una vida social muy intensa: él siempre de punta en blanco y ella con un aspecto despampanante. En muchas de aquellas fotos Lale no miraba a la cámara como su esposa, sino que observaba con amor a la mujer que tenía al lado.

Unas pocas semanas después Lale me preguntó si iría con él a ese evento social que he mencionado antes. Se celebraría en el salón de actos que hay en el primer piso del Centro del Holocausto Judío de Melbourne. Fui consciente de que supondría un paso esencial en mi relación con Lale. Este quería que sus amigos me contaran cosas sobre su vida. También él estaba mostrándose vulnerable para consolidar nuestra relación. Yo iría para proporcionarle apoyo moral en caso de que sintiera la necesidad de marcharse temprano, y sin duda él quería que sus amigos supieran que iban a contar su historia y quería mostrarles a la persona que lo haría. Mientras me presentaba a amigos y conocidos, no dejaba de vanagloriarse de ello como si de una medalla de honor se tratara.

Vestida con mi atuendo habitual, pantalón de mezclilla y una playera, llamé a la puerta de su departamento. Él me recibió ataviado con un traje y una camisa perfectamente planchada. Tenía un aspecto impecable. Rodeé el brazo que él me ofrecía y nos dirigimos a mi coche. Él sabía que yo sería quien condujera, pero ejerció de caballero y me abrió la puerta del conductor.

Estacionarse no es fácil en la tranquila callejuela en la que está situada el centro. Yo le ofrecí a Lale la posibilidad de dejarlo en la puerta para que fuera entrando mientras yo iba a buscar un espacio para estacionarme, pero él se negó. Era muy capaz de caminar la distancia que fuera necesaria.

Mientras subíamos la escalera que conducía a la sala de actos, supuse por el ruido que se oía que ya estaría abarrotada. Más tarde Lale me contó que me había dicho que el evento comenzaba media hora más tarde de lo que en realidad lo hacía porque quería que todo el mundo estuviera ya presente cuando hiciéramos nuestra entrada.

Se detuvo tras dar dos pasos. Entonces alguien lo vio, exclamó su nombre y comenzó a sonar en la sala un coro de voces: «¡Lale! ¡Lale! ¡Lale!». Como un actor en el escenario al final de una representación, él hizo una reverencia con la sonrisa más amplia que le hubiera visto nunca. Lale, el playboy, estaba de vuelta.

Yo me sentí inmensamente agradecida cuando me rodearon docenas de señoras enjoyadas y muy bien vestidas. Hablaban todas a la vez y querían saber quién era yo y qué estaba haciendo con Lale. Mientras intentaba encontrar las palabras adecuadas para explicarles mi presencia en el lugar eché un vistazo a Lale. A pesar de hallarse rodeado por todos sus amigos, estaba mirándome para asegurarse de que yo estaba bien. Yo incliné ligeramente la cabeza con una sonrisa —aunque también el ceño fruncido—, y él me lanzó un beso y se volvió de nuevo para seguir con la conversación que estaba teniendo lugar en su círculo.

Miré a las mujeres que me rodeaban y luego a los hombres que estaban al otro lado de la sala. Mi presencia había bajado la edad media de los presentes unos cuantos años. Hombres y mujeres de setenta, ochenta y noventa y pico años lucían elegantes prendas hechas a la medida (muchos de los hombres trajeados y con los zapatos lustrados). Los camareros deambulaban entre ellos, algunos con bandejas con bebidas y otros con comida. Los meseros eran tan ruidosos y animados como las mujeres que me rodeaban a mí. Era una escena verdaderamente encantadora y de la cual me sentía honrada de formar parte. Varias veces oí que uno de los hombres preguntaba:

—¿No es judía?

A lo que Lale respondía:

—No, ya te lo dije, no quiero que un judío escriba mi libro.

Luego la conversación entre los hombres proseguía, pero yo podía oír que al poco volvían al mismo tema y decían algo como:

—¿No tiene ni un ápice de sangre judía? ¿Estás seguro de ello?

Yo intenté explicar a qué se debía mi presencia mientras no dejaban de ofrecerme copas de vino y pastitas que comía tirando migas al suelo. A mí me parecía importante aceptar toda la bebida y la comida que me ofrecían esas mujeres para poder así establecer con ellas un vínculo tanto individual como colectivo.

No estaba segura de qué esperar cuando les dije que visitaba regularmente a Lale para poder escribir sobre la época que él y Gita pasaron en Auschwitz-Birkenau, pero obtuve un apoyo y un ánimo abrumadores. De inmediato todas se pusieron a hablarme de su amistad con la pareja. Cada vez que conocía a una mujer, esta parecía estar intentando superar a la anterior y me aseguraba que su amistad era más antigua y más profunda. No recuerdo cuántas veces oí las palabras «¿Sabías que Gita...?».

Mientras me contaban casi a gritos todas estas historias sobre Lale y Gita, me di cuenta de que había encontrado una importante fuente de información acerca de ella gracias a la relación que había mantenido con sus amigas. Se trataba de historias que Lale no conocía o no consideraba importantes, pues muchas no tenían relación alguna con él. Me contaron, por ejemplo, lo gran cocinera que era. Lale nunca había mencionado que cocinara nada. Me pareció encantador oír lo orgullosa que se sentía Gita de su «mesa» cuando la cena del sabbat se celebraba en su casa. Asimismo muchas sentían envidia de la hermosa ropa que solía llevar, sobre todo porque se la hacía ella misma. Yo había visto muchas fotos en las que, en efecto, Gita iba ataviada con vestidos exquisitamente confeccionados y tenía un aspecto despampanante. «Sí, se los hacía ella misma», me explicaron ellas. Luego Lale me confirmó que así era, y añadió que también los diseñaba. Cuando le pregunté entonces por las artes culinarias de su esposa me dijo que él se limitaba a comer el platillo que le ponían delante y que no le daba más vueltas. En ese momento cobró sentido el hecho de que nunca hubiera mostrado interés por la comida cuando yo la mencionaba.

En cuanto les pregunté a las mujeres si sabían cómo debió de ser para Gita el tiempo que pasó en Birkenau todas intercambiaron miradas de desconcierto y se encogieron de hombros.

—Claro que lo sabemos —dijeron ellas—. ¡Nosotras también estuvimos ahí!

En ese momento no pude evitar sentirme avergonzada; ¿cómo podía no habérselo preguntado antes?

Me sorprendió la libertad con la que hablaban sobre sus experiencias en el campo. Lale me había dicho muchas veces que Gita no quería hablar de ello, y a causa de eso yo supuse que las demás mujeres supervivientes tampoco querrían hacerlo. Ahora, sin embargo, estaba oyendo hablar del Holocausto desde una perspectiva femenina. Lo que más me llamó la atención fueron las constantes referencias al frío. Lale mencionaba el tiempo, pero solo para indicar si lo que me estaba contando sucedió en verano o en invierno. Parecía que el principal recuerdo que tenían estas mujeres era el de pasar un frío tan extremo que apenas entendían cómo pudieron sobrevivir.

Oí cómo una mujer le decía a otra:

—¿Cómo vas a saber cómo era realmente? ¡Solo estuviste ahí una semana!

O:

—Tú no estuviste en Auschwitz. A nosotras nos tocó el peor campo; el tuyo era un campamento de verano en comparación.

Al principio me pareció que estaban discutiendo, pero luego me di cuenta de que esta era la forma en la que hablaban entre sí y comprobé que ninguna mujer se ofendía ni corregía o criticaba a otra. Cuando una me dijo que su historia era como la de Lale y Gita, y que también debía escribir sobre ella, todas me inundaron de repente con peticiones para que escribiera sus historias.

Durante varias horas formé parte de este increíble grupo de mujeres supervivientes y escuché historias de un sufrimiento personal increíble, salpicado ocasionalmente por pequeños momentos de alegría. Había veces en las que, después de que una mujer me explicaba una breve anécdota, sus amigas le decían:

—No tenía ni idea de eso. Nunca nos lo habías contado.

Al encogimiento de hombros de la mujer a menudo le seguía algo como:

—No quería hablar sobre ello, pero ahora sí y puede que ella —señalándome a mí— también quiera contar mi historia.

Lo había visto en películas y también leído en libros, pero oír cómo una mujer describía cómo la habían separado de sus padres y hermanos pequeños durante el proceso de selección fue algo completamente distinto. Algunas mujeres le dieron un abrazo. Estaba claro que conocían la historia, pero todavía respondían a ella con afecto físico. Yo le tomé una mano y la miré a los ojos, dejando que mi mirada le dijera todo aquello que no podía expresar con palabras. Con su otra mano ella me acarició el rostro y me sonrió. Una pequeña conexión entre dos desconocidas. El dolor físico que sentí en el pecho me acompañó durante un largo tiempo.

Cuando al final Lale se acercó y me dijo que quería marcharse yo no tenía ganas de hacerlo. Muchas mujeres terminaron escribiéndome sus nombres y números de teléfono en un pañuelo de papel o algún trozo de papel que hubieran encontrado en la bolsa y me los dieron pidiéndome que las llamara. Más adelante me encontré en muchas otras ocasiones con algunas de ellas. Estoy segura de que tenían claro que yo solo iba a contar la historia de Lale y Gita, pero siempre que nos veíamos era casi como si fuera una especie de moderadora y las ayudara a hablar entre ellas y comparar impresiones y experiencias, así como a confesar abiertamente el trauma que acarreaban y el sentimiento de culpa y vergüenza que tenían por haber sobrevivido. Bajo el pretexto de hablar conmigo, una mera desconocida, sentían que de algún modo tenían permiso para sincerarse acerca de esta terrible época de sus vidas. Yo estaba profundamente conmovida por esto. Suponía un enorme privilegio ser incluida en este estrecho grupo que compartía una experiencia semejante y oír historias que a menudo no habían contado a nadie más, ni siquiera a sus propias familias.

La cantidad de cosas que los hijos de los supervivientes saben acerca de las experiencias de sus padres suele variar bastante. He conocido a algunos que conocen hasta el menor detalle, pero la mayoría me ha dicho que en realidad sabe muy poco de esa parte de su pasado. Muchos me han explicado que esto se debe a que su madre o su padre les manifestaron en términos inequívocos que no querían hablar al respecto. Otros, que temían preguntarles nada por temor a contrariarlos o porque no sabían cómo lidiarían ellos mismos con el conocimiento del horror y la maldad que sus queridos padres habían experimentado. Me han pedido incontables veces consejo sobre cómo hacer que un superviviente hable con sus hijos y me han preguntado asimismo si yo estaría dispuesta a verlo y escuchar su historia. Si aprendí algo hablando con supervivientes es que solo te contarán aquello que quieren que sepas, no se les puede obligar a hablar. En general sugiero usar a un interlocutor que no tenga ninguna conexión emocional con el superviviente. Esto tal vez podría facilitar que este se abra emocionalmente, aunque tampoco supone ninguna garantía.

A medida que nuestra amistad fue haciéndose más estrecha, Lale comenzó a invitarme con más frecuencia a su mundo. A veces me llevaba a una cafetería para encuentros más reducidos con sus amigos. Algunos de estos hombres me hablaban de sus experiencias en el Holocausto y se reconocían como supervivientes, aunque nunca a un nivel emocional; en general no decían nada y se limitaban a asentir como si dijeran: «Sí, estuve ahí». Varias veces me encontré asimismo con uno de los amigos más estrechos de Lale, e incluso llegué a ir a su casa y conocí a su esposa. Tuli solo tenía diecisiete años cuando lo apresaron. También era de Eslovaquia, de Bardejov, un pequeño pueblo que yo visitaría más adelante (y del que también provenía Cilka Klein). Solo estuvo en Birkenau unos pocos meses antes de que lo enviaran a otro campo, pero me habló del hambre extrema que sufrió mientras estuvo ahí. Este parecía ser su principal recuerdo: el hambre.

Tuli era un hombre de hablar quedo y personalidad opuesta a la de Lale. Mientras este solía decir lo primero que le venía a la cabeza, Tuli se mostraba reservado y considerado respecto a todo lo que decía en mi presencia. Cuando estaba con sus amigos, a Lale le encantaba hablarles de mí y de mi familia (y, sí, de mi hija en particular). Esto solía generar conversaciones entre los hombres, que querían saber entonces más cosas sobre quién era yo y de dónde provenía; la verdad es que me encantaba que Lale pareciera sentirse tan orgulloso de tenerme como amiga.

Yo me sentía completamente segura sincerándome con ellos, explicándoles quién era y contándoles historias de mi infancia en la Nueva Zelanda rural. Y lo cierto es que ellos parecían estar genuinamente interesados en lo que les contaba. Me di cuenta entonces de que, cuando hablaba a un nivel más personal, los hombres se mostraban a su vez más comunicativos sobre sí mismos y sus familias, tanto la inmediata que tenían en Australia como, a medida que nos íbamos conociendo más, aquella que habían perdido. Estaba claro que la pérdida de su familia durante el Holocausto era el asunto más significativo que querían contarme. Era como si toda la maldad y los horrores que hubieran presenciado o sufrido palidecieran en comparación con las muertes de los miembros de sus familias. ¿Se trataba de una muestra más de la culpa del superviviente? Lo único que sé es lo que me dijeron: ningún dolor que les hubieran infligido podía compararse al que sentían por haber vivido una vida plena mientras que sus padres y hermanos habían perecido.

Cuando pienso en la época que pasé con Lale, varias de las historias que me contó destacan por el desgaste emocional que le supuso a él contármelas y a mí escucharlas. Una en particular la recuerdo muy vívidamente y pensar en ella todavía me perturba. Se trata de la del regreso a su pueblo natal de Krompachy. Encontrar viva a su hermana Goldie y descubrir que los demás miembros de su familia fueron apresados y que con toda probabilidad no regresarían nunca era algo que le resultaba visceral y físicamente doloroso. Incluso el hecho de hablar sobre ello seis décadas después le causaba un gran pesar. Al escucharlo yo no pude evitar sentir lo mismo. Pregunté a los hombres si haberse casado y tener hijos propios, haber formado sus propias familias, les suponía alguna ayuda. Todos aquellos a quienes formulé esta pregunta me dijeron que no: eran dos cosas distintas, una no podía equilibrar o reemplazar la otra.

Comencé este capítulo preguntando si escuchar era sencillo. Creo que puede serlo. Uno no siempre tendrá la sensación de que lo ha entendido todo o de que la conversación ha ido bien; desde luego yo no siempre la tenía. Es importante decirse a uno mismo que, mientras lo haya hecho lo mejor posible teniendo en cuenta las circunstancias que estuvieran conspirando en su contra o apoyándolo en ese día, es suficiente. Hay, sin embargo, algunos pasos para hacerlo sencillo. Para ser un oyente activo no es necesario adoptar ninguna actitud predeterminada. Tanto si uno está hablando con sus amigos más próximos y queridos como si lo hace con sus padres o sus hijos, el proceso es el mismo. Como todas las cosas en la vida, no siempre seguimos el proceso necesario para obtener el resultado que deseamos. Todo se reduce a tomar la decisión de mostrarnos vulnerables y dejar que los demás se den cuenta. ¿Por qué debería alguien confiarte sus esperanzas y sus miedos, su pasado y sus sueños para el futuro si tiene la sensación de que no será correspondido? La respuesta es simple: no lo hará. Oí con aprensión y alegría que mis hijos «chismeaban» sobre mí con Lale. No se reprimieron. El día que lo conocieron él los admitió en su círculo y compartió con ellos aspectos de su pasado. Se mostró vulnerable y ellos le correspondieron a sabiendas de que respetaría y disfrutaría con aquello que le contaran sobre su madre. Le proporcionaron armas para que se metiera conmigo cuando se sintiera bromista, lo cual sucedía a menudo. Al permitir que Lale conociera a mi familia creamos un mundo en el que yo podía escucharlo y él contarme aquello que necesitaba compartir desesperadamente.

El día posterior a su fallecimiento mi familia me acompañó primero a su funeral y luego a su entierro, y esa tarde entramos en una sinagoga por primera vez para despedirnos de él. Se había marchado para estar con Gita, pero ninguno de nosotros lo olvidaría nunca.

Hacer un esfuerzo adicional

«Me quedé sin calzones limpios», le expliqué a mi editora de Londres desde mi habitación de hotel de Johannesburgo, donde me encontraba promocionando mis novelas *El tatuador de Auschwitz* y *El viaje de Cilka*. Estaba previsto que regresara a casa en dos días, pero acababa de hacer una llamada que lo cambiaría todo. Llamó a Rejovot, Israel, ciudad en la que vivía Livia, una mujer de noventa y dos años. Esta me había contado que fue apresada en Eslovaquia en marzo de 1942 junto con su hermana mayor y que recordaba a Lale Sokolov tatuándole el número identificativo en el brazo izquierdo al llegar a Auschwitz-Birkenau. Después de la guerra ella y sus dos hermanas se trasladaron a Israel, y ahora me pedía que fuera a verla para oír su historia completa. Yo hablé entonces con su hijo, cuyo correo electrónico me mantuvo despierta unos pocos días antes: «Creo que mi madre y sus hermanas tienen una historia que te gustaría oír», me había escrito. Tenía razón.

«Cómprate calzones nuevos», me contestó mi editora. Ella tenía la misma corazonada que yo. Se trataba de una historia que merecía hacer un esfuerzo adicional y viajar los ocho mil kilómetros que en ese momento me separaban de Israel.

Consulté la dirección que me proporcionó Livia y busqué alojamiento cerca. Rejovot estaba situada a unos pocos kilómetros de Tel Aviv. Al tratarse de una ciudad dormitorio no contaba con demasiados hoteles. Miré si era posible volar de Johannesburgo a Tel Aviv. Sí, lo era. Llamé a casa y pregunté a mi familia qué le parecía que estuviera fuera una semana más. Tenía que viajar a un sitio, expliqué. «Entonces debes ir», me dijeron. No me preguntaron más detalles.

Dos horas después del vuelo que debería haberme llevado de Johannesburgo a Melbourne, embarqué en el avión que me llevó a Tel Aviv. Un vuelo nocturno que aterrizó a primera hora de la mañana, dejándome sola en un país en el que no había estado nunca y cuyo idioma no hablaba, pero con calzones nuevos en la maleta. Todavía no tenía moneda local, pero las tarjetas de crédito funcionan en todas partes, ¿no es así? Conseguí reservar una habitación en el hotel más cercano a la dirección que me proporcionó Livia y le pedí al conductor de un taxi que me llevara a él. Bordeamos la ciudad de Tel Aviv y nos dirigimos hacia Rejovot. Estábamos en pleno verano y, a pesar de lo temprano de la hora, una calurosa calima ascendía del suelo y rebotaba por los edificios de las calles por las que pasábamos.

Tras estacionarme delante del hotel le ofrecí al taxista mi tarjeta de crédito.

—Nada de tarjetas, solo efectivo —me reprendió él con firmeza.

Cuando le expliqué (o intenté explicarle) que acababa de llegar al país y que todavía no tenía efectivo, el taxista arrancó y se alejó del hotel, conmigo de prisionera en el asiento trasero. Presa de un ligero pánico, le pregunté adónde nos dirigíamos. Resulta que las siglas ATM* se usan en muchos idiomas y comprendí que me llevaba a un cajero donde podría obtener efectivo. Solo entonces volvería a llevarme al hotel.

Al llegar a un solitario cajero que se encontraba en la lateral de una polvorienta carretera y que no parecía estar conectado con ningún edificio (y menos todavía con un banco), descendí a regañadientes del taxi dejando mi equipaje dentro e introduje mi tarjeta en una máquina cuyas instrucciones de uso no podía leer. Sin tener ni idea de cuál era el tipo de cambio, supuse qué botones presionar y doblé la cantidad de séqueles que el taxista me había pedido.

La máquina me devolvió la tarjeta y luego me entregó el dinero.

Al reservar la habitación pagué un día adicional para poder disponer de ella la mañana de mi llegada, de modo que pude darme de inmediato la ducha que tanto necesitaba. El hijo de Livia me había dicho que fuera a su casa tan pronto como pudiera. Al cabo de una hora, pues, ya volvía a estar en un taxi. Al pagar le ofrecí al taxista mi tarjeta de crédito y este también me dijo que solo aceptaba efectivo, algo que ya esperaba. Le ofrecí entonces un billete, pero lo rechazó porque era demasiado grande: quería el importe exacto o uno muy cercano. La explicación de que el cajero solo daba billetes grandes no le valió y me dijo que me llevaría a

* Siglas de Automated Teller Machine, nombre que reciben en inglés los cajeros automáticos. *(N. del t.)*

una tienda en la que pudiera comprar algo y conseguir así cambio.

Bienvenida a Israel.

Finalmente el taxi me dejó delante de un edificio de departamentos. Nada más descender del vehículo levanté la mirada y vi a Livia, a su hijo y a la esposa de este saludándome con la mano desde el balcón del primer piso. De camino a la entrada del edificio la puerta se abrió y el hijo de Livia me saludó con un cariñoso abrazo. Luego me condujo escaleras arriba, donde me esperaban los brazos de su madre y de su esposa. ¡Vaya recepción! Este era el recibimiento a Israel que recordaría.

—Debes de tener hambre. Siéntate, te hemos preparado el desayuno. Y café. Supongo que querrás café, ¿verdad?

Todavía no eran las nueve de la mañana.

Estuve con Livia dos días en los que también conocí a otros miembros de su familia. Entre todos me contaron la historia de las tres hermanas eslovacas que sobrevivieron al campo de Auschwitz-Birkenau. Nadie se calló nada, todos querían que me enterara de tantas cosas como pudieran contarme en el breve periodo de tiempo que pasaría en Israel. Como sabía que no dispondría del tiempo que había tenido con Lale y, al igual que con este, no quería que el hecho de tomar notas me distrajera, le pedí a la nuera de Livia que lo hiciera por mí. Luego, como tantas veces había hecho en mi vida —especialmente con mi querido amigo Lale—, me senté y escuché. Mientras tanto también bebí un fuerte café turco y comí algo nuevo cada hora, sin falta. Esa vez, sin embargo, el café era delicioso. ¡Incluso repetía!

En el correo electrónico inicial que me habían escrito el hijo y la nuera de Livia me contaban que esta provenía del mismo pueblo que Gita, y que su número identificativo en el campo era 4559, apenas tres posteriores al de Gita. Al parecer, Livia no pudo dormir hasta que terminó *El tatuador de Auschwitz*. Estaba asombrada y no podía creer lo fiel que era mi narración. En ese correo electrónico también me explicaban que Livia recordaba varias anécdotas con Gita, pues solía estar a menudo con ella, y me comentaban que le gustaría proporcionarme detalles que corroboraban algunas partes de mi libro que fueron objeto de crítica. Livia poseía una memoria increíble, decían, y quería que nos viéramos cara a cara para poner las cosas en su lugar.

La llamada que siguió dos días después a ese primer correo electrónico fue extremadamente emocional, y todos lloramos en algún momento. El hijo de Livia me explicó que, al ver la portada australiana del libro (que muestra dos brazos tatuados con el número del campo), su madre simplemente dijo:

—Debe de tratar sobre Lale y Gita.

¡Guau, vaya comentario! Cuando hablé con Livia, me dijo muy claramente que quería verme, no hablar por teléfono, de modo que supe que tendría que desplazarme para que pudiéramos encontrarnos. En cualquier caso, yo también prefería hablar cara a cara.

Cuando colgué me di cuenta de que estaba temblando. Y también tenía la piel de gallina. Necesitaba ver a Livia y a su familia de inmediato. Llamé a mi editora londinense y, al cabo de apenas unos pocos minutos, me dijo:

—Toma ese vuelo.

Tras una conversación de apenas cinco minutos supe que debía seguir mi instinto. Había oído la hermosa voz de una anciana. No juzgué ni cuestioné por qué su familia se había puesto en contacto conmigo. Nada más escuchar la voz de Livia tuve un buen presentimiento. Me recordó a aquella taza de café que había tomado años atrás con una amiga que me habló de un hombre que tal vez tenía una historia que merecía la pena contar, y me sentía igual.

Era algo que debía hacer, tenía un buen presentimiento.

En esta ocasión el tiempo, las circunstancias, la experiencia y esas palabras alentadoras de mi editora supusieron que llevara a un extremo mi esfuerzo adicional. Aunque también lo había hecho aquella vez en la que accedí a tomar una taza de café con un anciano que todavía estaba llorando el reciente fallecimiento de su esposa. Y, desde un punto de vista más simple, por esfuerzo adicional también me refiero al hecho de mostrarme más abierta como oyente. Cuando escuchamos activamente el propósito no es juzgar ni formarnos una «opinión» sobre lo que nos están contando. Asimismo —y estaría bien que todos practicáramos más esto—, deberíamos prestar atención sin intentar pensar en una respuesta. No es necesario comentar todo aquello que nos están diciendo. De hecho, en muchos casos probablemente es mejor no decir nada a arriesgarse a decir algo equivocado.

Como he dicho, tanto en el caso de Lale como en el de Livia no quería hacer nada que pudiera distraernos ni a ellos ni a mí. Así pues, decidí no tomar notas, aunque más adelante sí grabaría una conversación mía con Livia. Este proceso de escuchar de verdad y mostrarse abierto implica no solo oír las palabras, sino también los silencios que hay entre ellas y el contexto en el que son dichas. Al igual que Lale, Livia se puso en contacto conmigo a través de alguien porque ya era muy mayor y quería que las experiencias que ella y sus hermanas vivieron fueran contadas mientras todavía había tiempo. Gracias a mi experiencia con Lale tenía claro que lo que debía hacer era presentarme ante ella y mostrarme vulnerable (en este caso, apareciendo con los ojos ligeramente soñolientos, sola y recién salida de un avión), y procurar dejarle claro enseguida quién era yo y cuál era mi predisposición solo por el hecho de estar presente en el momento. Procuré dejar a un lado todo pensamiento de si esta era una historia con la que podría trabajar, si Livia realmente decidiría contármelo todo, o si su historia era importante, y me limité a prestarle atención y a mostrarme abierta y dispuesta a escucharla. La suya era una historia increíblemente poderosa de esperanza, supervivencia, valentía y amor. Y poder escucharlas a ella y a su hermana Magda, de noventa y cuatro años, así como a los demás parientes de su maravillosa familia, fue uno de los mayores privilegios de mi vida. La hermana mayor de Livia, Cibi, murió en 2014.

Al terminar el segundo día Livia me dijo que debería tomarme el día siguiente libre y visitar Jerusalén. Mi ignorancia acerca de la geografía israelí quedó patente cuando le contesté que me sería imposible ir y volver en un día. Hay que tener en cuenta que provengo de Australia, donde ir de una ciudad a otra por lo general requiere un avión. Afortunadamente el hijo y la nuera de Livia vivían en Canadá y eran conscientes de la problemática de las distancias al desplazarse por un país de esas dimensiones. Al día siguiente recorrí en coche los cuarenta minutos que se tardaba en llegar a Jerusalén. Le pedí al conductor que me llevara directo a Yad Vashem: el Centro Mundial de Conmemoración de la Shoá. Si iba a visitar Jerusalén, quería que esta fuera mi primera parada. Durante cinco horas deambulé por este increíble museo y pasé incluso un rato en su archivo con un asistente muy amable que me ayudó a buscar en sus bases de datos la información que tenían sobre Lale, Gita y Cilka. Antes de marcharme visité la tienda y me quedé pasmada al ver *El tatuador de Auschwitz* expuesto de forma destacada. No estoy segura de la razón, pero no esperaba ver ahí la versión inglesa del libro. Sabía que los derechos de la traducción al hebreo fueron vendidos, pero que yo supiera todavía no se había publicado en Israel.

Tomé un ejemplar y lo hojeé. No pude evitar sentirme abrumada por tenerlo en mis manos en el lugar más sagrado de todos los dedicados al Holocausto. En un momento dado una empleada de la tienda se acercó y me preguntó si quería comprarlo. Yo le contesté que era la autora del libro y le di las gracias por que tuvieran ejemplares ahí. Ella llamó al encargado y durante una larga conversación me enteré de que se vendía muy bien y que continuamente estaban pidiendo más ejemplares al distribuidor. Luego me comentaron que mucha gente de todos los países solía acudir a la tienda preguntando por él porque querían leerlo y, todavía más importante, querían comprarlo ahí, en Yad Vashem.

Yo, que provenía de un pequeño pueblo rural de Nueva Zelanda y tenía ya sesenta y tantos años, acababa de descubrir que lectores de todo el mundo acudían a Yad Vashem, en Jerusalén, para comprar mi libro. Como a mí también me ilusionó tener un ejemplar de *El tatuador de Auschwitz* comprado ahí, decidí adquirir uno.

Ya atardecía cuando salí de la tienda para ir a tomar una taza de café en la cafetería del mismo centro. Retrocedamos un momento: mientras me encontraba en Johannesburgo (algo que parecía ya muy lejano, pero en realidad hacía tan solo unos días), una mujer se había acercado a mí después de escucharme en un evento. Conversamos un poco y me preguntó a qué país iría después. Yo le comenté que tal vez Israel. Ella me dijo entonces que tenía un buen amigo que vivía en

Jerusalén y que si visitaba esta ciudad debía encontrarme con él. Luego le envió un mensaje a este diciéndole que me había conocido y que quizá me pondría en contacto. En Jerusalén, mientras estaba tomando ese café, consulté el celular y vi que tenía un mensaje suyo en el que me decía que si estaba en la ciudad lo llamara. Dejándome llevar por un impulso, lo hice. Me dijo que todavía le faltaban unas horas para salir del trabajo, pero me invitó a cenar con él y su esposa. En ese momento esta no sabía nada de mí y definitivamente no tenía ni idea de que esa noche cocinaría para una desconocida. Luego él me sugirió que mientras tanto fuera a visitar la Ciudad Vieja. Me llamaría en unas pocas horas para quedar y llevarme a su casa.

Soy confiada, ¿verdad? ¡No se lo digas a mi familia!

Explorar la Ciudad Vieja fue algo maravilloso. ¡Qué zona tan animada y bulliciosa! ¡Por todas partes había gente tanto mayor como joven! Mientras deambulaba por las calles de adoquines compré algunos souvenirs y probé la comida local. Finalmente un coche se detuvo en la esquina en la que habíamos quedado y un desconocido me dijo:

—¡Sube!

Y yo así lo hice.

Me condujo a su casa, donde su esposa había cocinado una increíble cena para los tres. Nos la comimos en un balcón con maravillosas vistas a la ciudad mientras el sol se ponía en el que era ya mi tercer día en Israel. Estuvimos hablando durante horas. Pasada la medianoche mi nuevo amigo me condujo de vuelta a mi hotel. De él y su esposa recibí una lección sobre la política y la historia de Israel. En la universidad había estudiado el conflicto árabe-israelí y pensaba que lo sabía todo al respecto, pero no era así. Ahora sé más. Qué honor pasar la velada con unos lugareños dispuestos a compartir historias de un país todavía atormentado por el conflicto. Lo único que querían ellos era que los enfrentamientos terminaran. Y lo ponían en práctica viviendo en paz en un edificio ocupado sobre todo por familias palestinas con las que los unían lazos de amistad.

Al día siguiente volví a ver a Livia y su familia. Pasaría otros tres días con ellos, principalmente escuchándolos, pero también contándoles algunas cosas de mí misma, pues querían conocer aspectos sobre mi familia. En más de una ocasión saqué mi celular para mostrarles con gran orgullo fotos de mis nietos (¡no tanto de los adultos!).

Más adelante descubriría que, el día que fui a Jerusalén, los miembros de las familias de las tres hermanas se habían reunido para hablar sobre mí y debatir si podían confiarme su historia. Al parecer, finalmente me consideraron más que aceptable y hacia el final de mi estancia me hicieron una petición formal para que contara «la historia de las tres hermanas de Eslovaquia». Confío en que este extraordinario relato de esperanza, amor y supervivencia se convierta en el tema de mi próxima novela.

Una semana más tarde de lo esperado regresé a casa para compartir con mi familia y mis editores algunos fragmentos de lo que había oído y aprendido, así como de la rica experiencia de la que disfruté gracias a mi disposición a hacer un esfuerzo adicional.

Hace unos años hice otro viaje a un lugar que estaba más cerca de Australia y cuya geografía era completamente distinta a la de cualquier otro en el que hubiera estado antes o haya estado después.

Timor Oriental.

Durante varios años había tenido cierta relación con una de las personas más inspiradoras y generosas que hubiera conocido nunca. Varias veces al año este hombre viajaba a Timor Oriental para ofrecer su experiencia como brillante cardiólogo a la gente de ese pobre país. Ahí identificaba a chicos y chicas jóvenes cuya expectativa de vida era limitada si no se les practicaba un sencillo procedimiento cardiaco que en los países occidentales se realiza de forma rutinaria todos los días. Usaba sus recursos para trasladarlos a Australia y que fueran operados por médicos igualmente dotados y compasivos en importantes hospitales públicos, de manera que así conseguía salvarles la vida.

Me preguntaron si estaba interesada en unirme a un pequeño equipo que iba a viajar a Dili, la capital de Timor Oriental, para visitar a un nuevo grupo de pacientes y comprobar el estado de algunos de los que tuvieron la fortuna de ser tratados por este maravilloso cardiólogo que les devolvió la vida. También nos acompañaría su esposa, que había hecho este viaje muchas veces con su marido y que fue decisiva a la hora de proporcionar agua potable a las comunidades remotas que vivían en algunas de las muchas aldeas de la zona montañosa de Timor, así como en el desarrollo y la creación de una escuela.

A pesar de no contar con el menor conocimiento médico, acompañé a la esposa del cardiólogo a las montañas para visitar la escuela cuya creación ella había impulsado y ver asimismo la tubería de bambú que recorría una lateral de la carretera —bueno, más bien un camino— y que proporcionaba agua potable a los pueblos. El conductor del vehículo en esta excursión de dos días fue un lugareño que también ejerció de guía y traductor y que se llamaba Eddie.

Yo ocupé el asiento del acompañante en las seis horas que tardamos en recorrer el trayecto de setenta kilómetros hasta lo alto de las montañas. En muchos lugares ni siquiera había rastro del camino que debíamos seguir. Y, en varias ocasiones, Eddie tuvo que bajar del vehículo para estudiar la distancia que había de la lateral de la montaña al borde del precipicio y para calcular si podríamos pasar. Dudo que alguna vez llegáramos a ir a más de diez kilómetros por hora.

Eddie tenía un vehículo muy reconocible y todos aquellos con quienes nos cruzábamos en la estrecha carretera o que vivían en los pueblos que atravesábamos sabían quién lo conducía. Al acercarnos a la primera aldea vi con gran sorpresa que hombres y mujeres, niños y niñas, salían corriendo de sus casas (apenas cuatro paredes, algunas con tejado, muchas sin él) exclamando su nombre y agitando los brazos para saludarlo. Con la ventanilla bajada Eddie les devolvía el saludo mientras ellos seguían corriendo al lado del vehículo. A menudo incluso se detenía y conversaba unos minutos con algunos hombres antes de retomar nuestro viaje.

Mi compañera de viaje me explicó que Eddie era casi un dios para los habitantes de ese pequeño país. Era la persona más reverenciada que conocía. A menudo, cuando nos deteníamos en alguna aldea, nosotras dos solíamos bajar del vehículo para jugar con los niños, que se reían, tiraban de nuestra ropa y nos enseñaban su habilidad lanzando una piedra o un palo. Los niños pequeños deambulaban desnudos: allí no había pañales. Las mujeres, por su parte, permanecían a cierta distancia, riendo con timidez y preguntándose quiénes éramos. Cuando las saludábamos con la mano y les decíamos «hola» ellas nos devolvían el saludo.

Me habían contado algunas cosas de Eddie, este extraordinario hombre que de pequeño se vio obligado a huir de su país natal. En 1975 Indonesia invadió Timor Oriental y el cincuenta por ciento de la población fue asesinada o murió a causa de alguna enfermedad mientras mantuvo el control del país. Durante esa terrible época Eddie vivió en Australia. No regresó hasta 1999, cuando una fuerza internacional de las Naciones Unidas intervino el país. Desde entonces Eddie estuvo trabajando incansablemente para proporcionar asistencia sanitaria y educación a todos los habitantes del país. Siempre rechazó toda afiliación política y no se unió a ninguna de las facciones que pugnaban por gobernar uno de los países más jóvenes de la región. Con eso se ganó el respeto de todos.

Mientras ascendíamos las montañas, le hice a Eddie algunas preguntas para comprender un poco la situación del país y escuchar de su boca la historia que motivó que ahora nosotros tres estuviéramos yendo a ver una pequeña escuela escondida en lo profundo de la jungla. Le dejé claro que estaba más que dispuesta a escuchar su historia si él tenía ganas de contársela a alguien.

Él contestó amablemente mis preguntas y, poco a poco, comenzó a expresar sus opiniones sin que yo indagara al respecto. Durante los siguientes dos días este humilde hombre me contó historias increíbles y compartió conmigo la ilusión y la esperanza que tenía por su país natal. Su hermano había muerto en 1975 mientras luchaba contra el ejército indonesio invasor y él era el único miembro de su familia que regresó.

De vuelta a Dili le pregunté si otro día podría hablar más con él y tal vez escribir su historia. Me dijo que no. Al parecer, muchos periodistas de Australia y Estados Unidos se habían puesto en contacto con él interesados en contar su historia. Él siempre se negó, pues consideraba que tan solo era una persona que hacía todo lo que podía para ayudar a que la población de Timor Oriental mejorara sus condiciones de vida. Lo que puedo decir es que no era un hombre ordinario en un lugar y una época extraordinarios, sino un hombre extraordinario que estaba consiguiendo que las cosas cambiaran para bien. Durante los siguientes días, mientras permanecí en su país, hablamos a menudo. Me presentó a su esposa y me enseñó fotografías de sus hijos.

Eddie ejerce un impacto tremendamente positivo en su comunidad. Una comunidad muy necesitada. Y, del mismo modo, todos podemos hacerlo allá donde vivamos. Puede ser algo tan simple como comprobar cómo está un vecino mayor, ofrecerse como voluntario a prestar algún pequeño servicio en la comunidad o escuchar a alguien que quiere hablar. Cuando trabajaba en el hospital hubo muchas ocasiones en las que tuve que hablar con los padres de un bebé fallecido. En esos casos me sentía completamente inútil, no había nada que pudiera decir para aliviar el dolor desgarrador que se reflejaba en sus rostros. Aun así solía recibir un sentido agradecimiento por ayudarlos a organizar el funeral de su hijo y me di cuenta de que hacer una cosa simple y práctica, por pequeña que fuera, podía ser de gran ayuda.

Doce meses después mi amigo el cardiólogo regresó a Dili para hacer lo que hacía mejor: intentar salvar vidas de niños. Como siempre, Eddie era su conductor y traductor. Mientras estaba ahí me escribió un correo electrónico. No contenía ningún mensaje, solo una frase en la línea de asunto: «Eddie dice que sí». Espero poder regresar algún día a Timor Oriental y encontrar un modo de contar la historia de Eddie, la persona más valiente que haya conocido nunca. Sin duda se trata de alguien que hizo un gran esfuerzo volviendo a su país cuando podría haberse quedado en Australia y disfrutar de una buena vida. En vez de eso, puso en riesgo su vida enfrentándose a diversos enemigos en un país todavía dividido por el conflicto y que aún está tratando de encontrar su identidad. Cuando pueda, yo haré también un esfuerzo adicional y regresaré a Dili y, con esperanza y orgullo, contaré la historia de Eddie.

La experiencia me ha enseñado una y otra vez que, si mantengo la mente abierta y salgo de mi zona de confort, encontraré a alguien con una increíble historia que contar.

Lo único que debo hacer es escuchar.

Hacer la pregunta adecuada

De vez en cuando suelen preguntarme cómo puede saber el oyente cuándo hacer la pregunta adecuada en el momento adecuado, o qué quiere la gente que le pregunten, o con qué pregunta conseguirá uno que le cuenten una historia. ¿Cómo podemos saber cuándo estamos inquiriendo amablemente a nuestro interlocutor e indicándole que estamos preparados para escucharlo y cuándo, en cambio, somos indiscretos?

Al pensar sobre estas cuestiones siempre recuerdo lo que me dijo Lale cuando nos conocimos:

—¿Sabías que yo era el *Tätowierer?*

Tuve que reconocer que no. Acababa de conocerlo y no sabía cuál era su historia ni tenía ni idea de qué era un *Tätowierer.*

—Bueno, yo era la persona encargada de tatuar el número identificativo en los brazos de los prisioneros de Auschwitz-Birkenau —me contestó, y luego se arremangó la camisa y colocó su brazo izquierdo a unos pocos centímetros de mi rostro. Yo mantuve una expresión neutra mientras mis ojos observaban el desvaído número verdoso que me estaba señalando: 32407. Ahora ya sé lo que es un *Tätowierer.*

Tenía claro que la clave para que Lale me contara su historia era escuchar y no interrumpir. Las pocas veces que le hice una pregunta cuando estaba en medio de una frase se enojaba, perdía el hilo de lo que estuviera contando y luego le costaba retomarlo. Lo que yo hacía, pues, era hilar *a posteriori* una colección de anécdotas fragmentarias que solía contar a gran velocidad y con escasa o nula conexión entre ellas. Como era de esperar, con tantos datos desordenados, tanto emocionales como meramente factuales, había momentos en los que me veía obligada a preguntar y obtener una aclaración para comprender mejor lo que había visto y experimentado.

El día que me preguntó si me había hablado sobre Cilka fue un momento crucial para mí. Cuando le dije que no y le pregunté que quién era, él simplemente me respondió:

—La persona más valiente que he conocido nunca. —Y, negando con el dedo índice, añadió—: No la mujer más valiente, sino la persona más valiente. —Luego su rostro se ensombreció y ya no dijo nada más sobre ella, salvo—: No pudimos salvarla.

Yo dejé que la conversación terminara ahí a sabiendas de que Lale volvería a hablar sobre ella cuando creyera que era el momento adecuado. Tardaría varios meses en conseguir más detalles sobre Cilka y su papel en Birkenau porque Lale siempre se alteraba mucho cuando rememoraba lo que esa mujer sufrió ahí y en su posterior encarcelamiento en un gulag siberiano.

Durante una visita a su amigo Tuli, Lale mencionó que este y Cilka provenían del mismo pueblo, Bardejov. De inmediato yo le pregunté a Tuli qué recordaba sobre ella. Él me explicó que la conoció en su pueblo natal y que sintió lástima por ella al enterarse de lo que hacía en Birkenau. Él fue la primera persona que me dijo que Cilka había hecho cosas «malas». Cuando le insistí, me contó que solo había oído lo que hacía. En cualquier caso, ella fue amable con él y corrió un gran riesgo para conseguirle ropa de abrigo y una cobija durante el primer invierno, cuando casi se muere de frío. Consideraba que le salvó la vida.

Su comentario de que Cilka había hecho cosas «malas» hizo que preguntara por ella a otros supervivientes, en particular a las mujeres con las que solía pasar el rato cuando acompañaba a Lale. Al igual que en el caso de Tuli, las historias que oí eran contradictorias:

Cilka era una «chica terrible», pero también «era muy joven y valiente», «ayudó a mucha gente a conseguir comida y ropa adicionales aprovechando su posición de prisionera protegida». Tuve claro que debía hacer lo que me aconsejó Lale:

—Cuando termines mi historia, tienes que contar la de Cilka. Es necesario que el mundo la conozca.

Durante muchos meses llevé en la bolsa un listado de preguntas para Lale a la espera del momento adecuado para hacérselas. Como he dicho, usaba mi intuición y solo lo interrumpía cuando me parecía que estaba alterándose en exceso o ya comenzaba a estar cansado. En esos casos lo interrumpía a propósito con alguna pregunta. No sobre él, Gita, el Holocausto o su vida posterior a este, sino acerca de algo que no estuviera relacionado con lo que estaba contándome, a menudo sobre algún deporte. Luego, después de comentar el deporte del día, agarraba despreocupadamente la hoja que llevaba en la bolsa y buscaba una pregunta que tuviera alguna relación con algo que me hubiera contado antes. «La última vez que estuvimos juntos mencionaste a tal y tal, ¿podrías contarme más sobre...?».

Lale se entusiasmaba cuando le pedía detalles de alguna cuestión anotada en mi lista y elaboraba su respuesta con pasión. Eso le demostraba que había estado escuchándolo, decía él. Escoger bien el momento adecuado, eso era lo más importante a la hora de hacerle una pregunta profundamente emocional. En particular si estaba relacionada con Gita o, más adelante, con Cilka. Ambas le salvaron la vida, me explicó, cada una a su manera. Gita permitiéndole quererla; Cilka suplicándole un favor al hombre que estaba violándola: «Ayuda a Lale». Había muchos días en los que hablar y preguntarle cosas sobre estas dos mujeres era algo que debía evitar y procuraba centrarme en otras historias sobre su vida en el campo.

Había otros dos aspectos de la época que pasó en Auschwitz que le resultaban extremadamente dolorosos de recordar. Eso suponía que debía ser extremadamente cuidadosa cuando nuestra conversación versaba sobre ellos o le hacía alguna pregunta al respecto. Se trataba de su relación con las familias romaníes, por un lado, y por el otro con el hombre que sería conocido como el «ángel de la muerte», Josef Mengele.

Como he comentado antes, Lale trabó amistad con los hombres y mujeres romaníes durante el tiempo que compartió bloque con ellos, y los consideraba su nueva familia. Les transmitió la esperanza de que también ellos podrían llegar a encontrar un modo de superar el horror que estaban viviendo. Más adelante, sin embargo, mientras un guardia le apuntaba con un rifle y amenazaba con matarlo también a él, tuvo que ver cómo cuatro mil quinientos hombres, mujeres y niños gitanos eran obligados a subir a camiones en mitad de la noche y, al día siguiente, cómo su ceniza salía por las chimeneas del crematorio y caía sobre él. Esto le causó un trauma profundo y un sentimiento de culpa con el que tuvo que vivir toda su vida. Durante muchos meses fui descubriendo fragmentos de esta parte de la historia de Lale en Auschwitz a través de pequeños estallidos de dolor e ira. Estoy convencida de que hay muchos más detalles sobre este episodio que desconozco —al menos eso insinuó él a menudo—, pero Lale prefirió llevárselos a la tumba y lo respeto. Y, desde luego, nunca intenté sonsacarle nada que tuviera que ver con ese momento. Me limitaba a escuchar cuando él quería hablar sobre ello.

Sus historias acerca de Mengele eran distintas. En este caso no tenía problema alguno en contarme las maldades y horrores que le vio cometer a esta persona, pues sus sentimientos de culpa y vergüenza no estaban tan estrechamente vinculados y también porque sentía una profunda rabia por lo que ese hombre hizo. Solía enfurecerse al hablarme de la extrema crueldad que presenció, a menudo ejercida sobre niños.

Al principio de mi relación con Lale este me llevó al Centro del Holocausto Judío en Melbourne y la hizo de guía. Con una tranquilidad rayana en la frialdad, me describió y explicó los objetos expuestos. En un momento dado se adelantó sin mí y no me percaté de su ausencia hasta que oí sus gritos y exabruptos. Junto con otras personas que estaban en el centro, corrí hacia él. Se había desplomado en el suelo y no dejaba de señalar, temblando, la fotografía que tenía delante. Era Mengele en Auschwitz, ataviado con su bata blanca de médico. Sesenta años después Lale volvió a sentir el terror que le infundía. Recordar este episodio sigue resultándome doloroso hoy en día. Más adelante Lale me contaría muchas de las monstruosidades cometidas por Mengele que presenció.

Quiero dejar constancia de que esta parte de la historia de Lale fue la que me resultó más difícil: ¿qué dejar fuera?, ¿qué incluir? Experimenté tal horror yo misma al oír las atrocidades que describía que, tras numerosas deliberaciones, decidí no incorporar mucho de lo que había oído. No quería que la historia de Lale se convirtiera en la de Mengele.

Lale tenía casi noventa años cuando nos conocimos (murió tres días después de que nos sentamos a comer pastel y, sí, beber café para celebrar su noventa cumpleaños) y, durante nuestros encuentros, lidiaba con recuerdos que a menudo eran muy dolorosos y, en algunos casos, sobre los que no había hablado desde el final de la guerra. Su memoria era muy afilada, pero no era un gran narrador. Yo me veía obligada a hilar la historia *a posteriori* a partir de viñetas inconexas, recuerdos que iban y venían, y de la investigación que realizaba cuando no estábamos juntos. Me pasé muchas horas leyendo sobre Auschwitz-Birkenau y viendo testimonios de la Fundación Shoah. Estas lecturas solían resultarme profundamente traumáticas, chocantes y sobrecogedoras, pero pensar en Lale, este querido anciano que disfrutó de una vida tan rica después de la guerra, y la responsabilidad que sentía hacia él, me impelía a seguir adelante. Con frecuencia, en mi investigación daba con una historia o un detalle que luego le mencionaba con delicadeza.

Una y otra vez Lale me sorprendía sabiendo exactamente a qué me refería y me ofrecía más detalles de los que aparecían en los libros de historia, retratando de forma más vívida esa anécdota. Si alguna vez le preguntaba por qué no había mencionado eso antes, él se encogía de hombros y decía que no se le había ocurrido, no le había parecido importante o que hacía años que no pensaba en ello. Pero siempre sabía de qué le estaba hablando porque estuvo ahí, presenciándolo todo.

En un momento dado leí la historia del avión aliado que sobrevoló Auschwitz-Birkenau en la primavera de 1944. De inmediato quise preguntarle a Lale si recordaba haberlo visto, pero debía tener mucho cuidado al mencionar cosas que no me había contado él; yo estaba ahí para honrar su historia del Holocausto y, además, también era muy consciente de que había aspectos a los que no se había referido porque tal vez le resultaban demasiado perturbadores. No le hice la pregunta hasta un día en el que estábamos hablando acerca del viaje al extranjero que iba a realizar uno de mis hijos. Comenzamos a hablar sobre el tamaño de los aviones en los que volábamos en la actualidad y sobre aviación en general y los modelos de aeronaves que los Aliados habían usado en la guerra. Aproveché ese momento para mencionar lo que leí y le pregunté si había visto el avión. Su reacción fue inmediata: se levantó de la silla de un salto y empezó a dar vueltas por la habitación sin dejar de maldecir. Cuando conseguí que se calmara, le pregunté si quería hablar sobre ello y él me dijo que lo recordaba tan claramente como si hubiera sucedido el día anterior.

Cuando el avión hizo el primer pase, a plena luz del día, todos los que estaban en el exterior levantaron la mirada como si fuera a aterrizar sobre ellos: así de bajo estaba volando. Junto a otros, Lale se quedó inmóvil y contempló cómo se alejaba, daba media vuelta y hacía otro pase a baja altura. Los prisioneros comenzaron a ir de un lado a otro, caminando sin rumbo fijo con la mirada puesta en el avión. Lale se encontraba en la zona en la que se hacía el proceso de selección, rodeado por hombres de la SS, y temía cuál pudiera ser la reacción de estos. Él estaba tatuando a los recién llegados y no se atrevió a moverse, pero dejó de tatuar un momento y se quedó mirando cómo el avión se alejaba y daba la vuelta. Actuando al unísono, cientos de prisioneros se pusieron a señalar el crematorio mientras exclamaban a los cielos:

—¡Lancen las bombas! ¡Lancen las bombas!

El avión hizo otro pase más a baja altura y luego se marchó. Lale me aseguró que todos y cada uno de los hombres y mujeres y chicos y chicas que estaban ahí ese día habrían muerto felices si un ataque de los Aliados hubiera supuesto la destrucción de la cámara de gas y el crematorio. En vez de eso, los hombres de la SS abrieron fuego a los prisioneros que gritaban y agitaban los brazos.

Lale fue corriendo al cercano edificio de desinfección, donde bañaban, rasuraban y despiojaban a los prisioneros, y pegó el cuerpo a la estructura. Permaneció ahí hasta que los hombres de la SS dejaron de disparar y los prisioneros que no habían muerto se pusieron a salvo. Una simple pregunta sobre un acontecimiento había dado pie a un recuerdo que, una vez más, me dejaba sin saber qué hacer con el abatimiento y la rabia que sentía por lo que este maravilloso anciano había vivido. No dudé en incluir este episodio en mi libro *El tatuador de Auschwitz*. Fue una de las escasas ocasiones en las que me contó una historia de un tirón: hice la pregunta adecuada en el momento adecuado y todo fluyó.

Otro caso de historia y memoria yendo de la mano. Sin disociarse.

A medida que nuestra relación fue evolucionando y convirtiéndose en una amistad, fui adquiriendo más confianza para hacerle preguntas abiertamente. Seguía escogiendo el momento y lugar con cuidado dependiendo de lo que quisiera saber y lo delicado que fuera el tema. En general él respondía de buena gana todas mis preguntas con la esperanza de que, al contarle al mundo lo que vivió y presenció, ayudaba a que algo como el Holocausto no volviera a pasar. Esto era algo que me decía a menudo:

—Cuenta mi historia para que [el Holocausto] no vuelva a suceder.

Y yo siempre le respondía igual: que esperaba poder hacerlo de la forma apropiada, honrando las vidas de los hombres, mujeres y niños judíos que vivieron y fueron asesinados en esa terrible época.

Cuando recuerdo la fe que Lale puso en mí no puedo evitar pensar en la seguridad que los niños tienen de que sus padres siempre serán justos con ellos. Esa seguridad incondicional que surge cuando confías plenamente en alguien. Lale parecía estar seguro de que contaría su historia a un público amplio. *Con o sin Ryan Gosling.*

Escuchar a Lale no siempre consistía en oír las palabras que decía. A menudo era igual de importante lo que no decía o el silencio entre las palabras que pronunciaba. Solían decirme más cosas una expresión de pesadumbre, unos ojos llorosos, una voz trémula o un movimiento de manos intentando apartar unos demonios y un horror que solo él veía. Esto era asimismo una señal para que lo dejáramos por ese día, ir a buscar los perritos para que le proporcionaran el contacto físico que tanto necesitaba cuando se sentía afligido, y también para pedir otra taza de café.

Trucos prácticos para escuchar de forma activa

La mayoría de nosotros podemos recordar algún momento en el que intentamos compartir una confidencia y la persona que habíamos elegido para hacerlo desvió la mirada. Se requiere valentía para revelar algo personal y toparse con indiferencia al hacerlo puede resultar devastador. Imagina cómo se siente un niño pequeño que le ofrece algo a un padre que está demasiado ocupado para mirarlo, o un empleado que acude a un jefe con un problema y este no se toma la molestia de dedicarle la atención requerida.

Un amigo mío, un directivo muy ocupado, me confesó una vez lo avergonzado que se sintió cuando una encuesta anónima entre sus empleados reveló lo dolidos que estaban por el hecho de que él nunca apartara la mirada de la pantalla de la computadora cuando iban a hablar con él. Él me aseguró que sí los escuchaba (yo no tengo tan claro que realmente pudiera), pero admitió que también era importante que se le viera escuchar. Y nunca olvidaré la ocasión en la que estaba hablando con unos supervivientes del Holocausto en un importante evento que celebraba el sesenta aniversario de la liberación de Auschwitz. Lale me llevó como acompañante. Había muchos policías secretos porque estaba presente el cónsul general de Israel y, entre los mil supervivientes y familiares invitados, podía distinguirse una gran cantidad de hombres y mujeres ataviados con traje negro, camisa y corbata y un cable enroscado de color negro que iba de una oreja a un bolsillo interior del saco. No dejaban de hablar a las mancuernas de sus camisas y la protuberancia visible bajo sus sacos mostraba con claridad que iban armados.

En un momento dado, un puñado de amigos de Lale se congregó alrededor de nosotros dos. Presa de la emoción del momento, hablaban todos a la vez. Yo me di cuenta de que estábamos llamando la atención de los policías secretos y con el rabillo del ojo me pareció ver que algunos se acercaban deliberadamente a nosotros. A causa de esta distracción no me di cuenta de que acababan de hacerme una pregunta. Todos se quedaron mirándome y Lale tiró de una de mis mangas para llamar mi atención:

—¡No nos estás escuchando! —exclamó—. ¿Qué sucede?

Yo me volví y vi una docena o más de caras mirándome fijamente. Una de las mujeres dijo entonces:

—Lale dice que siempre escuchas. ¿Es que no quieres oír lo que los demás tenemos que contar?

Lale me miraba decepcionado, y yo me sentí mortificada. Me disculpé profusamente, pero el momento ya había pasado.

Principales trucos para escuchar de forma activa
Escuchar, hacerlo de verdad, es un proceso activo. El oyente activo es consciente de dónde y cómo está (sea sentado o de pie), y también de qué más está sucediendo a su alrededor. Es capaz de dedicar una atención plena a su interlocutor y, gracias al control de sus reacciones físicas ante lo que le están contando, proporcionarle el espacio y la certidumbre de saber que está siendo escuchado. La próxima vez que alguien se acerque a ti para decirte algo importante, ¿por qué no intentas lo siguiente?

- Esto puede parecer obvio, pero si la otra persona está visitándote haz que se sienta bienvenida en tu espacio. Ofrécele una silla, tráele una taza de té, quita los papeles del escritorio si estás en el trabajo, apaga el teléfono o guárdalo. Haz estas cosas de forma deliberada y clara: estás preparando una escena. Si, en cambio, eres tú quien visita a tu interlocutor, deja que se encargue él de organizar el entorno y espera hasta que esté satisfecho con ello.
- Asegúrate de que estén a una misma altura visual, sea de pie o sentados. No es casual que los buenos médicos se sienten en la cama del paciente para darle malas noticias.
- Si controlas el entorno, asegúrate de que la otra persona no está de frente a la fuente de luz y

que tú no la tienes detrás. Para mantener una buena conversación tu rostro debe ser visible.

- A veces, estar sentado cara a cara con tu interlocutor puede resultar incómodo, un poco como si fuera una visita en la prisión o una de esas escenas de interrogatorio que todos conocemos por las películas policiacas. En vez de estar uno frente a otro, procuren sentarse en diagonal. Lale y yo lo hacíamos de este modo: yo a la cabeza de la mesa y él a un lado; así lo dispuso él.
- Usa la conversación inicial para hacer que la otra persona se sienta cómoda y establecer un vínculo con ella. Puedes hablar del tiempo, de un viaje, de un amigo mutuo... Cualquier cosa general que sirva para recordarles a ambos que existen en el mismo universo humano. Mientras tanto, también puedes asegurarte de que el espacio te resulta confortable físicamente. La escucha activa implica ser del todo consciente de tu estado físico.
- Procura mantener las manos quietas a no ser que estés sosteniendo un objeto para estimular la memoria de tu interlocutor (ver la página 55). E, incluso entonces, muévelo muy lentamente en vez de dejar que se convierta en una distracción.
- Cuando la otra persona comience a hablar, procura permanecer en completo silencio. Observa

con atención y permanece alerta a posibles señales: ¿cómo está desenvolviéndose? ¿Cómo habla? ¿Está poniéndose tensa? ¿Le cuesta encontrar las palabras? Si procede, cosas como asentir, sonreír ligeramente o enarcar las cejas le indicarán a tu interlocutor que estás siguiendo lo que está explicándote y lo animará a seguir.

- Resiste la tentación de interrumpir. Algo de lo que tu interlocutor diga puede motivar que desees intervenir para responder y validarlo compartiendo una experiencia propia similar. Contente si puedes: este es su momento.
- Si tu interlocutor se encalla o se queda en silencio, quizá se deba a que teme haber perdido momentáneamente tu atención. Puede que hayas apartado la mirada sin querer, o tal vez ha llegado a la parte crucial y más delicada de la historia y le cuesta continuar. Intenta repetir lo último que dijo, o incluso retrocede un poco más y pregúntale por algún detalle de una parte anterior de la historia: «Nunca te gustó nadar...», o: «Dijiste que tu tío estaba muy hosco, ¿qué día de la semana solías ir a visitarlo?». Repetir lo que ha dicho le confirmará que has estado escuchándolo, y pedir más detalles de una parte anterior de la historia le permitirá retroceder y clarificar, lo cual puede proporcionarle una base más sólida desde la que avanzar.

- Es importante saber cuándo —y cómo— ayudar al narrador a dejar una historia. Puede que te haya contado tanto como podía o quería y tienes que respetar eso, incluso si la historia queda sin terminar. Toma nota mental de lo último que haya explicado y piensa en cómo retomar el hilo la próxima vez que se vean. Ya he comentado que Lale a veces se detenía de golpe y comenzaba a negar con la cabeza cuando los recuerdos se le volvían excesivamente insoportables. Descubrí que esto era una señal para poner fin al encuentro de ese día y, cuando sucedía, comenzaba a moverme un poco, o me inclinaba y acariciaba a uno de sus perros para rebajar la intensidad de la situación y proporcionarle espacio a Lale. Al cabo de un momento parecía apropiado sugerir que los perros necesitaban airearse o preguntarle su opinión sobre algún partido que se jugara ese día. Lale se encontraba en un lugar tan aterrador de su mente que era necesario que regresara a la realidad de su sala. Nunca me iba de esa habitación sin estar segura de que esto había pasado.

Espero que estos consejos te sean de ayuda. Escuchar de forma activa evitando las interrupciones, conteniendo la necesidad de compartir nuestras propias experiencias y permaneciendo quietos y en alerta es una tarea dura tanto mental como físicamente. Pero escuchar es un privilegio, y alguien que ha decidido contar su historia merece toda nuestra atención; creo que es lo mínimo con lo que debemos honrar a esa persona.

4

Escuchar a nuestros hijos

> Escucha con interés cualquier cosa que tus hijos quieran contarte, con independencia de qué se trate. Si no escuchas las cosas intrascendentes cuando son pequeños, no te contarán las importantes cuando sean mayores, pues para ellos todo ha sido siempre igual de importante.

Como saben todos los padres, los hijos no dejan de serlo cuando llegan a una edad que los distingue como adultos. Bromeamos con que nuestro papel como padres consiste básicamente en mantenerlos vivos y sanos hasta que puedan tomar sus propias decisiones. Y, cuando ya son adultos, esperamos haberlo logrado a sabiendas de que cometimos algunos errores. ¿Te resulta familiar?

Hemos sobrevivido a sus terribles dos años, en los que los berrinches, la frustración y el aprendizaje de las palabras «Pero ¿por qué?» salpican toda conversación. Los entregamos a un sistema educativo con la esperanza de que la filosofía de este casara con la nuestra. Y hemos confiado en que, al final de su educación, pudiéramos presentar a nuestra comunidad unos jóvenes hechos y derechos. Personas que pudieran abrirse camino en el mundo con pasión por la vida, tanto académica como socialmente. Como padres, hicimos lo que teníamos que hacer: ayudarlos a superar sus años de adolescencia. No diré nada más respecto a este tema.

A lo largo de este proceso hemos sido testigos de cómo sus preocupaciones pasaban de ser cosas menores, como que su mejor amigo no jugara con ellos, a otras más importantes, como la ruptura de una relación. Es esta última conversación la que esperamos mantener con nuestros hijos, pero en realidad ambas importan. Si hemos escuchado las cosas intrascendentes —escuchado de verdad—, es mucho más probable que nuestros hijos nos cuenten las importantes, principalmente en lo relativo a sus relaciones —tanto las de amistad como las románticas—, que, en mi opinión, son la parte más importante de sus vidas a medida que se van haciendo mayores.

Yo pensaba que mi marido y yo habíamos hecho un buen trabajo con nuestros tres hijos porque en la actualidad seguimos hablándonos, lo cual es un gran logro para cualquier progenitor. Las líneas de comunicación continúan abiertas y todos formamos parte de la vida de los demás. Sin embargo, ahora que son adultos (y que dos de ellos son padres), mis hijos dicen que yo era demasiado indulgente con ellos y que debería haber sido más dura. Aseguran que no piensan dejar que sus hijos se salgan con la suya como hacían ellos cuando eran pequeños. ¿Ves lo que quiero decir? No hay una forma correcta o incorrecta de escuchar a los hijos, solo la propia. Todavía está por ver cómo mis hijos lo hacen «mejor». Yo simplemente estoy encantada de que tengamos un tipo de relación que les permita sentirse libres para criticarme, algo que siempre sucede entre risas y mientras recordamos la época en la que ellos piensan que se salieron con la suya porque yo «cedí».

Cuando nuestro primogénito era bebé alguien me dio un libro sobre la crianza de los hijos titulado *Pyjamas Don't Matter,** de la escritora neozelandesa Trish Gribben, y se convirtió en mi biblia para determinar las desavenencias en las que me mantendría firme y aquellas en las que cedería. ¿Merecía la pena el disgusto de ambos si una noche mi hijo decía que no quería ponerse la piyama para ir a la cama? ¿Importaba? ¿Hacía mal a alguien que un niño pequeño durmiera desnudo y creyera que le había ganado una batalla a su madre? La psicoterapeuta Philippa Perry ha escrito acerca de la importancia de dejar que tu hijo «gane». El viejo dicho de que «niño mimado, niño ingrato»

* Cuya traducción sería «Las piyamas no importan». *(N. del t.)*

está basado en la idea de que, si a un niño lo dejas «salirse con la suya» en algo, se convertirá en un adulto terriblemente consentido. Pero Perry señala que un niño que nunca se siente capaz de ejercitar su voluntad puede llegar a convertirse en un adulto sumiso. O, en el peor de los casos, puede desarrollar de forma natural el rol de víctima y estar abierto al acoso, tanto de pequeño como más adelante, ya de adulto. Es importante, dice Perry, que un niño pueda imponerse en una situación en la que cree tener razón y en la que tú puedas ver la lógica de su argumentación.

Ahora extrapola esta forma de pensar a los miles de peticiones que recibes como progenitor. El único ingrediente necesario para criar a tus hijos de esta forma es escuchar lo que te piden para que tu respuesta sea justa (siempre y cuando también sea segura). Esta se convirtió en mi única norma a la hora de ceder a una petición a la que sé que muchos otros padres no habrían accedido. Me gustaba considerarlo como una conversación entre nosotros, algo que resolvíamos juntos, más que una situación en la que yo estaba «a cargo» y era la jueza que determinaría el desenlace con un sí o un no.

¿Hay que apagar las luces a las siete de la noche y te piden otros quince minutos para terminar el capítulo de un libro? Ningún problema. No le hace daño a nadie. Negocia esos quince minutos y no permitas que se extiendan a treinta al día siguiente, o al otro.

Alrededor de los ocho o nueve años, uno de mis hijos decidió que no quería dormir a oscuras. No parecía que hubiera ninguna mala experiencia, pesadilla o miedo que le asustara, solo quería dejar la luz encendida. Durante unas cuantas noches así lo hicimos, y la apagábamos cuando se había dormido. Sin embargo, él se despertaba a media noche y acudía a nosotros para pedirnos que volviéramos a encender la luz. Todos los intentos de decirle que lo hiciera él solo y volviera a la cama fueron en vano. Era trabajo nuestro volver a encender la luz de su habitación a las dos de la madrugada. Como me gusta dormir, al final decidimos dejar la luz encendida desde el principio. Esto siguió así durante varios meses hasta la noche en la que dijo que quería dormir con la luz apagada... Al final nuestro hijo lo resolvió por sí mismo.

Hay una batalla por la que, año tras año, todo progenitor pasa (a veces mensualmente, semanalmente o incluso a diario). El inevitable «No me gusta» cuando se le pone a un hijo un platillo de comida delante. Una vez, solo una, mi marido obligó a nuestro hijo mayor a comer algo que no quería. Lo consiguió, pero por poco tiempo: poco después mi marido lo tenía encima. No sé cuál es la solución para superar este desafío. Ahora veo cómo mi nieta de tres años pide pasta en todas las comidas (y, ocasionalmente, alguna tostada con Nutella). Mi hija estaba desesperada porque no comía suficiente fruta y verdura. Alguien le aconsejó que hiciera licuados. Ahora mi nieta se bebe las frutas y verduras que necesita.

Mi próxima afirmación es controvertida, pero surge de una investigación sólida y empírica: mi propia experiencia y la de varios amigos. Es más fácil escuchar y empatizar con los problemas y preocupaciones de los chicos adolescentes que hacerlo con los de las chicas. Mis primeros dos hijos fueron chicos y durante su adolescencia a mí me pareció que lo hacía de maravilla (por supuesto, ellos ahora opinan distinto). Cuando nuestra hija llegó a esa edad, sin embargo, la cosa fue muy distinta. Ahora me cuesta disimular una sonrisa al ver cómo riñe con su hija de tres años y comienza a darse cuenta de que no es tan acomodadiza y despreocupada como sus hermanos.

Karma.

El Sistema Nacional de Salud británico ofrece un sencillo consejo a la hora de hablar con tu hijo adolescente que puede consultarse en el siguiente enlace: <www.nhs.uk/conditions/stress-anxiety-depression/talking-to-your-teenager>. Me encanta la declaración inicial porque es válida para todos los adolescentes que he conocido: NO JUZGUES. Da por sentado que tienen una buena razón para hacer lo que hacen. Demuéstrales que respetas su inteligencia y sientes curiosidad por las elecciones que tomaron. Y ELIGE TUS BATALLAS. Si alguna vez oyen que te quejas, pronto dejarán de escuchar.

Cuando me preguntan si estoy orgullosa de mis logros como escritora, siempre contesto que sí (pues lo estoy, aunque a veces resulte abrumador y difícil de procesar) y que me considero muy afortunada por haber conocido a Lale Sokolov y la dirección que mi vida tomó gracias a él. Ahora bien, de lo que más orgullosa estoy es de los tres hijos que crié y que ahora comparto con sus comunidades, sus parejas y sus familias. Estoy orgullosa no solo de sus logros y el modo como crían a sus propios hijos, sino también de que como hermanos sigan apoyándose entre ellos.

Cuando *El tatuador de Auschwitz* se publicó en Europa, realicé una gira de promoción que me mantuvo un mes alejada de casa. Cuando me marché mi hija estaba embarazada. Una semana después del inicio de la gira, ella y su marido me contaron por videoconferencia que ella había perdido el bebé mientras yo estaba en el avión de camino a Europa. No quiso decírmelo hasta que salió del hospital y se encontraba ya en casa recuperándose (en un sentido médico, al menos; la recuperación emocional le llevaría mucho más). A pesar de todo, lo que me contó sobre el apoyo que recibió de sus dos hermanos durante esta época difícil y devastadora me llenó el corazón de alegría. En cuanto ingresó en el hospital a causa de una amenaza de aborto, los llamó y ellos dejaron a sus familias y fueron a verla de inmediato. Permanecieron a su lado, permitiendo con ello que el marido de mi hija fuera a casa para ocuparse de sus dos hijos, y sacrificaron tiempo con sus parejas e hijos para estar con su hermana. Que mi hija pequeña se pusiera en contacto con ellos sabiendo que responderían y que efectivamente ellos lo hicieran, llena a esta madre de más orgullo que cualquier otra cosa que haya pasado antes en nuestras vidas.

Diecisiete meses después me encontraba en la sala de partos con mi hija y mi yerno presenciando el nacimiento de su hijo pequeño. Y cuatro meses después de ese feliz acontecimiento tomé conciencia de la importancia de escuchar no solo aquello que se ha dicho, sino también de tener en cuenta lo que no: había ignorado, no había visto, no había interpretado el lenguaje corporal de esta nueva mamá, mi propia hija.

Ser madre de tres niños pequeños no es algo fácil, pero seguro que mi fuerte hija agente de policía sabría arreglárselas. ¿No es así? Su familia así lo pensó. Sí, estaba cansada, pero ¿qué madre de un recién nacido no lo está?

Cuando mi nieto tenía seis semanas volví a irme de viaje. Esta vez se trataba de una gira de siete semanas para promocionar la publicación de *El viaje de Cilka*. Partí con cierta inquietud y desasosiego por la salud de mi hija, pero también con la esperanza de que remitiera el cansancio que ella disimulaba bajo una máscara de valentía.

Dos semanas antes de que naciera el bebé acompañé a mi hija y su marido a firmar el contrato para comprar un terreno y construir una casa: la casa de sus sueños. Embarazada de treinta y ocho semanas, mi hija estaba diseñando los planos de su nueva casa. Y, una semana después del parto, se le podía ver escogiendo azulejos, llaves, lámparas, alfombras, un horno, regaderas y las miles de cosas más que requería. ¿Cuántas luces quieres en la cocina, la sala, los dormitorios? ¿Qué tipo de ladrillo te gustaría en el exterior? Yo acunaba y cambiaba los pañales al bebé lloroso de mi hija mientras observaba cómo ella, agotada y emocionalmente exhausta, construía un hogar para su familia.

Mi viaje terminó y regresé a casa. Tanto el pequeñín como sus dos hermanos mayores estaban sanos y contentos, pero no percibí ninguna mejora en mi hija. Seguía haciéndolo todo y comportándose como una madre perfecta, pero había algo que no estaba bien. Y, peor todavía, reparé en un cambio de actitud respecto a sus dos hijos mayores. Siempre fue una madre dedicada y paciente, pero ahora perdía la paciencia por la menor tontería e ignoraba sus constantes ruegos para que jugara con ellos. También me daba la impresión de que salía de casa todos los días. Siempre había muchas cosas por hacer y muy poco tiempo para hacerlas. Advertí que le daba el pecho al bebé sin apenas mirarlo ni decirle nada mientras él agitaba los brazos y se aferraba al pecho de su madre o tiraba de su ropa. No dije nada.

La Navidad se acercaba con rapidez. Siempre fue la época más feliz para mi hija pequeña; a nadie le gustaban más las fiestas que a ella. Algunos rituales los heredó de su propia infancia; otros los creó para su familia. Colgaba los adornos y encendía el árbol decorado mucho antes de la fecha habitual del 1 de diciembre. Ese año no. Sí, puso el árbol y estuvo varios días decorándolo (no lo hizo de un tirón como antaño). Y también les preguntó a los niños qué querían que les trajera Santa Claus y compró aquello que le pidieron (a ciegas, pues así no tenía que pensar más en ello). Su marido se encargó de envolver los regalos.

—¿Es que no puedo disfrutar siquiera de un día a solas en casa con mi bebé, sin quitarme la piyama, para que podamos conocernos? —solía decirnos, y con frecuencia le respondíamos que nos aseguraríamos de que lo tuviera, pero luego siempre encontrábamos alguna razón para que se vistiera, maquillara y saliera de casa.

Puede sonar extraño, pero incluso el bebé conspiró en su contra. Nunca se quejaba y rara vez lloraba, solía sonreír y dormir tranquilamente en el cochecito mientras recorría un centro comercial tras otro. Debería haber protestado un poco. Debería haber dejado claro a su padre y a su abuela que quería quedarse en casa y dormir cómodamente en su cuna en vez de hacerlo encogido como un *pretzel* en su cochecito.

Las señales estaban ahí, pero fue necesaria una fotografía para que agarráramos el mensaje y oyéramos los gritos de ayuda que no habíamos escuchado. Acudí con mi familia a la graduación del jardín de niños de mi hermoso nieto de cinco años. Hice que todos se juntaran para tomar las fotografías que quería que todos tuvieran para recordar ese día. Al mirar las fotos ahí estaba: en el que yo sabía que debería haber sido uno de los días más felices de mi hija, una sonrisa forzada y una mirada vacía empañaban su rostro.

Al día siguiente mi hija se negó a bañarse, cambiarse los pants o maquillarse. Y al día siguiente. Y al otro. Su marido no sabía qué hacer y me llamó para que fuera a su casa y «hablara con ella». Él hizo todo lo que era necesario para dar de comer, bañar y vestir a sus dos hijos mayores. Su esposa alimentaba al bebé cuando este se lo pedía.

—Estoy deshecha —me dijo finalmente mi hija cuando le pregunté qué le pasaba—. Llevo semanas pidiendo ayuda a gritos y nadie me hizo caso —añadió—. ¿Es que no te has dado cuenta? ¿Hacía falta que te lo deletreara?

Mientras su marido y yo hacíamos lo posible para corregir el hecho de no haberle hecho el caso que necesitaba ni haber oído sus gritos de ayuda, mi mente se retrotrajo no unos años, sino apenas unos días o unas pocas semanas. ¿Por qué no presté atención a mi hija en una de las épocas más importantes de su vida, un momento en el que las familias necesitan espacio, que hagan cosas por ellas sin que sus miembros tengan que pedirlas y que se les proporcione un entorno emocional para que establezcan vínculos nuevos y encuentren su lugar en su nuevo mundo?

Todos estamos poniendo de nuestra parte y poco a poco mi decaída hija está recomponiéndose. Por cada dos pasos que da hacia delante, suele retroceder uno. El modo en que reconozcamos este paso atrás y respondamos a las necesidades de esta nueva madre determinará el tiempo que tarde ella en volver a sonreír a sus hijos, interactuar con ellos y sentir de nuevo la felicidad que proporcionan a su vida.

En mi trabajo en el hospital hablé con incontables padres de niños muy enfermos. Siempre suponía para mí un gran consuelo que me dijeran que su relación, en particular el aspecto comunicativo, había cambiado de forma dramática. Solía preguntarme por qué con frecuencia parecía ser necesaria una tragedia o una experiencia traumática para que los padres escucharan a sus hijos y aprendieran de ellos. Recuerdo, por ejemplo, que la madre de una chica adolescente con una enfermedad terminal me contó que su hija oyó que le decía al padre en el pasillo algo así como «Está muriéndose». Posteriormente su hija le reveló que lo había oído y le dijo:

—Mamá, morir es cosa de unos segundos, el resto del tiempo estamos vivos.

Nunca olvidaré esta simple afirmación. Una joven con una sabiduría impropia de su edad recordándonos que debemos vivir, o como Lale Sokolov solía decir:

—Si uno se despierta por la mañana, ya es un buen día.

En la hermosa canción *What a Wonderful World*, Louis Armstrong describe cómo otros aprenderán muchas más cosas de las que él llegará a saber nunca. Se refiere a la siguiente generación. Cuando mi nieto de siete años quiere tener una conversación conmigo sobre la materia oscura o la teoría de la gravedad, yo no aparto la mirada, pongo los ojos en blanco y les pido a sus padres que me «libren de esta». Que haya conseguido a tan corta edad lo que Armstrong canta me entusiasma y me asusta. Y lo que hago es decirle que no sé nada sobre la materia oscura y le pido que me explique lo que él sabe. El hecho de que sus conocimientos no concuerden con los de los expertos no es importante. Él quiere hablarme de ello y yo quiero oírlo, aunque solo sea por el vínculo que establezco con él. Una vez su padre lo encontró destrozando todos los ganchos de la casa (había retorcido los alambres para crear cosas que solo él podía visualizar) y le dijo:

—¡Cuántos ganchos!

A lo que el niño contestó:

—Se necesitan muchos ganchos para alcanzar la grandeza.

He descubierto que existe una profunda diferencia entre cómo escuchaba a mis hijos cuando eran pequeños y cómo escucho ahora a mis nietos. Estoy segura de que todos los abuelos estarán de acuerdo. ¿Se debe simplemente a que contamos con más tiempo y espacio porque no somos sus atareados y estresados padres? Es probable. Pero en mi caso también está el hecho de haberme dado cuenta de que la gente joven ve el mundo de forma distinta a mí. Está sujeta a una variedad de influencias globales más amplia de lo que lo estaban sus padres o lo estaba yo cuando teníamos su edad. También caí en la cuenta de que escuchar cómo procesan y explican lo que creen saber me desafía a hacer lo mismo, a pensar en lo que sé y lo que no acerca del mundo. Y eso me encanta. ¿Cómo no iba a hacerlo? Estas conversaciones con nuestros hijos y nietos son a menudo el momento más adecuado para contarles tus propias experiencias. Comparen las diferencias. Aprendan el uno del otro.

Cuando mis hijos eran pequeños solía usar las palabras «cuando tenía tu edad...» con una frecuencia mayor de la que estoy dispuesta a admitir. Mis experiencias eran completamente distintas a las suyas: para comenzar, las viví en un país y una época distintos. Nací en un entorno rural y me crie al final de una era en la que a los niños se les veía pero no se les escuchaba, la disciplina se valoraba por encima de cualquier cosa y la idea de que un niño tuviera «sentimientos» no existía; desde luego, como he dicho, no se nos escuchaba. Mis hijos tenían conocimiento de esto y les resultaba fascinante que hubiera elegido educarlos de un modo tan distinto, lo cual no impedía que, al menos uno y a veces los tres, hiciera ver que tocaba un violín y tarareara la melodía de la serie de televisión *La dimensión desconocida* cuando hablaba de mi pasado. Todavía lo hacen. Yo no les hacía caso entonces y hoy en día siguen sin impedir que imparta mi sabiduría. Ellos esperaban que los escuchara; yo así lo hacía y, a cambio, ahora creo tener derecho a que me escuchen. Y estoy convencida de que tengo algo que ofrecer; todos lo tenemos. He vivido una vida y tengo experiencia en muchas cosas, y hay muchas cuestiones en las que creo haber hecho las cosas bien (y otras mal). En definitiva, pues, mis hijos y yo hemos mantenido un diálogo desde el día que nacieron y espero que siga siendo así durante muchos años. Las dinámicas cambian con el paso de los años, pero la conversación sigue fluyendo.

Cuando eran pequeños estas conversaciones solían tener lugar durante la cena. Para nosotros era importante que cada noche nos sentáramos todos juntos para cenar, con independencia de lo ocupado que estuviera cada uno o del día que hubiéramos tenido mi marido o yo: las cenas consistían en una reunión de la unidad familiar. Con tres hijos y una diferencia de edad de diez años entre cada uno de ellos, yo buscaba formas de hacer que la experiencia fuera disfrutable para todos. Cambié nuestra mesa rectangular por una redonda para que no hubiera peleas por quién se sentaba en la cabecera. Quería que la conversación sobre el día de cada uno fuera igual de importante y que nadie hablara por encima de otro ni dominara la conversación. Por casualidad, un pimentero de supermercado se convirtió en la «cosa para hablar». Cuando alguien lo colocaba delante de su plato todos escuchábamos lo que tenía que decir. Luego lo agarraba otro hermano que quisiera ejercer su derecho a hablar y escuchábamos a este. Como padres, mi marido y yo controlábamos sutilmente la duración de la plática preguntándole luego a otro de los niños por su día y agarrando la cosa para hablar y colocándola delante de su plato. Nadie abusaba nunca de la cosa para hablar; se escuchaba y se respetaba lo que cualquiera tuviera que decir.

Y eso me lleva a la palabra *respeto*. ¿Cómo podemos esperar que nuestros hijos nos respeten si nosotros no respetamos sus opiniones y sus preocupaciones y no lo demostramos escuchando lo que ellos tienen que decir? Yo no siempre lo he conseguido, pero nunca he dejado de intentarlo. Especialmente cuando eran adolescentes: no siempre estaba de acuerdo con lo que decían, pero los escuchaba y me aseguraba de que supieran que lo estaba haciendo. Esas técnicas para escuchar de forma activa son válidas con independencia de la edad que tenga tu hijo. Esto no quiere decir que todo aquello que tu hijo pequeño te cuenta sea merecedor de una conversación profunda; en muchos casos basta con que se sientan escuchados. Con frecuencia pasarán de un tema a otro antes de que tú puedas comprender qué están contándote. A veces pueden sentirse frustrados por su incapacidad de conseguir que los comprendas —el momento en el cual su dominio del lenguaje resulta insuficiente—, y esto puede resultar delicado. Del mismo modo, igual de frustrante puede resultarte a ti si algún momento quieres contarles algo profundo y significativo —a cualquier edad— y quizá ellos todavía no hayan aprendido la importancia de escuchar. Recordemos la frustración de mi nieto ante la negativa de su hermana a escucharlo.

En ocasiones hay niños que poseen una sabiduría impropia de su edad. Esto es así a causa de las experiencias y las circunstancias de sus vidas y porque son pequeños seres humanos, con toda la inteligencia que eso supone. Sospecho que la gente a veces se olvida de esto. Cuando me encontraba en una situación compleja con mis hijos, procuraba intentar recordar cómo era yo a su edad y cómo me sentía por la reacción de mis padres ante algo. ¿Travesuras adolescentes? Todos las hemos cometido. Mentir a nuestros padres, ¿qué adulto no lo ha hecho cuando era joven? ¿O quién no ha contado alguna vez una mentira piadosa o ha cometido el pecado de la omisión? De nuevo, todos lo hacemos. ¿Un desesperado deseo de privacidad, de independencia, de libertad? Ídem. Ponte en el lugar de tu hijo y descubrirás que así te resulta más fácil ver las cosas a su manera y saber cómo reaccionar.

También es esencial recordar que no podemos proteger a nuestros hijos de todos los acontecimientos negativos o traumáticos —no podemos protegerlos de todo, por más que queramos—, y que esos acontecimientos también moldearán su forma de pensar, su visión del mundo y su personalidad.

En el transcurso de mi trabajo en el hospital atendí a menudo funerales de bebés nacidos muertos a los que los hermanos del bebé mortinato acudían con sus padres. Y, en muchas ocasiones, presencié cómo estos padres se consolaban mutuamente mientras el hijo que iba con ellos los observaba perdido, desamparado y abrumado por la capilla con su triste hilera de pequeños ataúdes blancos y las docenas de desconocidos también desconsolados. En esos casos lo normal era que uno de los trabajadores sociales presentes asistiera rápidamente al niño afligido y le proporcionara consuelo, ayudando a los padres a incluir a ese niño en su círculo. Con el permiso de los padres, el trabajador social solía llevarse al hermano de vuelta a la capilla después del servicio y le explicaba por qué estaban ahí ese día, el primer miércoles del mes. También era posible que animara al niño a encender un cirio por el hermano o hermana que no llegó a conocer. Formación, compasión y el mero hecho de ser unos seres humanos decentes permitían a esos maravillosos profesionales ejercer una influencia positiva en los demás.

Sé que se nos dice que les hablemos a los niños teniendo en cuenta su edad, pero debemos tener en cuenta a aquellos niños cuya edad no se corresponde con las experiencias que han vivido. Solo escuchándolos, haciéndolo de veras, podemos ayudarlos a procesar sus pensamientos e identificar las preocupaciones que puedan surgir si no se reconocen y validan sus sentimientos.

Yo tuve la suerte de contar con un bisabuelo y un padre que me escuchaban y a quienes, a su vez, a mí me encantaba escuchar. Lamentablemente, como he dicho, mi madre rara vez se mostraba abierta a ello ni tampoco sentía la necesidad de dirigirse a mí de un modo significativo. Esta situación no cambió cuando llegué a la edad adulta y yo misma me convertí en madre. Así pues, decidí actuar del modo opuesto con mi hija y aprovechar toda oportunidad que se me presentara para interactuar con la gente joven.

Cuando éramos pequeños mis hermanos y yo seguíamos el ejemplo de mis padres. De adultos, sin embargo, hablamos y compartimos nuestra vida constantemente. Además de contar con mi familia inmediata, hoy en día siempre recurro a alguno de mis hermanos cuando necesito que alguien me escuche. Y, a su vez, ellos recurren a mí. Cuando me miro al espejo me doy cuenta de que ahora es mi turno de ejercer el papel de persona mayor a veces sabia en las vidas no solo de las personas jóvenes que hay en mi entorno próximo, sino también de cualquier joven con quien tenga el privilegio de hablar.

El tatuador de Auschwitz se publicó también en una edición juvenil, algo de lo que estoy muy orgullosa. Me proporciona una inmensa alegría visitar escuelas y hablar con adolescentes a propósito de ello. Estar en una sala con cien o más chicos y chicas de catorce años que me presentan sus respetos escuchándome con atención resulta verdaderamente aleccionador. Sé que me han escuchado por las increíbles preguntas que me hacen luego, cuando se reúnen a mi alrededor al final de la plática en vez de ir a su siguiente clase. En momentos así le doy las gracias en silencio a Lale Sokolov por haberme contado su historia para que se la transmitiera a las nuevas generaciones.

No solo han sido historias de gente mayor las que han tenido un profundo impacto en mi vida. Hace muchos años conocí en el hospital a un adolescente con una enfermedad terminal. Para pasar el tiempo durante el tratamiento que seguía, este joven solía jugar videojuegos con una consola portátil. Cuando me contaron que ya dominaba todos los juegos que tenía decidí llamar a la empresa que los diseñaba y esta nos hizo llegar dos nuevos juegos que todavía no habían salido al mercado. Un joven diseñador de la empresa los trajo al departamento de trabajo social. Nos pusimos a platicar y me explicó que quería una excusa para salir de la oficina, así que decidió entregar personalmente los juegos en vez de enviarlos por mensajería. En lugar de llevarle yo los juegos al paciente, hablé con el trabajador social que se encargaba del paciente adolescente para que acompañara al joven diseñador y que así pudiera dárselos él mismo.

Gracias a este encuentro entre un paciente con una enfermedad terminal y un diseñador de videojuegos nació una amistad profundamente bella. En varias ocasiones el diseñador se presentó en mi despacho de camino a la sala del paciente para agradecerme que lo puse en contacto con ese adolescente. Me explicó que esto le había hecho tomar conciencia de lo privilegiada que era su vida y que nunca había sido consciente de que los jóvenes pudieran enfermar tanto y morir. En el hospital conoció a la familia del chico y a otros pacientes. Esto le cambió la vida, me contó, y le abrió los ojos a la tragedia de los jóvenes que se pasaban largos periodos en el hospital sometiéndose a un doloroso tratamiento. Se sentía abrumado por la actitud positiva con la que afrontaban las enfermedades que sufrían y la esperanza con la que ellos y sus familias se aferraban a la posibilidad de remisión y recuperación. Él también se abrió a los pacientes y compartió información sobre sí mismo, mostrando su propia vulnerabilidad. Se convirtió en un visitante regular y se encontraba tan cómodo con los pacientes que estos incluso solían hacerle bromas pesadas. Permaneció en contacto con el adolescente hasta el final y su amistad supuso un gran consuelo para ambos.

TRUCOS PRÁCTICOS PARA ESCUCHAR A LOS NIÑOS

He aquí algunas consideraciones sobre escuchar a los niños que pueden ser útiles. No son válidas únicamente con nuestros hijos, claro está, sino con cualquier persona joven con la que queramos interactuar. Lo esencial es ser un oyente activo: prestar atención, respetar al niño con el que se está hablando y respetar lo que está diciendo con independencia de lo trivial o poco importante que pueda parecerte. Vuelvo a repetirlo: si no escuchas las cosas intrascendentes, no te contarán las importantes.

Tiempo: este es el secreto para escuchar a un niño. Y tomarse el tiempo para escuchar a un niño cuando es pequeño es la clave para una relación estrecha y fiable, lo cual permitirá recoger los frutos durante los años más complejos de la adolescencia. Comprendo que no siempre es posible dejar lo que uno está haciendo en su ajetreada vida, pero si quieres que tus hijos sepan lo importantes que son para ti, si quieres proporcionarles confianza en sí mismos y autoestima, tienes que encontrar tiempo para escucharlos.

Cuando mis tres hijos eran pequeños, yo era una ocupada madre trabajadora. Entre el trabajo, recogerlos de la escuela, prepararles la merienda, supervisar sus deberes y lavar ropa no me quedaba mucho tiempo para uno de esos momentos cara a cara. Yo lo sabía y los niños también. Hacíamos lo que podíamos. Ahora bien, si tenía la sensación de que había algo en la cabeza de alguno de ellos y yo no tenía la posibilidad inmediata de sentarme a escucharlo, descubrí que la mejor opción era pedirle que me ayudara a realizar alguna tarea rutinaria. Es sorprendente lo que un niño pequeño te contará mientras doblan juntos la ropa, riegan el jardín o ponen la mesa.

Es habitual que los profesores que están preocupados por un alumno le pidan ayuda especial para preparar una presentación, por ejemplo, o para ordenar los libros de un aula. Esto no solo hace que ese alumno se sienta importante, sino que además supone una oportunidad para permitir que ambos hablen sin que el profesor tenga que exponer directamente sus preocupaciones. Puedes probar algo así en casa. La clave consiste en mantener la atención en la tarea que hayas propuesto hacer, por trivial que sea, para crear así un espacio neutral y seguro. Y no establecer contacto visual directo. Si el niño vacila o se queda callado, siempre puedes volver a la tarea que están haciendo para darle tiempo para que ordene sus pensamientos y aumente un poco su confianza: «¿Cuántos alfileres necesito aquí?», «Terminamos con las toallas, ¿emparejamos los calcetines?».

Soy consciente de que las tareas domésticas no son demasiado útiles con muchos adolescentes. ¿Cómo arreglárselas en estos casos, entonces? Si has mantenido una relación de confianza con tu hijo desde que era pequeño, deberías contar con una base firme para lidiar con los años más delicados de la adolescencia. Sin embargo, a medida que los adolescentes amplían su círculo social y comienzan a buscar apoyo emocional y validación en amigos y conocidos en detrimento de sus padres, puede resultar todo un desafío mantener abiertas las vías de diálogo con él. Por duro que sea, y por más gruñidos ingratos que recibas ante preguntas sencillas como «¿Qué tal hoy en la escuela?», debes insistir. El trabajo que realices ahora sentará una buena base para la relación que mantengas con tu hijo cuando sea adulto.

Intenta crear una situación en la que tus hijos hablen y tú estés «presente» para escucharlos. Para mi familia, esta se producía en la mesa y con la cosa para hablar, pero hay otras formas de conseguir que un niño o un adolescente se encuentre en una situación en la que se sienta cómodo para expresarse. El coche es una de ellas: están juntos, pero ambos están mirando hacia delante. Durante seis años, por ejemplo, llevé en las mañanas a mi hija a la escuela secundaria en coche y, en el trayecto, solíamos pasar por delante de la academia de policía. Ella veía a los reclutas entrenando en el exterior y era frecuente que nuestra conversación matutina versara sobre el cuerpo policial como profesión. Mi hija solía bromear con que le gustaba verlos correr en la pista o en la calle y que, siendo como era una persona atlética, podría hacer perfectamente esa parte del trabajo. Seis años después de dejar la escuela, trabajar y viajar, prestó juramento como agente de policía.

Principales trucos para escuchar a tu hijo

- Encuentra una actividad que puedan compartir.
- Evita el contacto visual directo.
- Haz preguntas abiertas.
- Si la conversación languidece, haz algún comentario sobre la tarea que estén haciendo juntos para que el niño tenga tiempo de ordenar sus pensamientos, y luego trata de hacer una pregunta concreta sobre aquello que te contaba para demostrar que estabas escuchándolo.
- Presta atención a tu postura. Evita cruzarte de brazos y procura que tus movimientos sean lentos y deliberados.
- Si tu hijo quiere contarte algo y en ese momento no puedes escucharlo, piensa en un momento en el que puedas y asegúrate de que él sepa que entonces contará con tu completa atención. Puedes decir algo como: «Tengo muchas ganas de que me cuentes eso, ¿qué te parece si luego tomamos algo?».
- Evita las respuestas prescriptivas. Si tu hijo quiere hablar de un problema específico, pre-

gúntale cuál cree él que sería la mejor solución. Si insiste en pedir tu consejo, hazle algunas sugerencias y pídele que escoja. Luego elogia la elección que haya hecho.

- No te olvides de preguntarle cómo se siente acerca de lo que te contó. Cuando termine, asegúrate de que te dijo todo lo que necesitaba decir.
- No todo tiene por qué ser serio. Puedes usar algo de humor amable en tus respuestas, pero no sarcasmo; este nunca resulta útil.
- Nunca restes importancia a lo que tus hijos te cuentan. Puede que sus preocupaciones te parezcan poco significativas o ridículas, pero para ellos son importantes y eligieron compartirlas contigo. Honra su confianza.
- Tal y como dice la psicoterapeuta Philippa Perry, todo comportamiento es una forma de comunicación, incluidos los berrinches de un niño pequeño. Intenta prestar atención y responder a ese comportamiento. ¿Qué lo provocó y qué puede estar intentando decirte?
- Los niños no siempre escogen el momento «adecuado» para contarte algo. Haz lo posible para prestar atención a lo que están diciéndote, con independencia de las circunstancias o, si no es posible en ese momento, pregúntales si pueden contártelo más tarde.

Ahora bien, es posible que descubras que, cuando intentes recrear «el momento», este ya haya pasado.

- Elige tus batallas: esta es la regla de «las piyamas no importan» y es válida tanto si estás lidiando con un niño pequeño que insiste en ir a la escuela con botas para lluvia en un caluroso día de verano como con un adolescente que pone a prueba tus límites para ver qué le dejarás hacer. La cuestión clave es siempre la seguridad y si realmente se trata de algo importante.
- Muestra una mente abierta y prepárate para lo que puedas oír. Es posible que no sea lo que esperabas o querías, y tal vez podría incluir una confesión que te sorprenda o incluso te moleste.
- De igual modo, prepárate para sentirte sorprendido por una interpretación de un acontecimiento o situación particular completamente distinta a la tuya; es posible incluso que se te critique o se te acuse de algo de un modo que te parezca injusto o poco razonable, pero es muy importante escuchar. Por encima de todo, procura no reaccionar mal.
- NO JUZGUES. O no expreses tu juicio, al menos hasta que hayas tenido tiempo de moderar tu respuesta.

- Con un niño pequeño intenta que sus conversaciones resulten inspiradoras. Si mi nieto me explica la teoría de la gravedad, por ejemplo, yo le contaría a continuación una historia acerca de la sencillez de mi infancia o la de su padre para animarlo a pensar en lo mucho que ha cambiado el mundo.
- Escucha atentamente lo que pueda estar intentando decirte más allá de esa historia o anécdota en particular.
- Recuerda poner en práctica las técnicas para escuchar de forma activa: son válidas en cualquier situación en la que seas el oyente, con independencia de la edad del niño.

5

Escucharnos a nosotros mismos

El mundo te proporciona respuestas todos
los días. Aprende a escuchar.

Escucharnos a nosotros mismos. Es algo más fácil de decir que de hacer, ¿verdad? ¿A qué me refiero con esto? Más adelante hablaré del costo de escuchar y de la importancia de asegurarse de que prestamos atención a nuestras respuestas, practicamos el autocuidado y no convertimos aquello que oímos en nuestros propios problemas o traumas. Primero hablaré sobre confiar en nuestros instintos cuando escuchamos y también sobre aprender a confiar en nosotros mismos.

Un elemento clave para ser un buen oyente activo y poder apoyar a otros consiste en tener una relación buena y sólida con uno mismo. Es necesario que te trates a ti como lo harías con un buen amigo, porque, de otro modo, ¿cómo vas a poderles ofrecer esa misma amistad a otros? Para ello es esencial que te acuerdes de ser siempre amable contigo: si no lo haces tú, ¿quién lo hará? La cuestión es que no podemos ayudar ni comprender a los demás si no hacemos primero lo mismo con nosotros mismos. Todos tenemos momentos de duda, baja autoestima o vergüenza: «No debí decir eso», «Debí haber escuchado adecuadamente lo que esa persona estaba intentando contarme», «Quedé como un tonto al sugerir eso». Y, en esos momentos, es importante que hagas lo mismo que harías con un amigo: decirte a ti mismo que lo olvides, que pases página, que estabas haciéndolo lo mejor posible. Creo que este último punto merece ser repetido: solo puedes hacerlo lo mejor que puedas en ese momento concreto de ese día determinado. La culpa y los remordimientos son solo pensamientos negativos.

Durante los años que pasé trabajando en el departamento de trabajo social del hospital tenía contacto directo con los pacientes y las familias y amigos de estos. Solían estar viviendo unos momentos trágicos y traumáticos y, como gerente del departamento, a menudo yo era la primera persona a la que veían. No tengo formación de trabajadora social, pero mi jefa me llamaba «terapeuta ocasional». Siento una gran admiración por la profesión de trabajador social. Fui testigo muchas veces del gran impacto que pueden tener apoyando a una persona en el peor momento de su vida. La muerte de una pareja, un progenitor, un hermano, un amigo muy querido. Sin embargo, es el fallecimiento de recién nacidos (algo que lamentablemente vi muchas veces) lo que sigo llevando en mi corazón y en mi cabeza. Y lo haré durante el resto de mis días.

Escribo sobre este aspecto de mi vida porque apenas hubo una semana en los veinte años que estuve trabajando en el hospital en la que no viviera de cerca la muerte de un bebé (se debiera a un aborto espontáneo, al parto de un feto muerto o al fallecimiento del recién nacido). Comencé este capítulo comentando que debemos escucharnos a nosotros mismos y protegernos del dolor de otros. Hubo muchas veces en las que yo no lo hice y le estoy eternamente agradecida al equipo médico del hospital por ayudarme a gestionar mis sentimientos, en particular a mi jefa, que se esforzó mucho en recordarme mi papel en las vidas de estas familias: escuchar, empatizar y ejercer una influencia positiva, por pequeña que fuera.

Lo que más recuerdo sobre el tiempo que pasé en el programa de pérdidas perinatales son cosas pequeñas que en el momento tal vez parecían intrascendentes, pero que a la larga tuvieron un impacto profundo en mí. Como he mencionado antes, una vez al mes el hospital celebraba un funeral y un servicio en memoria de los bebés fallecidos en las últimas cuatro semanas. Yo ayudaba a coordinarlo todo junto con los capellanes, los directores funerarios y el cementerio. El primer miércoles de cada mes solía ser yo quien atendía el servicio. ¡Doce veces al año durante veinte años suman muchos primeros miércoles de mes!

Saber de antemano con lo que tendríamos que lidiar esos miércoles a las diez en punto de la mañana nunca lo hizo más fácil para quienes estábamos implicados. Un nuevo mes. Nuevas familias. Ocasionalmente una pareja a la que ya conocíamos acudía a despedirse de un segundo bebé. Había veces en las que yo ya conocía a los parientes; otras no. A menudo los conocí cuando trajeron al departamento ropa, amuletos que simbolizaban su amor, recuerdos o fotografías que querían incluir en el ataúd junto a su bebé. Yo recibía a los padres y les hacía saber el cuidado que pondríamos en depositar esos objetos especiales en el ataúd con su hijo y en vestir a este con la ropa especial que trajeron. En muchas ocasiones esto fue algo que hice yo en persona. Hablando con el bebé, mientras lo vestía, solía explicarle quiénes eran las personas que aparecían en una determinada fotografía, le contaba que ese dibujo lo había hecho para él su hermana o hermano de tres años, que esa era una flor que su madre había tomado de su jardín aquella mañana o le leía la carta que le había escrito su abuela y en la que esta le explicaba quién era su familia y de dónde provenía, y le aseguraba que siempre sería recordado y amado.

Entre todos los recuerdos y regalos que coloqué en ataúdes destaca uno que me vino a la cabeza recientemente cuando mi nieto de cinco años me enseñó sus primeras canicas y me pidió que jugara con él. Una vez unos padres desconsolados por la muerte de su bebé vinieron a verme: la madre me entregó varios objetos y me explicó qué eran y por qué quería que estuvieran en el ataúd de su hijo. La pequeña chambrita que tejió era demasiado grande para su bebé, nacido prematuramente, pero era lo primero que había hecho tras saber que estaba embarazada y quería que la tuviera. La pareja de la mujer permanecía a su lado con la cabeza gacha y en su rostro se veía con claridad una expresión de dolor mientras oía a su esposa explicar entre sollozos el significado de cada objeto. Tenía una de las manos metida en el bolsillo y yo podía oír un repiqueteo. Cuando su esposa rompió a llorar él la abrazó y, mirando por encima del hombro, sacó la mano del bolsillo y me miró: en su mano había dos canicas.

—Estas son las primeras dos canicas que me dio mi padre. Tuve muchas de pequeño; perdí algunas y gané otras, pero nunca me arriesgué a perder estas. Quería enseñarle a mi hijo a jugar a las canicas. ¿Podría por favor escoger una, la que quiera, y dársela a mi hijo? Yo me quedaré la otra.

Al extender la mano para agarrar una a ciegas él cerró brevemente el puño y los ojos. Acto seguido volvió a abrirlos y me dejó agarrar una de las canicas. Yo escogí una azul y dejé otra amarilla, no sé por qué.

Dos años después este padre reapareció en mi oficina con la canica amarilla en una mano, el celular en la otra y una gran sonrisa en los labios. Vino a enseñarme las fotografías de su hija recién nacida hacía apenas unas horas. Vino al hospital con la canica cuando su mujer iba a dar a luz. Me dijo que yo había elegido la canica adecuada, pues creía que la amarilla era más apropiada para una niña.

¿Qué vínculo tiene esta historia con este capítulo? Cuando conocí a este padre, y durante toda la interacción que mantuve con él (incluso cuando tomé la canica de su mano), permanecí en silencio. Nada de lo que yo pudiera decir podría haber ayudado a este hombre. Este ya tenía todo lo que necesitaba estrechando a su pareja entre los brazos. Ambos hicieron lo que debían y se marcharon sin mirar atrás. Yo me había escuchado a mí misma: no había nada que pudiera hacer o decir que fuera a mitigar siquiera levemente el dolor que esta pareja estaba sufriendo. Hice lo que él me pidió: escoger una canica. La segunda vez que nos vimos volví a escuchar, pero esta vez le di un abrazo. Tuve la sensación de que era lo adecuado. De nuevo no había palabras para responder a lo que acababa de contarme. Mis instintos me indicaron que el contacto físico no solo era apropiado para él, sino también para mí; él se tomó la molestia de venir a verme para contarme esta maravillosa noticia, de modo que yo reaccioné en consecuencia. En el hospital este tipo de contacto físico entre alguien del personal y un paciente no solía darse, ni probablemente se consideraba profesional, pero había veces en las que parecía ser lo adecuado, lo humano. Me gustaría pensar —no: lo creo de veras— que en este caso estuvo bien.

Mi epílogo a esta historia: le di a mi nieto un largo abrazo (afortunadamente le encantan los abrazos de su abuela) y luego intenté enseñarle los trucos que había aprendido jugando a las canicas de niña.

No siempre es fácil seguir tus instintos —aquello que sientes en las entrañas, como se suele decir— y saber cuándo y cómo responder al escuchar a otros. Lo adecuado no siempre resulta obvio. Hay ocasiones en las que sabes que solo vas a interactuar con alguien una sola vez, como por ejemplo con el empleado de una tienda, o con la persona que está delante de ti en la fila para abordar un avión o para entrar en un teatro. En estos casos una breve conversación está justificada, pues tienen algo en común: viajan al mismo lugar, van a disfrutar del mismo espectáculo, estás comprando algo que el empleado te está vendiendo. Una conversación despreocupada debería ser eso, despreocupada. Lo único que diría en estos casos es que juzgues el momento y respondas a las señales de los demás. Del mismo modo, si bien siempre debemos ser educados y amables y tratar a los demás de la misma manera que queremos que nos traten, no siempre tenemos que interactuar con todo el mundo: esto solo provocaría locura y mucho tiempo perdido.

He aquí una historia de un encuentro casual que adquirió una gran importancia. No suelo ir al teatro tanto como me gustaría. Sin embargo, hace unos pocos años no perdí la oportunidad de ir a ver al divertidísimo Billy Connolly. Cuando estaba en la fila junto con mi marido, la mujer que teníamos delante me preguntó si había visto anteriormente a Billy en vivo. Con gran orgullo le dije que había ido a una actuación suya en Christchurch unos años antes. Ella me dijo que esta era la primera vez que lo vería en vivo y que ella y su marido habían disfrutado de su sentido del humor durante décadas. Yo advertí que ella no parecía ir acompañada, pero no dije nada. Ella, sin embargo, no dejó de hablar. Me contó que había comprado las entradas para ambos meses atrás, pero que su marido había fallecido hacía unas pocas semanas. Pensó en no venir sola, pero al final decidió que su marido habría deseado que lo hiciera y quiso honrar su memoria. Siguiendo mi instinto, me dejé llevar por un impulso y le pregunté si querría que nos viéramos después del espectáculo para tomar una copa y compartir lo que nos había parecido. Así lo hicimos y mantuvimos una animada plática en la que convenimos que Billy Connolly es la persona más divertida del mundo. No hablamos de su marido recientemente fallecido, ni tampoco comentamos la posibilidad de volver a vernos. Y no lo hicimos. Pero pienso en esa mujer cada vez que el señor Connolly aparece en la pantalla de mi televisión o veo su apuesto rostro en la portada de una revista. Me gusta pensar que mi marido y yo ejercimos una pequeña influencia positiva en su día y, desde luego, ella hizo que para nosotros la velada fuera más especial.

Todo depende del momento oportuno. A menudo, tanto el momento y el lugar en los que nos encontramos como las pequeñas cosas que no buscamos o la gente con la que interactuamos accidentalmente pueden causar un impacto mayor que amistades o relaciones de toda la vida. No es necesario que vayas en busca de ello, solo debes estar presente en el momento y el lugar en los que te encuentras y el universo será el que venga a ti. O, al menos, sé una persona abierta, muéstrate paciente y no tengas miedo: así enfoco yo las interacciones humanas. Y con frecuencia te beneficiarás mucho de estos encuentros casuales. Esto no es algo que pase a diario, ni semanal ni mensualmente. Esa es la maravilla de estar vivo: uno nunca sabe qué va a suceder. Lo único que puedes hacer es ser intuitivo respecto a las personas que pasan por tu vida y hacerles caso a tus entrañas para saber si interactuar o no con ellas. Como he dicho antes, ¡siéntete libre de no hacerlo! Escúchate a ti mismo. Háblate si es necesario, no hay nada malo en ello; yo misma lo estoy haciendo mientras escribo esto. He aprendido a hacerme sonreír y a no depender de otros para ello, aunque me encanta cuando los demás tienen ese efecto en mí.

Esos años que pasé trabajando en el hospital fueron duros. Los encuentros que mantenía con Lale, oír sus historias y la investigación que llevaba a cabo cuando no estábamos juntos a veces me desanimaban. Ser escritora y convertirme en un personaje público supuso una abrumadora alegría, pero es algo que también conlleva ciertas presiones y supone asimismo estar expuesta a las críticas de la gente. Todo el mundo tiene derecho a albergar sus propias opiniones, claro está, pero mi respuesta a ello es humana. Mi marido sabía que si le pedía que buscara el DVD de la película *Aterriza como puedas* era porque ese día necesitaba reírme un poco. Siempre recurro a ella cuando lo necesito. Si, en cambio, lo que busco es llorar, veo la película *Eternamente amigas*, protagonizada por Bette Midler. Y si lo que quiero es sentirme abrumada emocionalmente, la elegida es *Memorias de África*, tanto por la música como por su argumento lleno de amor, esperanza y valentía. Uso películas para nutrir la emoción que necesito sentir. Supongo que puede considerarse una forma de catarsis. Sé lo que estoy sintiendo, pero, de algún modo, canalizarlo a través del prisma de alguna de estas películas que tanto me gustan y que tantas veces he visto me permite experimentar esas emociones en un entorno «seguro» y distanciarme de aquello que está causándome pesadumbre.

Cuando estaba adaptando *El tatuador de Auschwitz* a una novela a partir de mi propio guion, encerrada en pleno invierno en la cabaña que mi hermano y mi cuñada tienen en Big Bear Lake, en California, solía usar música para situarme mental y emocionalmente en el lugar que necesitaba. Cada día, cuando me sentaba a escribir, me pasaba los primeros nueve minutos escuchando la *Sinfonía n.º 3, opus 36*, de Henryk Górecki, conocida como la *Sinfonía de las lamentaciones*, en una grabación de la Filarmónica Karol Szymanowski con la voz de Zofia Kilanowicz y dirigida por Jacek Kaspszyk. Mientras escuchaba esta música hermosa y evocadora, oía asimismo los latidos de mi corazón y conectaba el cuerpo y la mente. Visualizaba en mi cabeza los rostros de los miembros de mi familia y sentía por ellos un amor tan intenso que parecía físico. Y recordaba asimismo a Lale Sokolov, ese hombre cuya memoria estaba honrando y que por desgracia no había vivido el tiempo suficiente para ver impresa su historia. Cuando terminaba la pieza de música abría los ojos e inevitablemente tenía que secarme las lágrimas. Entonces comenzaba a escribir y lo hacía durante horas. Cuando llegaba el momento de «guardar» lo hecho y «dejarlo» por ese día, también terminaba con música. La pasión con la que Andra Day canta su poderosa canción *Rise Up* hacía que me levantara de la silla y, con una sonrisa en el rostro, alzara el puño y le dijera a Lale que estábamos en vías de compartir su historia con el mundo.

Celebraba mi decisión de haber accedido a encontrarme con un hombre cuya esposa acababa de morir y que quería contarle su historia a alguien. Era el momento más atareado del año, tres semanas antes de Navidad, pero mi instinto me decía: «¡ADELANTE! ¿Qué tienes que perder?». Y le hice caso. Me siento agradecida por el hecho de que, en general, cada vez que mi instinto me ha dicho que hiciera algo, que tomara un riesgo, ha sido la decisión adecuada.

Ocasionalmente podemos equivocarnos. A veces tengo incluso que obligarme a ignorar esa fastidiosa vocecilla interior que me dice «inténtalo». Pero he aprendido a confiar en mi instinto. Cuando dejé atrás a mi familia y el claustrofóbico yugo que me ataba a una pequeña aldea, no solo decidí marcharme a otro pueblo o ciudad, sino a un país distinto, y con apenas diecinueve años me planté sola en Australia. Jamás sentí el menor remordimiento por lo que fue una decisión del todo impulsiva: mi marido, tres hijos y cinco nietos pueden atestiguar que sin duda es el mejor impulso que seguí nunca.

Supongo que a veces he cometido el error de pensar que alejarme (o, mejor dicho, huir) de problemas personales que no quiero afrontar es la mejor respuesta. Se trata de una respuesta, cierto, pero no es necesariamente la mejor. Por suerte contaba con el amor y el apoyo de los miembros de mi familia. Ellos me guiaron y me ayudaron a repensar quién era yo y quiénes podíamos ser todos nosotros como familia. También me ayudaron a comprender de qué quería huir.

Cuando a mediados de 2018 murió mi hermano mayor y regresé a Nueva Zelanda, reconecté con algunos amigos y sentí un vínculo espiritual con mi patria que no había sentido en ningún otro lugar del mundo. Al volver a Australia pensé que quería trasladarme de vuelta a mi país natal y dejarme envolver por la singularidad de mi tierra y su gente. Por supuesto, en realidad era el dolor lo que tiraba de mí. Mi familia me escuchó y comprendió mi deseo de regresar a «casa», pero me recordó que, si lo hacía, estaría dejando atrás a mis hijos y a mis nietos. Es decir, estaría dejando a los vivos para estar con los muertos. Para mí fue suficiente saber que me habrían apoyado si hubiera conseguido convencer a mi marido de que nos trasladáramos. Me recordaron el vínculo que me ataba a mi familia y a mis amigos, así como todo lo que estaba por venir.

Me encanta la palabra *vínculo.* Según la profesora de trabajo social Brené Brown, es imposible formar un vínculo con otras personas sin mostrarnos primero vulnerables nosotros mismos, permitiendo con ello que los demás «vean» quiénes somos y arriesgándonos a que no les guste. Este vínculo puede consistir en algo muy pequeño, como por ejemplo un intercambio de miradas al elegir la misma marca de cereales tras considerar todas las que se exponen en un estante. O puede tratarse de un vínculo importante que hermana a dos personas a través de un interés compartido que revela muchos otros intereses compartidos (y que puede relacionarlos a una tercera persona y, con tiempo y más conversaciones, a medida que comparten historias, formar una serie de vínculos).

Hace poco estaba en el metro de Nueva York en un frío y húmedo día de invierno. Me encontraba en esa ciudad para el lanzamiento de mi novela *El viaje de Cilka*. Tenía que trasladarme con más gente de la parte baja a la parte alta de Manhattan. En circunstancias normales habríamos tomado un taxi, pero la gente de la ciudad con la que viajaba y que acababa de conocer me aseguró que llegaríamos antes a nuestros destinos en metro.

Era hora punta y, mientras viajábamos en un vagón abarrotado, una de las personas que me acompañaban compartió conmigo el orgullo que sentía por su hijo adolescente, que sufría una discapacidad del aprendizaje. No sé por qué escogió ese lugar público para confiar en mí, ni por qué compartió conmigo esa información sobre su hijo, pero lo hizo y yo me sentí muy honrada por ello. Alguien muy cercano a mí en Australia con quien esta persona mantenía una relación laboral también tenía un hijo unos pocos años mayor con la misma discapacidad. Estas dos personas siguen presentes en mi vida y ahora además están vinculadas entre ellas con independencia de su relación conmigo. Me alegra mucho haber facilitado el vínculo entre dos personas que valoro tanto. Sé que se escriben por cuestiones ajenas a las profesionales. Lo que se cuentan es cosa suya. Igual de importante que surgir en la vida de otro es saber cuándo no hacerlo o apartarse.

Desde que en enero de 2018 se publicó *El tatuador de Auschwitz* he recibido miles de correos electrónicos de muchos países. La mayoría son cortos y sus autores simplemente me expresan su agradecimiento y su gratitud por haber contado esa historia. Muchos otros me explican un acontecimiento trágico o traumático de su vida, a menudo muy reciente, que les había arrebatado la esperanza de un futuro. Al descubrir la historia de Lale y Gita, sin embargo, habían reencontrado esa esperanza; leer acerca del amor, la valentía y la capacidad de supervivencia de esta pareja en una de las épocas más oscuras de la historia reciente les permitió dar los primeros pasos en pos de aquello que habían soñado para ellos y sus seres queridos. Luego hay muchos correos electrónicos de lectores que tienen su propia historia asombrosa y me piden consejo y ayuda para encontrar un modo de contarla. Y también están los lectores que me conocieron personalmente en alguna plática que di o que me escucharon por el radio. Que tanta gente se haya sentido conmovida por las historias que he contado y quieran ponerse en contacto conmigo me hace sentir muy honrada.

Sin embargo, si hay un correo electrónico que destaca por encima de todos es el que recibí estando en Sudáfrica y que me condujo a visitar Israel dos veces en seis meses. Gracias a este mensaje contaré otra increíble historia llena de valentía, supervivencia y esperanza. En esta ocasión escribiré acerca del amor de tres hermanas. Lo que oí en la voz de una mujer de noventa y dos años hizo que me sintiera atraída por su carisma, su país y su historia. A veces no hace falta mucho: tus entrañas y un instinto moldeado por décadas de estar abierta a escuchar a los demás te dicen qué hacer. Mostrarse vulnerable al conocer a desconocidos y saber que tienes que ser honesta y franca para que ellos lo sean contigo tiene su recompensa.

Otras veces, he respondido cartas y visitado a aquellos que me las habían escrito porque era lo correcto. Se trataba de agradecer su esfuerzo y validar la vulnerabilidad que mostraron al compartir lo que sintieron al leer las historias de Lale, Gita y Cilka.

En ese mismo viaje a Nueva York que mencioné antes, visité un centro de rehabilitación de drogadictos de Nueva Jersey porque recibí una carta de una de sus trabajadoras sociales. Esta me contó que varios de los jóvenes que acudían al centro se sintieron conmovidos por la historia de Lale Sokolov y encontraron inspiración y esperanza en su supervivencia.

Durante más de dos horas estuve contándoles historias inéditas de Lale y Gita y escuchando sus propias historias de supervivencia. Por trágicos que fueran sus pasados, no pude evitar sentirme inspirada por la determinación que mostraban para lidiar con sus problemas de drogadicción y dar los pasos necesarios que los condujeran a una vida con la que ahora ya se atrevían a soñar. Espero que logren sus objetivos de estudiar, trabajar, construir relaciones significativas y aportar lo que puedan a sus comunidades. Algunos me contaron que no podían regresar a casa con su familia porque alguno de sus miembros se drogaba, pero aceptaban que las cosas tenían que ser así si, al igual que Lale y Gita, querían llegar a vivir lo mejor que pudieran. Los profesionales que trabajaban en el centro y enseñaban y apoyaban a estos jóvenes y sus elecciones supusieron una auténtica inspiración para mí. Estaban completamente dedicados a su cometido y trabajaban de forma incansable con escasos fondos para animar y apoyar la valentía de estos jóvenes que intentaban salir adelante. Les agradezco de corazón que se pusieran en contacto conmigo y me dieran la bienvenida a su centro. De vuelta a Australia recibí un encantador paquete de cartas de cada uno de los jóvenes que conocí ese día contándome lo que el tiempo que pasamos juntos significó para ellos.

Quiero que sepan lo mucho que significó para mí conocerlos. Hablo con orgullo del tiempo que pasamos juntos, pienso en ellos a menudo y me siento afortunada por haber sido invitada a su círculo. Si los escuché (y ellos a mí) fue gracias a que previamente presté atención a una voz en mi interior diciéndome que si lo hacía sería una experiencia que atesoraría, de modo que fui a verlos.

He aquí una historia que me contó mi hermano Ian sobre el hecho de aprender a escucharse a uno mismo:

La historia de Ian

Justo un día después de cumplir dieciséis años, mi madre me dijo que al día siguiente no iría a la escuela, sino que viajaría a Auckland. Podía contar con los dedos de una mano las veces que estuve en Auckland y pensé que el viaje era un regalo de cumpleaños.

En el tren de camino a Auckland me dijeron que visitaríamos a un oficial de reclutamiento de la armada neozelandesa. Mi hermano mayor se había alistado cuatro años antes y pensé que iríamos a visitarlo; no registré el significado de las palabras «oficial de reclutamiento».

Me llevaron a una oficina y permanecí en silencio mientras mi madre realizaba la entrevista en mi nombre. A continuación me pidieron que firmara un documento. En él mostraba mi conformidad a servir en la armada durante doce años. Iniciaría el entrenamiento de forma inmediata, pero el periodo de doce años no comenzaría hasta dos después, cuando cumpliera dieciocho, ya que todavía era menor de edad. Nunca se me ocurrió discutir con mi madre, pues creía ciegamente que ella sabía qué era lo mejor para mí. ¡Cuán equivocado estaba!

Al cabo de unas pocas semanas ya iba ataviado con el uniforme de la armada y empezaba el entrenamiento junto a docenas de jóvenes ingenuos e impresionables. No había mujeres en nuestro grupo. Desde el primer día odié la vida en la armada. Durante dos años y medio soporté las humillaciones, novatadas y abusos que conllevaba el entrenamiento. De ese periodo solo salvaría las amistades que hice.

Tres meses antes de cumplir diecinueve años fui a dar una vuelta en moto con otros dos marineros. En una carretera rural de las afueras de Auckland chocamos con un coche: mis dos amigos murieron, yo no. Después de sus funerales decidí que no quería pasar un día más en la Armada Real de Nueva Zelanda. Cumplimenté los formularios necesarios para licenciarme del ejército en cuanto que ya era adulto. Mi capitán pidió verme tan pronto como recibió mi petición y me dijo de forma inequívoca que no pensaba concederme la licencia. Cumpliría mi contrato y la armada terminaría convirtiéndome en un hombre.

Las normas me permitían solicitar el permiso cada mes. Yo así lo hice, pero cada mes me lo negaban. Al día siguiente del tercer rechazo estaba caminando por el astillero con unos amigos cuando nos detuvo el capitán. Este se me quedó mirando detenidamente, se acercó mucho a mí y me dijo que no le gustaba mi pelo y que debía cortármelo. Yo sabía que estaba intentando humillarme, pero para entonces ya no me importaba, solo quería dejar la armada. Al día siguiente me dirigí a una peluquería de Auckland y me corté el pelo.

Al lunes siguiente el capitán vino a buscarme para inspeccionar mi corte de pelo.

—Le dije que se cortara el pelo.

—Lo hice, señor.

Él me dijo entonces que eso no era un corte adecuado para la armada y me preguntó que dónde me lo hicieron. Yo le indiqué el nombre de la peluquería de Auckland a la que había ido. Él me preguntó cuánto había pagado y yo le contesté que quince dólares, lo habitual para un corte de pelo en aquellos días. Él intentó ridiculizarme delante de mis ami-

gos diciendo que había malgastado mi dinero. Luego me ordenó que subiera a su vehículo y añadió que me llevaría al barbero de la armada, pero yo me negué y me marché.

Como consecuencia me condujeron a su superior, y luego al superior de este, hasta que finalmente me encontré delante del oficial al mando de la base. Cuando este me dijo que debía cortarme el pelo yo le respondí que no pensaba hacerlo. Había seguido las órdenes que me dieron y ya lo había hecho.

Acto seguido me acusaron de «desobediencia deliberada a una orden directa» y me metieron en una celda (para que conste, si son dos las personas que desobedecen una orden directa ya se considera motín). Esto sucedió un viernes y al día siguiente cumplía diecinueve años y mis padres habían planeado hacer una fiesta en su casa, a una hora al sur de Auckland, a la que asistirían todos mis amigos de la armada.

Celebré mi diecinueve cumpleaños sentado en una celda mientras mis compañeros iban a casa de mis padres a celebrar «mi» fiesta.

La corte marcial se celebró el lunes. Mi representante me pidió que no dijera nada y que él solicitaría indulgencia puesto que yo todavía estaba afectado por haber visto morir a dos amigos cercanos. El oficial al mando de la base estaba presente y le contó al juez que presidía la sala lo que había sucedido. Este me preguntó entonces si yo había desobedecido deliberadamente una orden directa de mi superior. Yo no me quedé callado como me pidió mi abogado.

—¡No, señor, le dije que se fuera a la mierda y a usted le digo lo mismo!

No hace falta decir que me declararon culpable y me sentenciaron a cumplir una pena de nueve meses en una prisión militar.

De nuevo a la celda, pues. Pasaron un par de días y tuve que someterme a un examen físico para comprobar si podría resistir el encarcelamiento. Lo aprobé.

El día que me iban a trasladar de prisión me vino a buscar el oficial encargado de las comunicaciones de la base. Este me preguntó si podíamos pasar a su oficina porque quería recoger el correo que había recibido. Yo no tenía ninguna prisa por que me encerraran.

Él regresó al poco y se sentó en la cabina del camión.

—Dime tu nombre y fecha de nacimiento.

Yo así lo hice.

—Este es tu día de suerte —dijo él.

El comodoro de Auckland tenía que firmar todas las sentencias de prisión y había reparado en que yo había presentado varias solicitudes para que me dieran el permiso. Estaba claro que yo no quería permanecer en la armada, así que resolvió declarar que mis servicios «ya no eran necesarios». Esto estaba solo un grado por encima de la conducta deshonrosa.

Pasé un par de días más en prisión mientras se completaba todo el papeleo necesario y luego me llevaron a una estación de autobús y me enviaron a casa.

Después de superar el shock que le supuso a mi madre el hecho de que su hijo ya no estuviera en la armada, me dijo:

—Bueno, me pondré en contacto con el señor X (el amigable agente de policía local) y le pediré que te meta en el cuerpo de policía.

No deshice la maleta.

En adelante me labré la vida que quería, la que era adecuada para mí. ¡Y vaya vida he tenido! Viví en varios países y disfruté de una exitosa carrera profesional así como de una familia maravillosa.

Trucos prácticos para aprender a escucharte

¿Cómo tomas las decisiones importantes de tu vida? Algunas personas se afanan en realizar listas con pros y contras; otras buscan el consejo de los amigos y la familia. Muchos de nosotros nos apoyamos en nuestro instinto. Ahora bien, ¿de dónde proviene este instinto y qué lo conforma? ¿Y cómo podemos aprender a confiar en él y a escucharnos a nosotros mismos?

Todos somos el producto de nuestras experiencias vitales. Un niño feliz y seguro se convertirá en un adulto resistente, con los recursos y la confianza en sí mismo necesarios para lidiar con todo aquello que se encuentre en la vida. Alguien con una infancia menos segura es más probable que sufra dificultades y esté menos seguro de si sus elecciones son las correctas o de si puede superar los reveses de la vida. Es posible que estos últimos terminen efectivamente tomando malas decisiones. Pero todos nosotros, con independencia de cómo nos hayan educado y de las buenas o malas decisiones que hayamos tomado en el pasado, podemos aprender a escucharnos a nosotros mismos. Me ha costado muchos años confiar en mis propios instintos, pero ahora lo hago. Y así es como lo hago.

En primer lugar tienes que aprender a confiar en ti mismo. Muchos de nosotros, yo incluida, nos pasamos los años de juventud cumpliendo con las ideas de otros sobre quiénes somos y cómo deberíamos comportarnos. Puedes llamarlo «conformismo», «deber» o «deseo de agradar», pero el caso es que la mayoría de nosotros dejamos nuestros instintos a un lado y hacemos lo que se espera de nosotros. Y muchos seguimos haciéndolo durante el resto de nuestras vidas. No tiene que ser así, pero los años de escuela y la presión social pueden conspirar para erradicar lo que nos convierte en individuos diferenciados.

Voy a pedirte que dejes todo eso a un lado y que pienses en tus primeros recuerdos. Cuando somos pequeños, si podemos explorar nuestros propios intereses descubrimos de forma instintiva dónde residen; durante la adolescencia estas preferencias suelen quedar relegadas por las expectativas de los demás. Piensa en tu infancia y pregúntate:

- ¿Qué era lo que me gustaba hacer cuando tenía tiempo para mí?
- ¿Me gustaba jugar solo o prefería la compañía de otros niños?
- ¿Con qué juguetes me entretenía más?
- (Si preferías leer) ¿Qué libros me atraían más? ¿Libros de pasatiempos? ¿No ficción? ¿Fantasía y cuentos de hadas?
- ¿Qué me enorgullecía más conseguir cuando era pequeño?

- ¿A qué juegos imaginarios jugaba?
- ¿Qué actividad me hacía sentir más feliz y con más seguridad en mí?

Es posible que algunas de las respuestas te sorprendan y también que descubras que están muy alejadas del tipo de vida que llevas ahora. Al hacerte estas preguntas, sin embargo, estás conectando contigo y con tus instintos al nivel más fundamental posible, sin las trabas de la experiencia. Estás comenzando a escuchar a tu verdadero yo.

De pequeña siempre me sentía atraída por las historias del pasado. Quería saber por qué pasaban las cosas, cómo había respondido la gente, qué había supuesto experimentar lo que vivieron. Supongo que me impulsaba una increíble curiosidad; y ahora veo que esta curiosidad es un patrón que recorre toda mi vida. No siempre le he prestado atención, pero cuando echo la vista atrás veo que hay un hilo conductor entre el hecho de escuchar a Abu y a Lale Sokolov. Escucharme a mí misma resulta mucho más fácil desde que me di cuenta de ello.

Principales trucos para aprender a escucharte

- **Toma notas.** Como he indicado antes, cuando comencé a ver a Lale creé una hoja de cálculo en la que registraba cómo había ido nuestro encuentro y cómo parecía estar él. También cómo me sentía yo, pues el instinto me decía que esto era igual de importante.

- **Confía en tu instinto.** Pero, al mismo tiempo, aprende a distinguir entre instinto e impulso (algo que yo me he pasado años intentando conseguir). Cuenta hasta diez para «sentir» si estás haciendo lo correcto. Deja ese correo electrónico una noche en la carpeta de borradores; escribe una lista de pros y contras antes de tomar una decisión importante en tu vida. ¡Aquellos que me conocen bien saben que este no es un truco que practique tanto como debería!
- **Encuentra un modo de refugiarte en «tu lugar feliz»** cuando oigas algo que te intranquiliza. Yo solía extender la mano y acariciar las cabezas de Tootsie y Bam Bam, los perros de Lale, siempre que me sentía inquieta o abrumada por lo que este estaba contándome. Cuando estoy de viaje suelo agarrar mi celular y echar un vistazo a algunas fotografías de mi querida familia. La música también tiene el poder de transportarme a otro tiempo y lugar.
- **Acepta que lo que sientes** en relación con una persona o situación y lo que oyes no siempre coincidirán. Todos cambiamos y crecemos, y unas veces nos sentimos más robustos y pa-

cientes que otras. No siempre hay una razón clara para ello.

- **No verse capaz de lidiar con alguien o no conectar con esa persona** no siempre es culpa tuya. Puede que sea suya o, probablemente, de nadie.
- **Recuérdate siempre aquello por lo que sientes gratitud.** Esto quizá deberías anotarlo. Puede tratarse de algo tan simple como el hecho de tener hijos, ser capaz de ver la salida del sol o, en mi caso, la puesta de sol (¡no soy una persona de mañanas!).

Ahora, siempre que me encuentro con una elección o una oportunidad y no sé qué hacer, sopeso mi decisión pensando en mi infancia y en las decisiones sin restricciones que tomaba entonces. Por supuesto, hay que tomar en consideración cuestiones prácticas y el cuidado y la responsabilidad de otros, de modo que las decisiones sin restricciones son mucho más difíciles cuando somos adultos, pero todavía creo que escucharnos a nosotros mismos es fundamental para elegir bien. ¡Y si aparece la oportunidad de escuchar la historia de alguien, la aprovecharé!

6

CONTRIBUIR A ENCONTRAR UNA NARRACIÓN DE ESPERANZA, U HONRAR LA NARRACIÓN

> Mi madre/padre/abuela/abuelo no quiere hablar conmigo sobre sus experiencias durante el Holocausto. ¿Cómo puedo conseguir que lo haga?

Incontables veces me han hecho esta pregunta. Incontables. Mi respuesta es simple: no puedes. Le pregunté a un amigo mío, un importante psiquiatra de Melbourne, si estaba causándole algún daño a Lale al dejarlo hablar conmigo a un nivel tan emocional mientras todavía estaba llorando la muerte de Gita. No se lo pregunté como profesional, sino como amiga y en un entorno social. Este psiquiatra ya estaba al tanto de muchas cosas de mi relación con Lale y me aseguró que no le hacía daño alguno y que Lale nunca me contaría nada que no quisiera contarme. Oír esto me tranquilizó. Y, como ya he indicado, sé que Lale se llevó a la tumba muchas cosas. Mi amigo psiquiatra me dijo que le preocupaba más mi estado emocional que el de Lale. Se daba cuenta de hasta qué punto me había involucrado en esa relación y no dejaba de decirme que debía cuidar de mí misma.

—Haz aquello que sepas que es lo correcto para ambos —me dijo—. No puedes equivocarte si sigues tus instintos, protégete a ti misma y, por defecto, protegerás a Lale.

Cuánta razón tenía.

Sabiendo esto, o a causa de esto, tomé mi responsabilidad muy en serio. Era consciente de que debía ser fiel a la memoria de Lale y no incluir en mi relato nada que él no me hubiera contado. Aun así me aseguraba de verificar todo aquello que me contaba, pues era consciente de lo extremadamente delicado que era el tema. Solo incluía detalles que pudiera verificar con otras fuentes. Y, cuando las anécdotas que me había contado Lale no coincidían del todo con mi investigación, también tenía en cuenta que no estaba contando LA historia del Holocausto, sino UNA historia del Holocausto: la de Lale.

Al principio pensé en escribir una biografía, e incluso acudí a un taller de escritura de biografías. Solo fui un día de los cinco que duraba, pues me di cuenta de que el estilo y las reglas de una biografía no se ajustaban a la forma en la que Lale quería que se contara su historia. Yo me la imaginaba en una pantalla. Grande o pequeña, no importaba. Como había atendido a muchas clases, seminarios y talleres de escritura de guion, decidí que este sería el medio que usaría. Solo después de pasarme varios años intentando llevar el guion a la pantalla tomé la decisión de convertir el guion en una novela. No soy historiadora, y muchas mentes brillantes han escrito y registrado la historia del Holocausto, así que escogí usar la ficción para recrear todo aquello que Lale me contó durante tres años de amistad.

Este solo se decidió a hablar conmigo porque Gita había fallecido. Eso era todo, esa era la única razón por la que finalmente se decidió a hablar con todo detalle sobre sus experiencias. La razón para no hacerlo antes era el pacto que habían hecho ellos dos de no hablar públicamente de su pasado, fuera juntos o por separado. Me lo dijo el día que nos conocimos. Me lo dijo con gran serenidad o, tal vez, impasibilidad: podía contarme su historia porque Gita había fallecido, pero debía darme prisa en escribirla porque quería reunirse con ella. Durante los siguientes tres años a veces mencionaba la insistencia de su mujer para que no hablaran de su pasado y él se inclinaba entonces hacia mí y me susurraba:

—Solo cuando estábamos solos en nuestro dormitorio rememorábamos el pasado.

Le encantaba decirme eso y siempre le brillaban los ojos cuando lo hacía.

Seis décadas rememorando en el entorno más privado e íntimo toda esa maldad y horror que habían experimentado. ¿No es conmovedor?

Lale me explicó que Gita quería dejar el pasado atrás y que siempre le preguntaba cómo iba a llevar una vida buena y feliz si no dejaba de hablar sobre Birkenau y los miembros de su familia que había perdido. Tanto Lale como el hijo de ambos, Gary, me comentaron muchas veces lo poco que Gita decía sobre su pasado delante de este; Lale era más abierto y franco acerca de su papel como tatuador en Auschwitz. Sí, tanto él como Gita habían accedido a ser entrevistados para la Fundación Shoah, pero lo hicieron únicamente tras asegurarse de que las filmaciones no se harían públicas de inmediato. Aparte de esta entrevista Gita había hablado muy poco de sus experiencias. Los amigos de ambos que conocí a través de Lale también me confirmaron que no solía unirse a sus conversaciones sobre el Holocausto. Decían que escuchaba, pero que no participaba ni compartía sus propias experiencias. Lale me admitió que él y sus amigos sí solían hacerlo, pues todos ellos compartieron la misma experiencia y podían hablar libremente sin que nadie los juzgara ni sufrir sentimientos de vergüenza o culpa al hacerlo. Cuando tras la cena del sabbat las mujeres se iban a la cocina a lavar los platos (¡repito sus palabras!), ellos aprovechaban para hablar de la tragedia que habían compartido.

La subsiguiente desesperación de Lale por encontrar a alguien con quien platicar al poco del fallecimiento de Gita es un testimonio de hasta qué punto necesitaba hablarle al mundo acerca de esa chica vestida con harapos, sin bañar y con la cabeza rapada cuyo brazo sostuvo y que le robó el corazón. También creía que el Holocausto no volvería a suceder si contaba sus experiencias y la gente oía lo que tenía que decir. Creo que siempre sintió la mano de la historia en el hombro. Era consciente de que su rol en Auschwitz fue único y que merecía la pena dejar constancia de ello. Era una persona muy inteligente y sabía que, a medida que las últimas generaciones de supervivientes llegaban al final de sus vidas, sentían una creciente voluntad de hablar. Y también que había una creciente necesidad de la gente de oír estas historias y aprender de ellas. Era casi como si sintiera que era su deber contar su historia antes de volver a «estar con Gita».

Estoy convencida de que Lale nunca pretendió revelar el impacto profundamente emocional y traumático de los acontecimientos que había presenciado y experimentado. Creo que al principio intentó reprimir esos sentimientos y limitarse a contarme los hechos tal y como los recordaba. Solo cuando comenzó a confiar en mí se permitió a sí mismo ser franco conmigo. A partir de entonces y hasta el final de sus días solía relatar de vez en cuando pequeños fragmentos de historias enterradas tan profundamente en su interior que creo que casi le sorprendía a él mismo estar contándolas en voz alta. Como he mencionado antes, así es como oí hablar por primera vez de Cilka Klein.

Un día que salimos a tomar un café (¡viva!) nos encontramos con varios de sus amigos y nos sentamos con ellos. Para entonces ellos ya sabían que yo estaba escribiendo la historia de Lale y, entre bromas y risas, comenzaron a contarme historias propias y a preguntarle a Lale:

—¿Le contaste eso? De seguro que no le has hablado de…

Generalmente se trataba de alguna travesura en la que habían estado involucrados los hombres y sobre la que las mujeres presentes querían saber más detalles. Era durante estos encuentros informales en la cafetería cuando solía enterarme de los detalles de la vida que Lale y Gita llevaron en Melbourne, el estilo de vida del que disfrutaron, las fiestas a las que estos amigos acudieron. Ese día, sin embargo, cuando Lale y yo regresamos a su departamento, y después de que yo rechacé otra taza de café antes de que él fuera a la cocina y la preparara (¡uf!, ¡salvada!), me di cuenta de que su estado de ánimo había cambiado. Ya no se mostraba animado ni reía. Al sentarnos se volvió hacia mí y dijo:

—¿Te he hablado alguna vez de Cilka?

—No, ¿quién era? —respondí yo.

—La persona más valiente que he conocido nunca. —Y, negando con el dedo índice, añadió—: No la mujer, sino la persona más valiente.

Cuando le insistí para que me contara más, él negó con la cabeza y luego se volvió con la cabeza gacha. Al reparar en el temblor de sus labios lo dejé estar y pasé a otro tema menos doloroso. Aun así, me di cuenta de que era una historia que quería —necesitaba— que yo escuchara. Poco a poco, a lo largo de los siguientes meses me habló sobre esa mujer y siempre terminaba la conversación diciéndome:

—Cuando acabes mi historia debes contar la de Cilka. Quiero que el mundo conozca su existencia.

Lale tenía dificultades para describir las circunstancias que rodeaban la supervivencia de Cilka en Birkenau. No podía o no quería usar la palabra *violación*. En vez de eso decía algo como:

—Él la obligaba a hacerlo.

Y cuando un día yo le pregunté:

—¿El qué?

Él se removió en su asiento y, apartando la mirada, dijo entre dientes:

—Acostarse con él, ya sabes. —Y, colocando la mano por encima de su cabeza, dijo—: Él estaba aquí. —Y, bajándola, añadió—: Y ella aquí. ¿Cómo iba a enfrentarlo? —Y, sin dejar de negar con la cabeza, dijo entre dientes—: No había nada que pudiéramos hacer para ayudarla y salvarla de ese bastardo de Birkenau, ni para evitar lo que le pasó después. —Y luego añadió—: Si Gita estuviera aquí podría contártelo. Ella lo haría. Fue a visitar a Cilka a Eslovaquia cuando salió de Siberia y hablaron sobre ello.

Lale nunca llegó a leer la novela que escribí sobre su historia, pero sí lo hizo en su género original, un guion cinematográfico. Al cabo de un año yo había conseguido escribir un primer borrador y, el día de su cumpleaños, mientras tomábamos café y comíamos un pequeño trozo de pastel que había comprado en una cafetería local, le di mi regalo. Él se apresuró a arrancar el papel que envolvía el primer borrador encuadernado del guion de *El tatuador de Auschwitz*. Tras hacer a un lado el pastel (de todos modos no era un gran comedor) comenzó a hojearlo. No lo leía, se limitaba a pasar el dedo por su nombre y el de Gita en cada página. Estaba radiante y soltaba risitas; nunca olvidaré esa risa. Fue un momento maravilloso para ambos. Cuando me marché él seguía abrazado al manuscrito. Era como si le hubiera dado un pequeño trozo de Gita escrito en palabras: las que él me había dado a mí.

Tuve la suerte de que una productora cinematográfica local comprara una opción sobre los derechos del guion. A lo largo del siguiente año Lale estuvo involucrado en su desarrollo. Le consultaron todos los cambios y reescrituras y él les ofrecía su consejo aquí y allá, pero en general estaba encantado con la forma en la que yo había contado su historia y, en particular, con cómo había escrito sobre su esposa. Dejó de decir «Necesito estar con Gita» cada vez que nos veíamos. Ahora quería vivir el tiempo que fuera necesario para que todo el mundo conociera su historia.

Lamentablemente esto no llegó a suceder. Lale murió el 31 de octubre de 2006, tres días después de su noventa cumpleaños y tres años después de la primera vez que nos vimos.

No sería cierto afirmar que, a lo largo del proceso de compartir su historia, Lale dejó de sentirse afligido, traumatizado y culpable; siguió sintiéndose así hasta el final. Pero creo que hablar conmigo y saber que su historia sería contada lo ayudó en cierto modo a aligerar la carga que le había lastrado toda la vida. Pude ver de primera mano y repetidamente cómo hablar con libertad y sentirse seguro, con el convencimiento de que honraría su historia, lo ayudó a recuperar cierto entusiasmo por la vida.

Había cuatro palabras que Lale me decía todo el tiempo y que hacían que yo pusiera los ojos en blanco y que acto seguido me quedara con la mirada fija en él.

—¿Te conté lo de...?

Y, tras esta pregunta inicial, procedía a contarme algo que yo no había oído antes (lo cual resultaba un fastidio cuando yo ya estaba convencida de que disponía del relato completo y un boceto actualizado del guion ya estaba siendo leído por otros).

Lale se encontraba de un humor particularmente alegre el día que me dijo:

—¿Te conté alguna vez que fui un playboy?

Mi reacción inicial de burlona desaprobación hizo que enseguida matizara que se refería a su vida anterior a Gita. Escucharlo hablar de su vida como playboy en la Bratislava anterior a su deportación, con sus caros trajes a medida, sus zapatos pulidos, el pelo bien peinado y un físico del que estaba orgulloso fue una experiencia verdaderamente dichosa. Tuve muchas novias, me contó. El buen trabajo que tenía le proporcionaba dinero suficiente para gastar en comida y vino, entretenimientos varios y la ropa de marca que deseaba. Mientras deambulaba de un lado a otro de su sala Lale me abandonó y regresó de vuelta a esa época y ese lugar, y me describió su vida con todo detalle. ¡Y vaya vida! Era joven y disfrutaba al máximo de cada momento y de todas las oportunidades que se le presentaban, lleno como estaba de ilusión por el futuro. Fue un placer proporcionarle el espacio y la seguridad necesarios para que me hablara de su vida anterior a Auschwitz, una época que había perdido por completo. Ya nunca podría volver al sueño de ese brillante futuro: el Holocausto se llevó por delante esos días felices.

Escuché boquiabierta las descripciones que hacía de hermosas mujeres y de un envidiable estilo de vida mientras mi mirada iba de este más que emocionado anciano de ochenta y ocho años a la fotografía de Gita que descansaba sobre el aparador. Costaba creer que más adelante se enamoraría donde lo hizo y bajo las circunstancias en las que lo hizo. Solía decirme que estaba del todo convencido de que sobreviviría a Auschwitz y retomaría su vida en Bratislava. Seguramente esperaba regresar junto a alguna de las hermosas mujeres que había conocido en esa ciudad. Lale admitió que no solo salía con chicas judías y que muchas de sus «novias» no lo eran. En cualquier caso, me dijo, en cuanto sostuvo la mano de esa joven vestida con harapos supo que ya nunca podría amar a otra mujer.

¿Qué tenía Gita que fascinó a nuestro playboy? Él me dijo que fueron sus ojos negros y llenos de vida: los clavó en él y Lale no pudo apartar la mirada. En ese terrible lugar en el que reinaba la muerte, encontró en esos ojos un desafío y una voluntad de vivir que lo cautivaron.

A medida que Lale iba abriéndose más a mí, y a pesar de que a menudo era testigo de su aflicción, pude ver asimismo el efecto que contar su historia iba teniendo en él. Su sanación fue tanto física como emocional. Con el tiempo volvió a reír, retomó los vínculos con su comunidad, comenzó a ir conmigo al cine y a cafeterías, y también a comprar, a cocinar comidas para ambos y a pasar tiempo con mi familia. Luego también estaban sus bailes con Tootsie. Que sostuviera las patas delanteras de ese pobre perro y se pusiera a dar vueltas alrededor de la sala mientras el animal hacía lo que podía para no tropezar era, como yo a menudo le decía, potencialmente peligroso para alguien de su edad.

Y también solía dar un pequeño salto. Siempre que se ponía de pie daba dos pasos, saltaba en el aire y hacía chocar los talones. Lo conocía desde hacía seis meses, cuando vi por primera vez «El Salto», y no dejó de hacerlo durante el resto de su vida. Creo que con ello pretendía mostrarme el hombre que era antes del Holocausto; un hombre que tal vez tuvo que reprimir con Gita a causa de todo lo que habían vivido y presenciado juntos. Es posible que, en cierto modo, yo lo ayudara a ser otra vez ese hombre.

Mientras siga escribiendo historias llenas de esperanza, valentía, amor y supervivencia, continuaré concentrándome plenamente en la persona que esté contándome su historia, cuidándome y esforzándome por narrar estas historias y honrar a todos aquellos que estén involucrados en ella. Para mí es un privilegio sentarme en las casas de personas normales que han vivido situaciones extraordinarias y que me lleven con ellos en un viaje a través de sus experiencias. Al conocerlos a ellos y a sus familias, así como al compartir mi propia historia con ellos, he hecho amistades para toda la vida y mi vida se ha visto enormemente enriquecida.

En fecha reciente hice un segundo viaje a Israel para pasar más tiempo con la familia cuya historia espero contar en mi próxima novela. Esta vez llevaba conmigo séqueles: ahora tenía noción de las reglas de Israel. Conocer a esta increíble familia es una de las grandes alegrías de mi vida.

Lo primero que advertí cuando entré en el departamento de Livia fue que había un rompecabezas sobre la mesa del comedor. De inmediato me sentí atraída por él y les expliqué a Livia y a su familia lo mucho que disfrutaba armando rompecabezas. Me sirven para desconectar de la escritura. Nada me abstrae más que inclinarme sobre mil piececitas de cartón que me piden que las junte y que convierta ese caos en algo con sentido. Leer un libro o ver una película no tienen el mismo efecto que armar un rompecabezas. ¿Orden a partir del caos? ¿Juntar piezas diminutas hasta convertirlas en una historia? Dejaré la interpretación de esto en manos de otros.

Cuando se lo mencioné a Livia ella enseguida se mostró de acuerdo. Involuntariamente tomé una pieza y comencé a buscar el lugar en el que podía encajarla antes de darme cuenta de lo que estaba haciendo.

—Adelante —dijo ella. Todos los familiares que venían a visitarla a diario la saludaban y luego se acercaban al rompecabezas que Livia estuviera haciendo, y colocaban una o dos piezas antes de volver a marcharse.

Una semana después pasaba mis últimas horas con esta mujer sentada delante de ella mientras cada una intentaba colocar más piezas en el rompecabezas que la otra. Entretanto hablábamos sobre nuestras familias y comentábamos que nuestras vidas eran como el rompecabezas que teníamos delante: complicadas pero en último término gratificantes. A través de este nuevo vínculo, el de fanáticas de los rompecabezas, pude ver a esta mujer desde un ángulo completamente distinto del de la persona que había sobrevivido a la maldad y el horror. Vi la mente tranquila e inalterable que estudiaba una pequeña pieza, la sostenía al lado de la caja con la imagen que estaba intentando reconstruir y, o bien la colocaba donde debía ir, o la dejaba cuidadosamente a un lado para volver a considerarla más tarde. Conversábamos acerca de la esperanza que había albergado durante décadas de que sus hijos, así como ahora sus nietos y biznietos, disfrutaran de una buena vida. Le enorgullecía contarme su historia, me dijo, y esperaba que pudiera ejercer una influencia positiva en otros. Yo, por mi parte, me sentiré orgullosa de contar su historia, llena de esperanza y resistencia. Ya lo he dicho muchas veces: mis libros no son mis historias, son las de Lale, Cilka y —esperemos que pronto— las de estas tres asombrosas hermanas.

Algo que todos los supervivientes que he conocido me dijeron es lo siguiente: «Tuve suerte». Esto puede sonar extraño: ¿cómo puede considerarse afortunado alguien que fue perseguido por su fe religiosa durante el Holocausto?

En abril de 2018 fui a Auschwitz para asistir a la «Marcha de los vivos» que se celebra todos los años. Junto con miles de hombres y mujeres, chicos y chicas, marché de Auschwitz a Birkenau. Sentados en la hierba un hermoso día de primavera, dignatarios y políticos nos hablarían de la necesidad de no olvidar. Nunca.

Cuando terminó la música con la que se daba inicio al evento formal, la primera persona en hablar fue un hombre ya anciano. Iba vestido con el uniforme a rayas azules y blancas que llevaban los prisioneros del lugar. Según el programa se trataba de un polaco que fue prisionero aquí, donde yo estaba sentada, y que ahora vivía en Estados Unidos. Lo ayudaron a subir al escenario y una nieta se quedó a su lado para apoyarlo, tanto emocional como físicamente (dos veces estuvo a punto de desfallecer, pero ella lo sostuvo mientras él insistía en seguir hablando).

Yo permanecía sentada en la hierba, examinando todos y cada uno de los tallos que había a mi alrededor. ¿Se habrían sentado alguna vez Gita y las otras chicas aquí en busca de tréboles de cuatro hojas? Yo estuve haciéndolo hasta que las palabras del anciano hicieron que me detuviera y levantara la mirada hacia el escenario.

No sé qué esperaba que dijera, supongo que algo sobre la época que había pasado aquí hacía casi setenta y cinco años, pero no hizo eso. Comenzó dando las gracias y alabando encarecidamente al director y productor norteamericano Steven Spielberg. Agradecía el papel que este había desempeñado manteniendo viva la historia del Holocausto con su película *La lista de Schindler* (de 1993), y prosiguió exhortándonos a todos a darle también las gracias; debió de pronunciar el nombre del señor Spielberg unas diez veces o más.

No hay duda de que esa película, junto con muchas otras, ha seguido manteniendo viva la historia del Holocausto. Yo tuve el privilegio de conocer y compartir escenario con Thomas Keneally, el hombre que escribió *El arca de Schindler*, el libro en el que se basa la película (y, en mi opinión, un héroe australiano). Sin embargo, cuando pienso en el señor Spielberg no me viene a la cabeza únicamente esta película. Es lo que hizo después lo que para mí es el mayor logro a la hora de mantener viva la memoria del Holocausto: la creación de la Fundación Shoah.

Al enviar equipos de filmación a países de todo el mundo para que grabaran entrevistas a los supervivientes de esa tragedia, les dio voz a estos y a su resistencia y valentía, ofreciéndoles una oportunidad para contar su historia. Como me dijeron muchos de ellos, no hay dos personas que cuenten exactamente lo mismo. Todo el mundo experimentó y presenció esos hechos de forma distinta. Sus propias historias personales les hicieron interpretar lo que estaba pasando de un modo único y personal. Ninguna historia es mejor o más profunda que otra. Por supuesto, hay una inevitable y terrible semejanza entre muchas de las experiencias, en particular en lo que respecta al testimonio de atrocidades, pero es el sufrimiento personal lo que debe ser reconocido y contado, no solo el colectivo.

Dos de las tres hermanas cuya historia voy a contar en mi próxima novela vivieron las mismas experiencias atroces y, sin embargo, una de ellas me comentó que pasó la mayor parte del tiempo que estuvo presa en Birkenau en un estado de trance parecido al de un zombi. Un psiquiatra describiría esto como «disociación», acto mediante el que la mente se libera a sí misma de sentimientos y emociones para poder lidiar así con un estrés y un trauma extremos. La otra hermana, en cambio, tenía los ojos abiertos como platos. Recuerda hasta el detalle más pequeño y es capaz de describir todas sus reacciones y cómo solía ir con su hermana pequeña a todas partes, cuidando de ella y preocupándose por su bienestar.

Vuelvo al caso de los muchos niños y nietos que me dijeron que les gustaría (o incluso que necesitan) que un familiar suyo que sobrevivió al Holocausto les cuente su historia y, sin embargo, con qué frecuencia estos familiares no se sienten libres de pedirlo o, cuando lo hacen, su petición es rechazada.

Soy madre y abuela. Me resulta imposible concebir que pueda mirar a mis hijos o a mis nietos a los ojos y contarles los horrores que viví. De hecho, me costó incluso contarles a mis hijos lo que me contó Lale Sokolov: quería protegerlos de ese trauma de segunda mano.

Conocer a las familias de las tres hermanas supervivientes del Holocausto resultó realmente inspirador. Por primera vez pasé tiempo con descendientes de primera y segunda generación que crecieron oyendo todos los detalles de las historias de estas tres valientes mujeres, y me contaron que esto era causa de envidia en los grupos de apoyo a los hijos de supervivientes a los que asistían. El amor que todos y cada uno de estos familiares exudaban era palpable. Y creo que este amor se debía a la honestidad y la franqueza que sus progenitoras demostraron al contarles sus historias a una edad apropiada y en un lenguaje asimismo apropiado a esa edad.

Para mí estaba claro que esta familia había superado el trauma que sus progenitoras experimentaron. El doloroso pasado de estas no era algo que tuvieran la necesidad de olvidar, sino un tema sobre el que hablaban a menudo y que compartían con otros. A eso lo llamo yo «valentía».

Decidir sobre qué hablar y qué llevarse a la tumba siempre ha de ser una opción personal. Afortunadamente Steven Spielberg se aseguró de que ahora existan miles de testimonios de supervivientes del Holocausto, y estas historias individuales nunca deben ser olvidadas. Estos videos transmiten (a sus autores y a nosotros) la esperanza de que, incluso en los periodos más oscuros de la historia, las personas se aferran las unas a las otras, mantienen su esperanza y confían en sobrevivir y ofrecer su testimonio a generaciones futuras. La esperanza es lo último que muere. De hecho, tal y como esa joven que sufría una enfermedad terminal le dijo a su madre en el hospital: «Morir es cosa de unos segundos, el resto del tiempo estamos vivos».

Con cada aliento que tomamos, estamos viviendo.

Cuando decidí convertir en ficción la historia de Lale, quise contarla tal y como él me la había transmitido a mí. Era su historia, no una versión mía, de modo que me mantuve fiel a su forma de explicarla, honrando la forma en la que recreó sus experiencias. Lo único que no pude reproducir fue su encantador acento de Europa del Este y la forma que tenía de mezclar o confundir las palabras de un modo que nos hacía reír a ambos. Lale siempre estaba dispuesto a reírse de sí mismo. El hecho de no tener una fecha límite de entrega suponía que no había presión para ninguno de los dos, ningún límite temporal para que él narrara y yo escuchara.

Disponer del tiempo necesario para escuchar de verdad a alguien y oír su historia requiere paciencia y perseverancia. Hace algunos años leí un artículo sobre los próximos Juegos Olímpicos y el costo del dispositivo de seguridad para proteger a los atletas y los miembros de la organización. El último párrafo mencionaba los Juegos Olímpicos de Melbourne de 1956 y el pequeño equipo que se había encargado de su seguridad. Por aquel entonces el jefe de ese equipo apenas contaba con veintiséis años. Fascinada por esa historia, y queriendo saber más sobre ella, hice un rápido cálculo y supuse que ese hombre todavía estaría vivo. Tras llamar a todos aquellos que tenían su mismo nombre y vivían en Melbourne, finalmente tuve suerte. Le pregunté al anciano que estaba al otro lado de la línea telefónica si podía ir a verlo para hablar sobre los Juegos Olímpicos de 1956. Él me dijo que no tenía intención alguna de hablar sobre esa época a causa de la Ley de Secretos Oficiales, pero estuvimos hablando el tiempo suficiente por teléfono como para que accediera a tomarse una taza de café conmigo.

Por aquel entonces Lale ya había fallecido y yo tenía los domingos libres. Durante casi un año estuve quedando dos o tres veces al mes con este hombre que fue el jefe de seguridad en las Olimpiadas de 1956. Ambos disfrutamos de la compañía del otro, y el café era mucho mejor que el de Lale, pero durante ese tiempo estuvo dando largas y no me contó demasiado.

Un día, sin embargo, me llamó inesperadamente para decirme que su salud había empeorado y que quería contármelo todo. Yo me puse en contacto entonces con el encargado del estadio en el que se habían celebrado las Olimpiadas para que nos proporcionara acceso y, con un equipo de filmación formado por mis hijos, estuvimos varias horas filmando su historia. A los Juegos Olímpicos de 1956 se les conoce como los «Juegos de la Amistad», pero se celebraron en un momento álgido de la guerra fría, poco después de la invasión soviética de Hungría y la crisis del canal de Suez. Mentiras, espías, asesinatos y secuestros formaban parte de la realidad del momento, y este hombre lo vivió todo en primera fila. Fue testigo de los secuestros y se sentó junto a políticos que hacían todo lo posible para ocultar lo que estaba sucediendo en nuestra ciudad. Existe un guion con esta historia que descansa en el cajón inferior de mi escritorio. Ya llegará el momento en que vea la luz del día.

Al igual que Lale, este hombre experimentó una suerte de liberación terapéutica al narrar su historia. Y yo tuve la suerte de pasar muchos más momentos maravillosos con él antes de su fallecimiento. También pude escuchar la historia de su vida posterior a las Olimpiadas e, igual que en el caso de Lale, era el amor que sentía por su esposa y su familia lo que centraba todos sus relatos. A medida que, con cada visita, pasaba más tiempo con su esposa —en realidad era ella quien hacía ese gran café—, fui comprendiendo la renuencia inicial de este hombre a hablar conmigo. Tuvo una vida maravillosa rodeado por la gente que quería y sin necesidad de echar la vista atrás, pero, como suele suceder a menudo, al acercarse el final había decidido hablar. Y yo decidí escucharlo. Haberlo conocido y haber escuchado su historia no hizo sino enriquecerme todavía más.

El mundo es un lugar grande. En comparación, tu comunidad y tu vecindario son pequeños. Historias como las que he contado se encuentran a nuestro alrededor, entre la gente con la que vivimos. Si te sientes inclinado a escucharlas y crees que tu vida podría enriquecerse conociendo a personas que se encuentran fuera de tu círculo y pasando tiempo con ellas para escuchar sus historias, podrías descubrir que es algo que te cambia la vida. Solo debes mirar a tu alrededor.

7

El relato de Cilka: escuchar a la Historia

Cuando se publicó *El tatuador de Auschwitz* comencé a recibir cartas de todo el mundo. La gente me escribía para decirme lo mucho que les había gustado la historia de Lale y Gita, pero muchos también me hacían la siguiente pregunta: «¿Qué le pasó a Cilka?». Querían saberlo y yo quería contarlo. Necesitaba cumplir la promesa que le hice a Lale de contar la historia de Cilka Klein. Esta se convertiría en la novela *El viaje de Cilka.*

Hice la tarea: hablé con supervivientes que conocieron a Cilka en Birkenau y también me puse en contacto con una investigadora profesional de Moscú para que buscara todos los documentos y la información que pudiera acerca del gulag de Vorkutá, el «campo correctivo de trabajo» al que Cilka fue enviada al final de la guerra. Lo que no conocía eran los detalles de la vida de Cilka en Eslovaquia, ni la anterior a Auschwitz, ni la que llevó después de su liberación de Siberia. En el caso de las vidas de Lale y Gita contaba con el propio testimonio del primero, pero sobre Cilka solo disponía de los recuerdos de otras personas. Quería conocerla mejor. Quería averiguar de dónde era y caminar por donde ella lo había hecho. Necesitaba escuchar su historia de primera mano.

Yo había visitado Eslovaquia varias veces. En esta ocasión mis maravillosos investigadores —no: amigos— del pueblo natal de Lale, Krompachy, organizaron mi estancia para que conociera a gente, visitara lugares y consultara documentos que pudieran resultarme útiles en mis esfuerzos para descubrir todo lo posible sobre esa mujer llamada Cilka. Hice escala en Londres y en esta ciudad se unió a mi viaje mi editora, Margaret. Juntas volamos a Košice.

Allí nos recogió el chofer del alcalde de Krompachy, Peter, que nos condujo al ayuntamiento, donde nos esperaban el propio alcalde, el teniente de alcalde y las dos mujeres que habían estado investigando los detalles de la vida de Cilka en mi nombre. Anna, una historiadora de Krompachy de más de setenta años pero con la agilidad y el entusiasmo de alguien mucho más joven, me recibió con un afectuoso abrazo. Nos conocimos en Auschwitz un año antes. Ella y veinticinco personas más del pueblo natal de Lale decidieron acudir a la «Marcha de los vivos» cuando se enteraron de que yo lo haría. Junto con Anna se encontraba

Lenka, su nuera, una hermosa joven que había vivido quince años en Irlanda. Escucharlas hablar inglés y eslovaco con un hermoso acento irlandés era una auténtica delicia.

En el despacho del alcalde Margaret tuvo su primer encuentro con el *slivovitz*. Yo ya había probado ese brandi de ciruelas antes, y para entonces ya éramos viejos amigos (y temía y anhelaba al mismo tiempo este reencuentro). Como siempre, el primer sorbo me abrasó la garganta y me dejó sin respiración, pero el resto ya me supo mucho mejor, pues lo tomé tal y como debía hacerse: ¡de un trago! También nos ofrecieron café y pastel, que contrarrestaron parcialmente los efectos del alcohol. Luego fuimos todos a dar un paseo por el pueblo y visitamos el memorial del Holocausto que habíamos ayudado a financiar conjuntamente. A continuación fuimos a un restaurante local donde Margaret probó por primera vez la cocina eslovaca.

Nuestro amigo *slivovitz* nos acompañó durante la comida.

De vuelta en Košice esa noche, el sueño llegó con facilidad.

A la mañana siguiente nos recogieron Peter, Anna y Lenka. Conocíamos el nombre del pueblo en el que había nacido Cilka: Sabinov. También conocíamos el del pueblo al que ella y su familia fueron trasladados en su fatídico viaje de camino a Auschwitz: Bardejov.

Lenka había hecho un trabajo increíble consiguiendo que tuviéramos acceso a documentos relativos a los detalles del nacimiento de Cilka. En una base de datos de supervivientes y víctimas del Holocausto encontramos una entrada referente a ella y estábamos convencidas de haber identificado a su padre y a una hermana, pero solo consultando el registro del nacimiento podríamos confirmar la autenticidad de esos vínculos familiares.

Cuando llegamos al ayuntamiento de Sabinov dejamos que Peter fuera a estacionar el coche y Lenka, Anna, Margaret y yo nos adentramos en el edificio. Tras recorrer unos cuantos pasillos y doblar varias esquinas, finalmente conseguimos llamar a la puerta de la funcionaria designada para mostrarnos el registro del nacimiento de Cilka. Esta mujer permanecía sentada a un gran escritorio con dos sillas al otro lado y sobre el que había un gigantesco libro encuadernado con una hermosa cubierta de piel envejecida. Lenka y yo nos sentamos cada una en una de las sillas y la funcionaria le dio la vuelta al libro para mostrarnos la entrada en cuestión. Me sorprendió que hubiera tapado las entradas superiores e inferiores a la de Cilka con dos hojas. Comprendía la necesidad de privacidad de las otras personas que aparecían en la página, pero conmigo su privacidad era absoluta pues era incapaz de leer una palabra en eslovaco.

Anna y Margaret se inclinaron sobre nuestros hombros mientras Lenka leía los detalles y yo miraba el libro maravillada. Mi petición para sacar el celular y tomar una fotografía fue rápidamente rechazada. Sí nos dieron permiso para anotar los detalles del registro, cosa que hizo Anna mientras Lenka los recitaba en voz alta:

> 17 de marzo de 1926
> Cecilia [Cilka es un diminutivo de Cecilia]
> Chica
> Padre Mikulas Klein – judío – 28 años
> Madre Fani Blech – judía – 22 años

Una bonita caligrafía registraba los detalles íntimos del nacimiento de Cilka. Al instante reconocí que el nombre del padre era el mismo que el de la persona que habíamos encontrado en las bases de datos. Ahora acabábamos de averiguar también que su madre se llamaba Fani. La fecha de nacimiento de ambos también estaba registrada, y el padre era húngaro. Al final del registro había algo más escrito en otra letra y otra pluma que ignoramos inicialmente mientras asimilábamos la información que acabábamos de descubrir.

Lenka la hizo de traductora y le hablamos a la funcionaria sobre Cilka y el libro que yo estaba escribiendo. Al principio se mostró algo fría, pero poco a poco comenzó a hacer preguntas y a sentirse interesada por la historia de Cilka. Cuando nos preguntó si queríamos que mirara si podía encontrar el registro del matrimonio de sus padres, un coro de «¡Sí, por favor!» resonó en la habitación. Solo tenía que ir al armario que había en la pared del fondo para buscar el libro en el que figurarían los registros de la época en la que suponíamos que Mikulas y Fani se habrían casado.

En cuanto la funcionaria se dio la vuelta para dirigirse a los armarios que tenía detrás, yo aparté rápidamente las hojas que tapaban las demás entradas del libro. Miré las páginas anteriores y posteriores para ver si algún otro nacimiento añadía algo a la entrada de Cilka, pero no encontré nada. Entonces le pedí a Lenka que me tradujera la nota adicional que había en el registro de Cilka y me alegré de estar sentada cuando lo hizo: en ella se decía que Cilka Klein había presentado en esta oficina de Sabinov en 1958 un documento del gobierno de Bratislava que declaraba que era ciudadana del estado de Checoslovaquia.

Hasta entonces me había molestado una discrepancia que habíamos encontrado en las bases de datos que registraban supervivientes y víctimas del Holocausto. Cilka aparecía como «muerta en Auschwitz», algo que yo sabía por Lale que no era cierto. Sobrevivió tanto a Auschwitz-Birkenau como al gulag de Vorkutá, y regresó y vivió el resto de su vida en Košice, Eslovaquia. Cilka y Gita estuvieron en contacto después de que esta se trasladara a Australia y Gita incluso la visitó en más de una ocasión junto con su hijo Gary. Hasta esa nota adicional, sin embargo, no había encontrado ninguna prueba escrita de que Cilka hubiera sobrevivido. Entonces descubrí que hizo el esfuerzo de viajar al pueblo en el que nació para que corrigieran los datos del registro de su nacimiento. No pudimos evitar preguntarnos por qué debió de hacerlo. Quizá tuvo que demostrar su identidad para obtener un trabajo o casarse, pues sabemos que hizo ambas cosas.

—¡Lo encontré! —exclamó la funcionaria, y tras traer otro gigantesco libro al escritorio, le dio la vuelta para que lo consultáramos. Para entonces ya estaba más relajada y compartía nuestra emoción hasta el punto de que ni siquiera se molestó en tapar los otros nombres que aparecían en el registro.

Lo que leímos fue lo siguiente: el 10 de junio de 1919 Mikulas Klein se casó con Cecilia Blech: Cecilia, no Fani, que era la mujer que aparecía registrada como madre de Cilka. La siempre diligente Margaret hizo un comentario sobre la fecha del matrimonio y la del nacimiento de Cilka: había un lapso de siete años. Y si bien hoy en día no se cuestionaría que una pareja no comience una familia hasta pasados siete años del inicio de su matrimonio, a principios del siglo xx parecía algo inusual. Le preguntó entonces a la funcionaria si podíamos echarle un vistazo al registro de nacimientos para ver si encontrábamos algún otro hijo de Mikulas y Fani.

El 23 de agosto de 1924 la pareja tuvo una hija, Magdalena. Mikulas había firmado con orgullo el nacimiento de su hija en el registro. Seguimos retrocediendo. El 28 de diciembre de 1921 Mikulas tuvo a Olga, pero en este caso el nombre de la madre era Cecilia. Esta era la primera vez que Mikulas firmaba en el registro el nacimiento de una hija.

Si bien nos sentimos entusiasmadas al descubrir que Cilka tenía dos hermanas mayores, nos quedamos asimismo perplejas por el hecho de que Cecilia figurara como madre de Olga, pero fuera Fani quien lo hiciera en el caso de Magdalena y Cilka. Volvimos a mirar el registro de esta última y nos dimos cuenta de que no fue Mikulas quien la registró, sino su abuela, Roza Weisz. A continuación descubrimos que la primera esposa de Mikulas, Cecilia, había fallecido cuatro meses después de dar a luz a Olga. Él se casó entonces con la hermana de Cecilia, Fani, y tuvo a Magdalena y a Cilka; esto era algo habitual en aquella época. No podemos saber por qué fue la abuela de Cilka quien acudió a registrar el nacimiento de esta, pero le dio a su nieta el nombre de su hija fallecida.

Las piezas del rompecabezas estaban comenzando a encajar.

Nuestro siguiente destino fue Bardejov, adonde sabíamos que la familia se había trasladado en algún momento posterior al nacimiento de Cilka y desde donde habían embarcado en el tren que los llevó a Auschwitz.

—Bardejov está a solo una hora —nos dijo Lenka a Margaret y a mí cuando le preguntamos cuánto tardaríamos en llegar. Los pueblos eslovacos de Krompachy, Sabinov, Bardejov y Vranov —lugares con los que ahora ya estoy familiarizada— se encuentran todos a una hora de Košice también entre sí.

Una vez más Lenka había desplegado sus habilidades y las autoridades educativas de Bardejov habían accedido a que consultáramos el expediente de los dos últimos años escolares de Cilka. De nuevo nos encontramos ante una recelosa funcionaria aferrada a un gigantesco libro de registros. Nos pidieron la documentación a todas y se la llevaron un momento (imagino que para sacar copias). Solo entonces la funcionaria se desprendió del libro y lo abrió para que pudiéramos consultarlo.

Y, de nuevo, una funcionaria se quedó fascinada por la historia de Cilka y antes de que nos diéramos cuenta ya se había puesto a buscar en el libro los informes escolares de Magdalena y Olga. Cuando los encontró le pregunté con cierta vacilación si podía fotografiarlos. Esta vez obtuve permiso, y Margaret y yo tomamos nuestros celulares y pusimos manos a la obra. Lenka y Anna, por su parte, nos los tradujeron y descubrimos muchas cosas: al parecer, Cilka era una niña brillante y destacaba en gimnasia y matemáticas. Se mencionaba la religión de las niñas: israelitas. Y la profesión de Mikulas que figuraba era conductor y encargado de mantenimiento.

Salimos del edificio de vuelta al calor y la luz del sol. Solo tuvimos que recorrer unos pocos cientos de metros calle abajo para llegar a la casa en la que habían vivido Cilka y su familia (hasta el día que dejaron de hacerlo).

La calle estaba desierta. Probablemente porque hacía muchísimo calor y a nadie en su sano juicio se le ocurriría salir a pasear a esa hora. A medida que íbamos acercándonos a la casa comenzamos a oír una música procedente de un radio de algún tipo, acompañada por unas voces que cantaban siguiendo la melodía.

Deliberadamente me acerqué a la casa que había al otro lado de la calle para poder ver el edificio en su totalidad: su tejado, el contorno de sus ventanas y sus puertas. Desde el otro lado de la calle pude ver a las personas que cantaban: dos trabajadores que estaban reemplazando unas vigas en la casa contigua a la de Cilka. Anna me dijo en voz baja que estaban cantando una canción popular ucraniana. Nos recordó asimismo que no estábamos lejos de la frontera con Ucrania y que, además de húngaro, la población de Bardejov hablaba ucraniano y es posible que también polaco. Una vez más me sentí avergonzada por mi falta de idiomas. Admiraba mucho a mis acompañantes multilingües. También comprendí al final cómo se las debió de arreglar Cilka en Vorkutá: ya debía de tener un buen conocimiento práctico de ruso, idioma muy parecido al ucraniano.

Luego me fijé en la casa de Cilka. Era una pequeña casa de campo de color verde pastel con los marcos de las ventanas y de la puerta de color blanco, cuidada con esmero y que daba directamente a la calle de adoquines. Sobre la puerta de entrada dos buhardillas proporcionaban un mirador para que sus ocupantes pudieran observar la calle. Me pregunté si alguna de las dos habría sido el dormitorio de Cilka. En un lateral de la casa y algo más alejada de la calle había una puerta de doble hoja de madera que debía de conducir al patio trasero. Toqué la puerta de entrada. Era nueva, no debía ser la que Cilka y su familia usaban para entrar en el santuario que para ellos debía de ser su casa. ¿Llegaron a albergar la esperanza de que algún día regresarían?

Creo que Cilka sí lo hizo.

El camino hasta la sinagoga carecía de la menor sombra y resultó agotador bajo el calor sofocante. Cuando llegamos nos recibió un miembro del Comité de Preservación Judía de Bardejov, quien nos había de mostrar las sinagogas vieja y nueva (de la década de los cincuenta). Al adentrarnos en el edificio de la nueva, más pequeña y sencilla, pudimos oír la hermosa y cautivadora música que sonaba en el interior. Nos acercamos a las puertas que conducían a la capilla y nos detuvimos en la entrada, hechizadas por la envolvente música de un coro de unos veinte chicos y chicas. Los acompañaba un cuarteto y cantaban con unas voces purísimas que reverberaban por las paredes del edificio antes de alcanzar lo más profundo de mi corazón.

Instintivamente, tanto Margaret como yo estiramos un brazo y nos tomamos de la mano mientras permanecíamos con la mirada fija en el coro. En un momento dado noté que las lágrimas me comenzaban a caer por las mejillas. Cuando la canción terminó vi que Margaret se enjugaba las suyas de los ojos. Lenka y Anna nos abrazaron mientras nosotras todavía nos sentíamos estremecidas por la emoción ante lo que acabábamos de oír. Se trataba de una canción de amor eslovaca, nos contó Anna.

Nos quedamos a oír una canción más sin que los músicos nos hicieran el menor caso. Luego nuestro guía quiso continuar, de modo que lo seguimos por una escalera hasta una pequeña galería del primer piso. Ahí vimos algunas fotografías y pinturas hechas por niños pequeños, los únicos remanentes de una comunidad judía en Bardejov anterior a 1942.

Salimos del edificio y dimos los diez pasos que nos separaban de la vieja sinagoga. Yo esperaba que el interior estuviera oscuro, pero al abrir la puerta nos recibió una luz cegadora. Al edificio le faltaba parte del tejado y los rayos del sol veraniego iluminaban completamente las ruinas. También faltaba parte del suelo y la tierra era visible entre los tablones rotos que todavía permanecían en su sitio. Amontonados en un rincón podían verse los pocos bancos que quedaban. Levantamos la mirada hacia el balcón en el que Cilka, su madre y sus hermanas debieron de sentarse mientras el padre rezaba en la planta baja. Un edificio en ruinas que conmemoraba unas vidas echadas a perder pero que, aun así, todavía contenía el poder espiritual que antaño había ofrecido a tantos.

Todavía nos quedaba una visita más. Tras cruzar una verja previamente cerrada, entramos en un jardín con hierba verde, flores de colores y una pared de mármol. Caminamos a lo largo de esta buscando unos nombres que no esperábamos encontrar, pero lo hicimos. En ella estaban grabados los nombres de los judíos de Bardejov que no sobrevivieron al Holocausto, y encontramos los nombres de Cilka, sus dos hermanas y su padre. Igual que sucedía en las bases de datos de supervivientes del Holocausto que habíamos consultado, supuestamente Cilka no sobrevivió. En cuanto a su madre, no aparecía y no hemos conseguido determinar cuál fue su destino. Lale me dijo que Cilka era el único miembro de su familia inmediata que había sobrevivido, que nada más llegar a Auschwitz a su padre lo enviaron enseguida a la cámara de gas y que más adelante tanto sus hermanas como su madre murieron. Otros testimonios que leí y escuché acerca de Cilka lo confirman.

Luego Peter nos llevó en coche a nuestro hotel en Košice y en este trayecto de una hora Margaret y yo apenas hablamos. Estábamos absortas en nuestros pensamientos, procesando todo lo que habíamos descubierto y visto. A mí me costaba separar la euforia que sentía por los descubrimientos que hice acerca de la infancia de Cilka de la abrumadora aflicción a causa de las vidas perdidas y el dolor y el trauma que tantos tuvieron que soportar durante tanto tiempo. Había permanecido frente a una hermosa casa, pero su belleza estaba manchada por el conocimiento de lo que les había pasado a sus legítimos propietarios.

Tenía una última cosa pendiente en ese viaje antes de regresar a Australia. El propietario de una librería de Košice me había pedido que ofreciera una plática a algunos lugareños en su tienda. Yo accedí, y más de cincuenta personas acudieron y se apiñaron en su interior, que destacaba por ser encantadoramente acogedor. En algunos momentos el traductor tuvo dificultades y la audiencia comenzó a ayudarlo, y la charla se convirtió en una concurrida y ruidosa conversación.

Yo les hablé de Lale, pues la historia de Cilka todavía era un trabajo en curso, y al terminar les expliqué que estaba investigando para mi próximo libro, *El viaje de Cilka*. Un anciano que estaba sentado en medio del gentío levantó la mano.

—¿Es acerca de Cecilia Kovacova? —preguntó (usando el apellido de casada de Cilka). Yo le contesté rápidamente que sí y le pregunté si la conocía. Él me dijo que fue su vecino y que le encantaría hablarme sobre ella.

Así pues, Michael, Margaret, el traductor y yo nos sentamos en unos taburetes. Michael era un pequeño y encorvado anciano con unos penetrantes y relucientes ojos azules llenos de vida. Me contó que vivió en el mismo edificio de departamentos que Cilka durante muchas décadas y que eran los dos únicos judíos en todo el bloque. También que tanto él como Cilka sabían que ambos eran supervivientes del Holocausto, pero que lo mantenían en secreto (era algo sobre lo que no se podía hablar bajo el régimen comunista). Quiso contarnos su historia: había conseguido sobrevivir porque varias familias que vivían en los montes Tatra lo escondieron en sus casas. Él y Cilka habían hablado de visitar juntos Israel, pero ninguno de los dos llegó a hacerlo. Supuso un gran privilegio conocer a este hombre y escuchar su historia.

Uso las palabras «me siento honrada» con frecuencia. Esto se debe a que realmente me siento honrada por haber podido contar todas estas historias y por haber conocido y hablado con tantas personas en todo el mundo. Espero haber honrado la memoria de Cilka al contar su historia, tal y como le prometí a Lale que haría. Me siento honrada por haber tenido ese privilegio.

8

EL COSTO DE ESCUCHAR

A veces no necesitamos consejos. Solo necesitamos que alguien nos escuche.

—Está bien. —Esta fue mi sucinta respuesta a la pregunta de «¿Cómo se encuentra Lale?» que me hizo mi familia una tarde que volvía de verlo cuando hacía ya seis meses que había comenzado a entrevistarlo.

Para entonces Lale Sokolov había conocido a mi familia, coqueteado con mi hija y bromeado con mi marido diciendo que tal vez yo estaba casada con él, pero que era novia suya, de Lale. Tanto mis tres hijos como mi marido cayeron bajo el hechizo de este encantador granuja, de modo que ese día todos advirtieron el gran cambio que se había producido en mi respuesta a sus esperadas noticias sobre Lale y las historias que me contaba.

Cuando lo empecé a tratar yo solía volver a casa en el momento en que ya se estaba sirviendo la cena y, mientras comíamos, le contaba a mi familia las travesuras que habían cometido los perros así como algunos fragmentos de aquello sobre lo que hablé con Lale (cuando digo «fragmentos» me refiero a que nunca llegué a compartir los detalles, sino una mera idea general de lo que hubiéramos tratado ese día). De repente, sin embargo, apenas dije dos palabras: «Está bien». Con ello yo solo estaba procurando apartarlos, pero también era consciente de que estaban observándome con cautela, preocupados pero sin saber qué hacer.

Esta nueva respuesta coincidió con el hecho de que los perros de Lale me aceptaran en su círculo y con el cambio que había efectuado este al compartir conmigo el dolor emocional y el profundo sufrimiento a causa del tiempo pasado en Auschwitz-Birkenau. Como he dicho, al principio me hablaba sobre su vida de un modo frío y factual. Me explicó que tenía un hermano y una hermana, y me habló un poco de sus padres, pero no me contó nada acerca de su infancia ni de cómo se convirtió en el hombre que era. Me había descrito Auschwitz y Birkenau tan vívidamente que, cuando visité por primera vez el complejo en 2018, sabía dónde se encontraban los bloques en los que vivieron él y Gita, o el lugar en el que trabajó cerca de la cámara de gas y el crematorio. Pero en esos primeros encuentros no me contó cómo se había sentido en medio de ese infierno en la tierra. Yo sabía que había más y que se trataba de algo que lo angustiaba profundamente, pero también tenía la sensación de que quería hablarme sobre ello. Comenzaba a contarme una cosa y luego se detenía y dejaba de hacerlo. Frunciendo los labios, agachaba la cabeza y extendía una mano en busca de un perro al que acariciar. Sus acciones revelaban el dolor y la aflicción que sentía. Como he contado antes, no fue hasta que le presenté a mi familia y me mostré vulnerable con él que conseguí establecer un vínculo verdaderamente empático. Este vínculo implicó que creciera la confianza entre ambos y supuso el inicio de lo que se convirtió en una auténtica amistad.

Este nivel de confianza —simbolizado por Tootsie trayéndome la pelota— supuso un enorme honor, pero trajo consigo una carga emocional que me costó gestionar. Al echar la vista atrás me doy cuenta de que, con la experiencia laboral que tenía en el departamento de trabajo social, debería haber visto antes las señales y debería haberme dado cuenta de qué estaba sucediendo, pero siempre es más fácil ver lo que les sucede a los demás que a una misma. Entre los profesionales que se dedican al cuidado de las personas suele decirse que a menudo se olvidan de hacer lo que predican. Una supervisión regular y estructurada es crucial para quienes trabajan en el campo de la salud mental. En mi trabajo en el hospital lo que llamábamos «minisesiones informales» también eran de gran ayuda. Sabíamos que siempre podíamos contar con algún colega que nos escuchara unos pocos minutos y comentar así una situación problemática; no era necesario que este colega dijera nada u ofreciera consejo, solo que escuchara.

Las lágrimas me caían por las mejillas cuando Lale me contaba historias repletas de una maldad y un horror tales que me resultaban difíciles de comprender. Solía experimentar una sensación visceral y físicamente dolorosa en lo más profundo del pecho cuando me explicaba lo que él y muchos otros habían sufrido y me describía la inhumanidad del hombre hacia sus semejantes. A veces me costaba controlar la respiración. Otras era como si mis oídos dejaran de funcionar: miraba a Lale y veía cómo se movían sus labios, pero no oía nada. En *El cuerpo lleva la cuenta*, el psiquiatra Bessel van der Kolk, una autoridad mundial en el tema del trauma, explica cómo nuestra reacción a este no es solo mental, sino poderosamente fisiológica. Yo estaba experimentando una reacción de «lucha o huida» ante lo que estaba oyendo, lo que se conoce como «experimentar un trauma de forma vicaria», y estaba «disociándome» para protegerme de lo que estaba oyendo. Mi cerebro estaba interrumpiendo su funcionamiento para intentar controlar mis reacciones físicas.

Cuando esto me sucedía procuraba salir de ese trance subconsciente y concentrarme. Como he dicho, con el tiempo aprendí a copiar a Lale y extendía una mano para acariciar la cabeza de sus perros y poder así regresar de vuelta a la habitación. En momentos como estos habría deseado tener un cuaderno y un bolígrafo para distraerme escribiendo lo que estaba oyendo. Inténtalo, funciona: anota aquello que alguien esté contándote. Aunque escribas muy rápido y lo anotes todo, el impacto emocional nunca es tan fuerte como si te limitas a escucharlo, sin otras distracciones. Ni se acerca. Cuando escribes estás oyendo pero no «escuchando» realmente aquello que están contándote. Es una poderosa herramienta de distanciamiento y puede llegar a ser muy útil.

Pero sabía que debía escuchar a Lale, oír lo que estaba contándome: era mi privilegio y mi responsabilidad. Como ya he dicho, nunca llevé nada conmigo para registrar nuestras pláticas. Ni papel, ni bolígrafos, ni ningún aparato de grabación. Sabía por mi experiencia en el hospital que las personas hablan con más libertad cuando saben que cuentan con toda tu atención, y yo había advertido que esto se cumplía todavía más con gente mayor. A menudo, cuando hablaba con personas mayores podía percibir su impaciencia por contar aquello que querían que alguien oyera. Siempre reaccionaban mal si se les interrumpía. Recuerdo una ocasión en la que interrumpí a una mujer porque quería conocer más detalles sobre algo que acababa de decir. Enojada, la mujer me dijo que cerrara el pico y la escuchara. Debió de ver mis ojos abriéndose como platos y mi expresión de «¿Lo dices en serio?», y me explicó:

—¿Sabes lo difícil que es que alguien te escuche cuando llegas a mi edad? Nadie quiere oír lo que tengo que decir. ¡Se diría que soy invisible! Ahora, por favor, escúchame porque voy a contarte lo que quiero que oigas, aquí y ahora.

Este pequeño desencuentro me proporcionó todo lo que necesitaba saber sobre lo que supone escuchar a gente mayor. Con excesiva frecuencia se sienten invisibles e, incluso si los vemos y reconocemos, no esperamos que nos cuenten nada que pueda ayudarnos en nuestras vidas. No escuchamos, no preguntamos.

Qué equivocados estamos.

Ya en nuestros primeros encuentros descubrí que Lale se frustraba si lo interrumpía con una pregunta mientras él estaba hablando. Una pequeña pausa en su discurso era suficiente distracción para que le costara retomar el hilo de lo que estaba contándome. No es que se enojara conmigo, pero estaba claro que no le gustaba que lo interrumpieran, pues se aturullaba y, al poco, desistía de seguir con su relato. A menudo me daba la impresión de que había ensayado antes lo que quería contarme. Sabía cuándo lo visitaría (bien después del trabajo o el domingo por la tarde) y estaba claro que ese día o el anterior había pasado algún tiempo decidiendo sobre qué me hablaría. Solía comenzar a contar las historias directamente, sin apenas guáguara previa. No es que me importara. Como nunca escribía o grababa nada, mi mayor desafío consistía en intentar recordar los nombres y los rangos de los SS y los prisioneros funcionarios. Luego estaba el pequeño problema de que a veces Lale decía algunas cosas en eslovaco, su lengua nativa, o en alemán, o en ruso.

Como parte del proceso de escritura de este libro he estado releyendo las notas que tomaba frenéticamente horas después de haber visitado a Lale, ansiosa por dejarlo todo por escrito antes de que lo olvidara. Me han dado risa mis intentos iniciales de escribir los nombres y los rangos de las personas que mencionaba Lale, y me siento agradecida por los artículos de internet y los libros que leí, así como los expertos a los que consulté, por haberme ayudado a identificar a personas y lugares. Asimismo, al releer las notas puedo visualizar la inmaculada sala de Lale con su cuadro de la gitana o sus perros Tootsie y Bam Bam recibiéndome en la puerta (o yendo detrás de una pelota de tenis, o durmiendo hechos un ovillo debajo de la mesa a la que solíamos sentarnos). También puedo saborear el café de Lale, notoriamente pésimo, así como las dulces obleas que me servía (y que fueron motivo de burlas porque yo no podía leer el texto en hebreo de la caja). Y también ver las notas que con gran esmero tomé sobre su estado mental y el mío y sentir como si fuera ayer la ansiedad y la sensación de responsabilidad que sentía respecto a este hombre. Y luego acuden a mi mente recuerdos más cercanos, como el hecho de estar sentada en Israel con una anciana de noventa y dos años, Livia, que me servía esas mismas obleas.

Siguen teniendo un sabor maravilloso.

El tiempo que pasé con Livia y —más brevemente— con su hermana Magda escuchando cómo hablaban sobre su vida fue muy distinto al que pasé con

Lale. En el caso de las hermanas, los miembros de sus familias también estaban presentes y participaban en las conversaciones haciendo alguna que otra contribución a su relato, recordándoles a Livia y a Magda incidentes que las hermanas habían olvidado mencionar. Las tres hermanas habían contado sus historias tantas veces y con tanto detalle que, al escucharlas, me di cuenta de que, por sorprendente que resultara, si habían conseguido dar forma a ese relato de supervivencia y esperanza era gracias al hecho de haber compartido con toda su familia el trauma de su oscuro pasado.

Solo puedo hablar según mi propia experiencia directa, pero con ellas nunca tuve la sensación de necesitar distanciarme del dolor y del trauma que tuvieron que soportar, tal y como sí me sucedía con Lale. A pesar de eso, el dolor continuaba presente y podía distinguirse en sus rostros, de modo que yo seguía sintiendo la necesidad de extender la mano para tocar la de mi interlocutora y confirmarle así que estaba escuchándola y que era consciente del dolor y el peaje que esa historia estaba cobrándose, en particular cuando hablaba de su infancia con su madre y su abuelo. Esto suponía una marcada diferencia con Lale y Gita, quienes en su mayor parte revivieron solos su dolor y su trauma.

Historia y memoria. Sabor y sonido. Los elementos que nos recuerdan que vivimos, que hemos vivido, que amamos, que hemos amado, que somos amados. En mi caso sigo viviendo, amando y siendo amada. A la postre, son estos vínculos los que me proporcionaron la fortaleza necesaria para mostrarme abierta a lo que Lale estaba contándome y honrarlo.

Mi marido y mis hijos siguieron preguntándome por qué no quería hablar sobre mis encuentros con Lale y por qué cada vez me mostraba más distraída y retraída al regresar a casa después de cada visita. Yo eludía sus preguntas lo mejor que podía con la pobre excusa de que no había necesidad de que conocieran los detalles de los horrores que Lale había presenciado y vivido. Él estaba bien y yo estaba bien. Durante semanas siguieron insistiendo y yo advertía las miradas que intercambiaban.

Estoy segura de que nunca llevé conmigo el trauma de Lale al trabajo ni permití que afectara a las personas con las que interactuaba. Por supuesto, es posible que mis colegas discrepen conmigo. Creo que lo hice bien en lo que respecta a separar el trabajo de mi vida personal, y solo contaba en cada ámbito lo que quería que se supiera sobre la otra vida que llevaba.

Recuerdo que un día vino una compañera a verme para decirme que una paciente de su pabellón tenía unos números tatuados en el brazo. Quería saber si debía preguntarle por ellos. De nuevo, no me considero ninguna experta, pero le contesté:

—Pregunta. O bien querrá hablarte sobre ellos, o no. En cualquier caso, es decisión suya.

Al final lo hizo y tuvo una larga conversación con la paciente acerca del tiempo que pasó en Auschwitz. Mi colega me dijo luego que esa plática las ayudó a ambas. A partir de entonces la paciente tuvo a una persona accesible y sin vínculos emocionales con la que hablar, y mi colega aprendió cosas sobre la supervivencia de una persona.

Mis familiares no eran las únicas personas de mi vida que estaban al tanto de mi amistad con Lale. También compartí muchas cosas de los encuentros que mantenía con él y de su historia sobre el Holocausto con mis compañeros del trabajo, a quienes les parecía muy interesante que me hubiera hecho amiga de un hombre que era «historia viva». En la página de agradecimientos de *El tatuador de Auschwitz* le doy las gracias a mi antigua jefa, Glenda Bawden. Si no llega a ser por el apoyo que supuso su comprensión de lo importante que era para mí el tiempo que pasaba con Lale, dudo que hoy estuviera escribiendo esto. Muchas veces le pedí una o dos horas aquí y allá para ir a verlo, llevarlo al cine o responder una de sus llamadas preguntándome que dónde me encontraba y que si había escrito ya su historia. Glenda comprendía los distintos senderos que el dolor podía tomar y solía asentir con la cabeza como diciendo: «Está bien, ve».

Había una o dos personas más en las que también confiaba, trabajadoras sociales del hospital dedicadas a ejercer una influencia positiva en la vida de sus pacientes y las familias de estos en unos momentos trágicos y traumáticos para todos ellos. Un día, mientras conversaba con una compañera que se había convertido en amiga, recibí una llamada. En cuanto contesté el teléfono dejé caer la cabeza sobre una mano. Si bien me encantaba oír el delicioso acento de Europa del Este de Lale, cuando lo oí preguntándome que dónde me había metido se me formó un nudo de ansiedad en el estómago y me sentí repentinamente abrumada. ¿Cuánto hacía de la última vez que nos habíamos visto? De pronto la mente se me quedó en blanco y me sentí incapaz de pensar. Lale respondió la pregunta de inmediato:

—Hace ya dos semanas de tu última visita. ¿Cuándo piensas venir a verme?

Dos semanas. No me había dado cuenta de que había pasado tanto tiempo. Hasta entonces habíamos estado viéndonos de una a tres veces por semana. A mi ansiedad se sumó un poderoso sentimiento de culpa y le prometí que iría a verlo ese mismo día en cuanto saliera del trabajo.

Al colgar, mi colega, muy observadora, me preguntó:

—¿Qué sucede?

Con el consuelo que se siente al hablar con alguien que conoces y respetas desde hace varios años, le dije que me resultaba duro pasar periodos muy largos con Lale, escuchando tantas anécdotas repletas de maldad y horror. Todo ello me provocaba una mezcla entre sentirme incapaz de comprender por completo los detalles de lo que estaba oyendo y el conocimiento de que toda esa maldad fue su realidad durante casi tres años. Le hablé a mi amiga de la ira y el miedo que sentía y le confesé que ocultaba estos sentimientos a los miembros de mi familia porque no quería compartir historias tan terribles con ellos. Le dije asimismo que me preocupaba que nuestros encuentros le estuvieran causando a Lale un dolor excesivo, o incluso le estuvieran dañando, y que me di cuenta de que yo misma estaba comenzando a mostrar síntomas físicos de estrés.

Ella me preguntó entonces si me parecía que Lale estaba volviéndose cada vez más dependiente de mí y de mi rol en su vida. Yo no estaba segura de si ese era el caso, pero desde luego su tono se volvía ligeramente recriminatorio cuando creía que había pasado demasiado tiempo desde la última vez que nos vimos. Y la llamada que mi colega acababa de presenciar no era la primera vez que me la hacía al trabajo. En estos casos siempre me preguntaba directamente algo como «¿Dónde te has metido?», no un «Hola, ¿cómo estás?».

Cuando mi compañera me preguntó cómo había cambiado Lale desde la primera vez que nos vimos, tuve que admitir que a mí me parecía claro que había remitido un poco su intenso dolor por la reciente pérdida de su esposa y que incluso había comenzado a oírlo reír en alguna ocasión. Esa risa —más una risita que una carcajada— era música para mis oídos. También había empezado a dar un pequeño salto cada vez que se ponía de pie. E incluso lo había sorprendido bailando con Tootsie sosteniéndola de las patas delanteras.

—Así pues —dijo ella—, Lale ríe, salta y baila con su perro mientras tú te sientes deprimida y ansiosa, incapaz de comentar esto con tu familia y, en cierto modo, posiblemente postergando sus encuentros.

Yo farfullé algo acerca de que tal vez no era la persona más adecuada para escucharlo y contar su historia, que era excesivo para mí y que no estaba segura de poder hacerle justicia porque estaba demasiado ocupada con el trabajo y mi familia. Mientras me regodeaba por un momento en la autocompasión, mi compañera me hizo volver a la realidad.

—La verdad, Heather —me dijo con firmeza—, es que estás experimentando un clásico caso de transferencia o trauma vicario. Reconócelo, lidia con ello, encuentra una estrategia que te sirva para seguir adelante. Sabes perfectamente que no tienes ningún derecho a hacer tuyos el dolor, el pesar o el trauma de Lale. No son tuyos.

Sus palabras fueron una bofetada en la cara. Algo así no debería haberme pasado a mí. Yo ya estaba al corriente de todo eso, ¿cómo pude permitir que me sucediera? Había conocido a un extraño que quería contarle una historia a alguien. A alguien que no fuera judío. Habíamos pasado juntos muchos meses, conociéndonos. Yo estaba escribiendo en mi computadora un relato basado en su historia. Y, gracias a mi investigación, estaba descubriendo lo que la educación que recibí en un pequeño pueblo de Nueva Zelanda no me había enseñado: el nivel de inhumanidad y maldad del Holocausto.

Tal y como yo estaba descubriendo, escuchar profundamente las experiencias traumáticas de otra persona tiene sus peligros. Cualquiera que desempeñe un trabajo terapéutico debe aprender a examinarse a sí mismo por si está sufriendo un trauma vicario y, a menudo, las primeras señales son físicas, como en mi caso: taquicardias, sensaciones nauseabundas en la boca del estómago, esos momentos en los que parecía desaparecer de la habitación. Era mi cuerpo llevando la cuenta. A menudo estas señales físicas pueden ir acompañadas de un sentimiento de culpa. Yo no había vivido esa terrible época, de modo que estaba reprimiendo mis sentimientos y, al hacerlo, me sentía cada vez más abrumada por ellos. Había llegado el momento de hacer lo que predicaba y practicar algo de autocuidado. Sabía que no quería dejar de contar la historia de Lale: habíamos llegado muy lejos y nuestro vínculo era auténtico. Y, si lo pensaba bien, también sabía que podía lidiar con lo que estaba escuchando, que no era demasiado para mí, siempre y cuando encontrara un modo de controlarme a mí misma.

Inmediatamente después de esa conversación comencé a pensar en estrategias para contrarrestar la transferencia de dolor y trauma que estaba experimentando. Algunas eran válidas, otras impracticables, como pedirle a Lale que contestara preguntas que yo hubiera preparado antes para poder así controlar su narración. En modo alguno habría podido hacer eso. Por lo demás, tampoco quería buscar a otra persona que lo escuchara. Sabía que él me había «elegido» a mí, que lo que teníamos era muy especial y que yo poseía la resistencia necesaria para llevar a cabo la tarea.

Mi compañera me preguntó qué era lo que más me preocupaba acerca de la angustia que sentía al estar con Lale. No tardé en contestar, pues tenía perfectamente claro qué era. Lo que más ansiedad me provocaba era mi estado de ánimo cada vez que regresaba a casa y veía a mi familia después de haber estado con él. Una cosa era haber interiorizado un dolor y un pesar a los que no tenía derecho, otra dejar que eso afectara a los miembros de mi familia, que no tenían ni idea de cómo me sentía porque me esforzaba en «protegerlos» del dolor de Lale, o al menos eso creía yo. Me encerré en mí misma de un modo que ellos no habían visto nunca. Con la excusa de protegerlos no dejaba que me ayudaran ni les ofrecía la posibilidad de consolarme ni de compartir con ellos el peaje emocional que estaba pagando yo sola. Retrospectivamente, ahora me doy cuenta de que esto no era más que una extensión del hecho de que no compartiera con ellos las tragedias y los traumas que escuchaba todos los días en el trabajo. No me daba cuenta de que este caso era distinto: conocían en persona a Lale y, como yo, se sentían implicados en su historia, mientras que a las personas con las que trataba a diario en el hospital no las conocían y, además, yo afrontaba el «trabajo de día» de un modo profesional que me permitía lidiar con sus secuelas. En el caso de Lale, sin embargo, estaba pagando un precio increíblemente alto por no separar esas dos experiencias tan distintas.

Así pues, ¿cómo lo hice? Lale vivía en el primer piso de un bloque de departamentos que daba a la calle y delante de su edificio siempre había sitio para estacionarse. Cuando terminábamos a él le encantaba hacer la broma de que iba a «acompañarme al coche». Tras despedirnos con un beso en la puerta de entrada de su departamento, y mientras yo bajaba la escalera y recorría el pequeño sendero que conducía a la calle, él salía con sus perros al balcón para despedirse de mí con la mano mientras me decía que condujera con cuidado (algo que siempre me pareció irónico, pues solo en una ocasión le había permitido que me llevara a algún lado, lo cual terminó conmigo declarando que todavía tenía mucha vida por vivir y que a partir de entonces sería yo quien se pusiera detrás del volante). Mientras me alejaba con el coche él seguía despidiéndose de mí en el balcón. Nunca llegó a enterarse de que, después de esa conversación con mi compañera, yo conducía doscientos metros hasta una calle secundaria y ahí me estacionaba y me quedaba un rato en silencio con mis pensamientos, o simplemente me aclaraba la cabeza, para marcar así una separación entre el tiempo que pasaba con él y el que dedicaba a mi familia. A esto lo llamaba «centrarme». A veces ponía mi CD de cajón, cerraba los ojos y me dejaba llevar por la música. Era, y todavía es, la banda sonora de mi película favorita, *Memorias de África.* Siempre sabía cuándo había llegado el momento adecuado de volver a arrancar el coche e ir a casa junto a mi familia y ser la esposa y la madre que quería y necesitaba ser. Y, no menos importante, a partir de entonces también volví a sentir ganas de ir a ver a Lale y sus perros.

Como ya he contado, aprendí a extender un brazo y acariciar la cabeza de uno de los perros cuando estaba con Lale y lo que estaba contándome amenazaba con sepultarnos a ambos. Con eso conseguía regresar de vuelta a esa encantadora y ordenada sala junto a ese maravilloso hombre, mi amigo. También aprendí a determinar cuándo había llegado el momento de parar y pasar a un tema más seguro. Para compensar, en esos casos intentaba que me contara una historia positiva sobre la vida que había llevado después de la guerra y luego, cuando me alejaba en el coche, pensaba en ella. Tenía cuidado de no imaginar que las cosas terribles que me contaba pudieran pasarme a mí o a algún miembro de mi familia. Siempre las visualizaba protagonizadas por Gita, Cilka o el mismo Lale (si bien en mi cabeza se trataba de una versión algo distinta del hombre que ahora conocía). Y lo hacía únicamente en los términos de la historia que estaba desarrollando, y me repetía a mí misma una y otra vez que los tres habían sobrevivido, habían conseguido labrarse un porvenir y habían encontrado la felicidad después de la guerra. Sus historias tenían un final más allá del Holocausto y lo que yo estaba contando eran sus historias, no la del horror de esa época.

Así pues, finalmente me sinceré con los miembros de mi familia y les expliqué que Lale estaba contándome detalles espantosos de su supervivencia y que esto estaba resultándole doloroso. Acordamos que les contaría algunas historias, pero se mostraron de acuerdo en dejar que fuera yo quien determinara cuáles.

A ellos les bastaba con saber que estaba haciendo posible que se sintiera lo bastante seguro para abrirse y hablar sobre su pasado y que, al mismo tiempo, ahora yo ya fuera capaz de gestionar el impacto emocional de esas historias. Solía hablar con total libertad con ellos sobre el tiempo que pasaba con él, aunque sin desvelar necesariamente el contenido de nuestras conversaciones. También lo hacía con mis colegas del hospital, que se mostraron infinitamente comprensivos conmigo. Si no hubiera podido contar con ellos, habría tenido que recurrir a un terapeuta, algo a menudo esencial cuando se lidia con una experiencia traumática, sea esta vivida o vicaria.

TRUCOS PRÁCTICOS PARA CONTRARRESTAR EL COSTO DE ESCUCHAR

Solo para recapitular, he aquí algunos puntos clave que todos debemos aprender a poner en práctica cuando escuchamos a alguien que haya experimentado un trauma:

- Sé consciente de tu propia respuesta. Recuerda: a veces la cabeza te dice que todo está bien, pero al mismo tiempo adviertes que estás sufriendo temblores y taquicardias. Se trata de la respuesta emocional de tu cuerpo: actúa en consecuencia.
- Usa un ritual para «centrarte» y librarte de aquello que acabas de oír y poder así volver a tu vida personal. El mío era estacionar el coche en cuanto doblaba la calle de Lale y, tras pasar un buen rato, disfrutar del trayecto de vuelta a casa, lo cual me permitía distanciarme de la experiencia que acababa de escuchar.
- Ten cuidado de no imaginarte nunca a ti o a un ser querido sufriendo aquello que están contándote. En vez de eso imagina una versión alternativa de dibujos animados con un personaje que represente al interlocutor que está relatándote su experiencia.
- Como me dijo mi amiga y colega, lo que estás

oyendo no es tu historia, no tienes ningún derecho a apropiarte de ella.

- Mantente con los pies en el suelo y no pierdas de vista tu cotidianeidad; ten siempre en cuenta quién es tu gente, quién está de tu lado.
- Encuentra a alguien con quien hablar. Todos los terapeutas cuentan a su vez con otro terapeuta para asegurarse una orientación objetiva en relación con el trabajo que realizan. A este sistema se lo conoce como «supervisión».
- Escoge el momento del día adecuado. Procura no desempeñar el papel de oyente cuando estás hambriento, cansado o has tenido un mal día. Echando la vista atrás me doy cuenta de que mis visitas a Lale tuvieron lugar después de un día increíblemente ajetreado en el hospital. Disfrutaba más de ellas y me sentía más capaz de lidiar con lo que Lale me explicaba cuando lo veía los fines de semana.
- Practica el autocuidado. Todos deberíamos hacerlo y lo sabemos, pero a menudo nos olvidamos de ello. Asegúrate de que en tu vida haya un equilibrio entre trabajo y ocio. Socializa. Haz ejercicio. Come bien. No bebas demasiado, especialmente si estás usando el alcohol como mecanismo para lidiar con una situación complicada.

Conclusión

Las historias de esperanza han sostenido a la humanidad desde el principio de los tiempos. Se han transmitido de generación en generación; se las contamos a amigos y las compartimos con desconocidos. Son lo último que morirá en cada uno de nosotros.

Yo he tenido la suerte de escuchar miles de historias de esperanza a lo largo de estos últimos años. Mucha gente se ha acercado a mí para explicarme lo inspiradoras que han sido la valentía y el amor de Lale, Gita y Cilka, y cómo estas personas que habían sobrevivido a semejantes tragedias y traumas los han animado a intentar disfrutar de la mejor vida posible. Tal vez esta gente no se diera cuenta de que estaba contándome a su vez sus propias historias de esperanza, ni de cuántas veces usaba la palabra *esperanza*, pero esta es precisamente la palabra que más me llama la atención cuando leo sus correos electrónicos y sus cartas, o al escuchar las historias que comparten conmigo en eventos literarios de todo el mundo.

Recibir un correo electrónico de un funcionario de prisiones no es algo que me suceda todos los días. A decir verdad, solo me ha pasado una vez. Y dio pie a una experiencia que atesoraré para siempre. Esta prisión tenía una pequeña biblioteca para sus mil quinientos reclusos. Al parecer, un puñado había leído mi libro y comenzó a compartir su versión de Lale con otros prisioneros, quienes a su vez la estaban compartiendo con otros compañeros. El funcionario quería que yo supiera que nunca había visto que un libro tuviera semejante impacto. No daré más detalles para proteger la privacidad de los hombres que visité.

Acudí con mi publicista y, antes de acompañarnos a la biblioteca, nos hicieron pasar por todas las inspecciones de seguridad necesarias y tuvimos que dejar todo lo que llevábamos encima salvo la ropa. Apartaron las estanterías de la biblioteca y en el centro colocaron unas cubetas de plástico para que se sentaran los reclusos.

Al cabo de poco aparecieron estos. Al entrar, casi todos me saludaron en voz alta y algunos quisieron que chocáramos el puño (unos pocos me estrecharon la mano, pero la mayoría prefirieron chocar el puño). Yo había planeado una plática estructurada, pero eso no sucedió. Durante las siguientes dos horas lo que hicimos fue mantener una plática informal. Los hombres hablaban entre ellos sobre Lale y a veces yo lo hacía con unos cuantos mientras a nuestro alrededor tenían lugar otras conversaciones. Los reclusos compartieron conmigo detalles de sus vidas personales fuera de la prisión y de los seres queridos junto a los que querían regresar para llevar una vida tan buena como la de Lale y Gita. En un momento dado un hombre dijo:

—Ese tipo, Lale, estuvo en una prisión peor que la nuestra. —Y entonces se pusieron a comparar las dos experiencias. Todos rieron y algunos lloraron y acabaron necesitando consuelo de la persona que estaba sentada a su lado.

Mis editores habían enviado ejemplares de *El tatuador de Auschwitz* para los prisioneros y, cuando terminó la plática, se acercaron a mí para pedirme que se los firmara. Alguien tuvo que ir a buscar un bolígrafo: el mío estaba en la entrada de la prisión con mi bolso. Los primeros reclusos me decían sus nombres para que les dedicara el libro. Hasta que un joven me dio su ejemplar y cuando le pregunté cómo se llamaba me dijo que no sabía leer ni escribir y me preguntó si podía dedicar el libro a su madre y escribir: «Te prometo, mamá, que nunca más volveré a la cárcel». Los hombres que hacían fila detrás de él lo oyeron y me pasé la siguiente hora dedicando ejemplares no a la persona que tenía delante, sino a los seres más importantes de sus vidas. Ni siquiera hice ver que mantenía la compostura.

«A mi hija, que tiene dieciséis años, dígale que papá está orgulloso de que tenga una entrevista de trabajo.»

«A mi esposa, dígale que lamento que esté criando sola a nuestros hijos.» «A mi pareja —y, en voz baja—: ¿pasa algo si es un hombre?» «A mi esposa.» «A mi novia.» «A mi abuela.» Y, en muchos casos, «A mi mamá». Fue, en resumidas cuentas, la experiencia más abrumadora que he vivido nunca. Estar en la posición de ofrecerles a estos hombres una historia de esperanza y haber sido quien les transmitiera la historia de mi querido amigo Lale significa más de lo que puedo llegar a decir.

No se me ocurre mejor modo de terminar este libro que con un breve fragmento de mi próxima novela, surgida de aquel correo electrónico que recibí inesperadamente mientras me encontraba en Sudáfrica. Es una novela basada en las vidas de tres valientes hermanas cuyo amor mutuo las ayudó a superar unas circunstancias increíblemente espantosas. La esperanza a la que se aferraron les proporcionó la determinación necesaria para levantarse de la cama cada mañana. Y es que, tal y como Lale decía, «si uno se despierta por la mañana, ya es un buen día».

La historia de Livia

Una marcha de la muerte a través de los campos de Polonia durante el invierno de 1945. Los soldados alemanes que obligan a marchar a las prisioneras comienzan a huir, conscientes de que el Ejército Rojo está ya muy cerca. Trece chicas se separan del grupo dejando atrás las columnas de jóvenes rezagadas y moribundas.

Al caer la noche se toman de las manos y aprietan a correr. Todavía hay soldados alrededor, pero es preferible recibir un disparo por la espalda intentando escapar que morir de frío e inanición. Pronto llegan a un bosque. No sonaron disparos, lo consiguieron: se deshicieron de los soldados de la SS restantes y sus perros. El bosque no les ofrece protección. Los árboles han perdido ya las hojas, que ahora yacen enterradas por la nieve sobre la que ellas se esfuerzan por avanzar.

La noche da paso al día y las chicas avanzan cegadas por los rayos del sol que se reflejan en la nieve que cubre el suelo. Llegan a unos pastos abiertos, algunos con ganado y vacas que se alimentan de heno que les han suministrado no hace mucho.

—Tiene que haber una casa de labranza cerca —dice una de las chicas.

Y al poco descubren a lo lejos una gran casa oculta por huertos y jardines desatendidos.

Toman un sendero que cruza un pasto y se dirigen a ella. Una de las chicas dice que parece un castillo, así de grande y majestuosa la ven. Deciden pedir comida y ayuda a quienquiera que viva en ella.

Tras subir los escalones que conducen a la gigantesca puerta de dos hojas, la más atrevida de las chicas llama con el pesado picaporte de latón y luego retrocede un paso. Esperan pacientemente. No aparece nadie. Las otras chicas la animan a que vuelva a llamar. Siguen sin obtener respuesta. Deciden echar un vistazo a la parte trasera de la casa.

Ahí encuentran el cadáver de un hombre. Va vestido con ropa buena, pero el agujero de bala en el pecho es bien visible.

—No podemos dejarlo así —dice una de las chicas.

Deciden enterrarlo.

Encuentran picos y palas en un cobertizo. Débiles a causa del hambre y el cansancio, las chicas hacen turnos para cavar en la nieve hasta que consiguen un hoyo suficientemente profundo para enterrar al hombre. Alzándolo entre varias, lo trasladan a la tumba. Luego rezan por turnos las oraciones que pueden recordar y lo cubren de tierra y nieve.

Envalentonadas por haber hecho lo correcto, intentan entrar en la casa por una puerta trasera y descubren que está abierta. En la cocina ven una despensa repleta de comida bien preservada. Unas hogazas de pan mohoso les indican que la casa lleva algún tiempo vacía. Con cuidado de no tocar nada siguen explorando la casa. En el piso de arriba descubren suficientes dormitorios para todas ellas.

Cuando vuelven a bajar se muestran de acuerdo en que sin duda los dueños no tendrán ningún inconveniente en dejarles comer algunas cosas, pero no les parece correcto sentarse en el gran comedor de una casa que no es la suya.

—¿No podemos sacar la mesa fuera? —pregunta una de las chicas—. Hace mucho que no me siento a una mesa.

La puerta cristalera de doble hoja que hay en el comedor

conduce a un jardín desde el que se pueden ver los huertos que se extienden al otro lado. Tienen que hacer un gran esfuerzo, pero finalmente consiguen mover la mesa y poco a poco la trasladan al patio cubierto de nieve. Luego vuelven al interior de la casa y cada una toma una silla y linternas y grandes velas en tarros de cristal para terminar de poner la mesa.

Llevan de la cocina platos, cubiertos y frutas y verduras preservadas y carnes ahumadas que depositan cuidadosamente en bandejas. En la despensa también encuentran algo de queso con un poco de moho, pero solo en la corteza, de manera que todavía es comestible. Una de las chicas abre una alacena y, sorprendida, suelta un grito ahogado al descubrir que contiene botellas de vino. Selecciona con esmero dos y las lleva a la mesa junto con unos vasos de vino.

Cuando el sol se pone y el cielo nocturno se llena de estrellas, la luz de las linternas y las velas titila ante las muchachas. Trece chicas que han sobrevivido al infierno en la tierra disfrutan de su primera comida sentadas a una mesa en mucho tiempo. Tras recoger discuten cómo se organizarán para dormir. De nuevo todas están de acuerdo en que no tienen derecho a dormir en una cama que no es suya, pero seguro que a los propietarios no les importaría que tomaran prestadas las sábanas de las camas.

Cada una agarra una sábana y una almohada de los dormitorios del primer piso y las colocan en el suelo del comedor, en el lugar en el que antes se encontraban la mesa y las sillas.

Es un momento de libertad para las tres jóvenes que sobrevivieron a lo inconcebible. Quién sabe lo que les espera. Al menos por ahora están a salvo, juntas y con un techo sobre sus cabezas.

Carta de la autora

Querido lector:

Gracias por haber adquirido *Historias de esperanza: Encontrar inspiración en vidas cotidianas*. Este libro es muy especial para mí, y me siento honrada por haber tenido la oportunidad de escribirlo. Es gracias a ustedes, mis lectores, que escribí este libro. La asombrosa respuesta que he recibido desde que escribí *El tatuador de Auschwitz* y *El viaje de Cilka* hizo que me dé cuenta del gran privilegio que ha sido escuchar a tantas personas y encontrar el modo de contar sus historias: historias de vida, muerte, alegría y tristeza. Espero haber sido capaz de hacerles justicia.

Como habrán acabado de leer en *Historias de esperanza*, crecí escuchando los relatos de mi bisabuelo, que fue quien me inculcó por primera vez la importancia de escuchar a otros. Luego desarrollaría mi carrera profesional en el departamento de trabajo social de un hospital, empleando de nuevo esas aptitudes como oyente para ayudar a la gente en momentos especialmente duros. Fueron estas experiencias las que me enseñaron cómo escuchar a Lale Sokolov y su historia sobre la época que pasó en Auschwitz, así como a encontrar un modo de desarrollarla en forma de novela. Lale también me habló de Cilka Klein, la persona más valiente que conoció y cuya historia fue la base de mi segunda novela, *El viaje de Cilka*. Siempre le estaré agradecida: fue un gran amigo para mí y para mi familia, y marcó el inicio de mi carrera de escritora.

Este último libro, *Historias de esperanza*, es un poco distinto para mí. Mientras que *El tatuador de Auschwitz* y *El viaje de Cilka* son obras de ficción (si bien basadas en gran medida en las historias que esas increíbles personas me contaron), *Historias de esperanza* es de no ficción y toma como punto de partida mi propia vida y mis experiencias. Espero que mis recuerdos, trucos y pistas sobre el arte de escuchar puedan ayudarte a hallar tu propio modo de escuchar a las personas que se crucen en tu vida, sean estas seres queridos, amigos o desconocidos. Creo de veras que no hay nada más gratificante que ayudar a otra persona a sincerarse y repasar con ella sus experiencias. Desarrollar esta habilidad me ha cambiado la vida de un modo que nunca hubiera creído posible. Tuve la gran suerte de conocer y hablar con personas asombrosas y seguiré haciéndolo mientras pueda. Como he mencionado en *Historias de esperanza*, ahora estoy trabajando en mi nueva novela, que tratará sobre tres maravillosas hermanas que sobrevivieron a Auschwitz-Birkenau. Su historia también llegó a mí gracias a una increíble serie de circunstancias y me siento muy agradecida de haber tenido esta oportunidad. Será un enorme privilegio contarla.

Si quieres recibir más información sobre aquello en lo que estoy trabajando, sobre el nuevo libro o sobre *El tatuador de Auschwitz*, *El viaje de Cilka* e *Historias de esperanza*, puedes visitar <www.heathermorrisauthor.com> y unirte a mi Club de Lectura. Solo te llevará un momento inscribirte, no hay artimañas ni ningún costo y los nuevos miembros recibirán automáticamente un mensaje mío exclusivo. Bonnier Books UK mantendrá la privacidad y confidencialidad de tus datos y nunca se los cederá a terceros. No te enviaremos cientos de correos electrónicos, solo nos pondremos en contacto de vez en cuando con noticias sobre mis libros y puedes darte de baja cuando quieras. Y si quieres formar parte de una conversación más amplia sobre mis libros, por favor, escribe una reseña de *Historias de esperanza* en Amazon, en Goodreads o en cualquier otra tienda virtual; o tal vez en tu propio blog y en tus cuentas de redes sociales; o habla sobre él con amigos, con familiares, o en clubes de lectura. Compartir tus pensamientos ayuda a otros lectores, y yo siempre disfruto enterándome de lo que la gente experimenta al leer mis libros.

De nuevo, muchas gracias por leer *Historias de esperanza: Encontrar inspiración en vidas cotidianas*, y espero que vuelvas para mi próximo libro.

Con mis mejores deseos,

Heather ♡

Agradecimientos

Quiero mostrar mi reconocimiento y agradecimiento a los lectores de *El tatuador de Auschwitz* y *El viaje de Cilka* que se han puesto en contacto conmigo por correo electrónico, a través de mis editores o dirigiéndose a mí personalmente en alguna conferencia. Es gracias a ustedes que escribí este libro. Compartieron conmigo sus historias de esperanza, relacionándolas con las de Lale, Gita y Cilka. Consiguieron que se me salten las lágrimas y también que aplaudiera su valentía al contarme algo profundamente personal. Confiaron en que los escuchara, y yo así lo hice.

Hay dos personas en mi editorial que son responsables de este libro. Kate Parkin y Margaret Stead; tengo con ustedes una deuda de gratitud por sus ánimos, su pasión, su experiencia y su amor a la hora de guiar este libro a la imprenta. Escribirlo ha sido un sueño tan suyo como mío.

Los he mencionado en la dedicatoria, pero quiero volver a mostrar mi reconocimiento al personal y a los pacientes (y a las familias y amigos de estos) que pasaron por mi vida en el Centro Médico Monash de Melbourne. Y, en particular, a Glenda Bawden, una mujer de una compasión y una generosidad ilimitadas y a quien me enorgullece haber llamado «jefa» durante más de veinte años. Tus actos me enseñaron a preocuparme por los demás.

Gracias a mi hija y a mi yerno por permitirme escribir algo profundamente personal y estresante sobre una época de sus vidas. Espero que compartiendo esto ayuden a otros.

A Livia, Pam y Oded Ravek, Dorit Philosoph y a las familias de Magda y Cibi por ponerse en contacto conmigo, confiar en mí y proporcionarme una razón para escuchar.

A la maravillosa gente que trabaja en mi editorial, Bonnier Books UK, por arriesgarse a publicar este libro de no ficción de una escritora de ficción. A Perminder Mann, Ruth Logan, Claire Johnson-Creek, Clare Kelly, Francesca Russell, Stephen Dumughn, Blake Brooks, Felice McKeown, Vincent Kelleher, Elise Burns, Stuart Finglass, Mark Williams, Carrie-Ann Pitt, Laura Makele, Nick Stearn, Alex May y a toda la pandilla.

A mi amiga, agente, compañera de viaje y alguien que siempre me hace reír, Benny Agius. Hemos disfrutado de unas cuantas aventuras maravillosas juntas, y seguiremos haciéndolo. Gracias por todo lo que haces por mí.

Encuentro esperanza e inspiración en mi familia. Siempre los consideraré las personas de mi vida que más han inspirado y contribuido a mi escritura. Son mi razón para vivir. A mis hijos, Ahren, Jared y Azure-Dea. A sus parejas Bronwyn, Rebecca y Evan. A mi creciente cohorte de nietos: Henry, Nathan, Jack, Rachel y Ashton. Me dijeron que ya no habrá más. Ya veremos. Y a Steve. Los quiero mucho a todos. Gracias.

Lecturas complementarias

Brown, Brené, *Dare to Lead*, Random House UK, 2018.

Brown, Brené, *El poder de ser vulnerable*, Ediciones Urano, 2016.

Brown, Brené, *Los dones de la imperfección*, Gaia Ediciones, 2012.

Brown, Brené, *Más fuerte que nunca*, Ediciones Urano, 2016.

Cotton, Fearne, *Calm*, Orion Spring, 2017.

Cotton, Fearne, *Happy*, Orion Spring, 2017.

Cotton, Fearne, *Quiet*, Orion Spring, 2018.

Damour, Lisa, *Untangled: Guiding Teenage Girls through the Seven Transitions into Adulthood*, Ballantine Books, 2016.

Franks, Suzanne, y Tony Monk, *Get Out of My Life*, Profile Books, 2020.

Gordon, Bryony, *You Got This*, Wren & Rook, 2019.

Gribben, Trish, *Pyjamas Don't Matter*, Playcentre Publications, 1991.

Grosz, Stephen, *The Examined Life: How We Lose and Find Ourselves*, Vintage, 2014.

Haig, Matt, *Razones para seguir viviendo*, Seix Barral, 2016.
Kolk, Bessel van der, *El cuerpo lleva la cuenta*, Eleftheria, 2015.
Mackie, Bella, *Jog On*, William Collins, 2018.
Mathur, Anna, *Mind Over Mother: Every Mum's Guide to Worry and Anxiety in the First Year*, Piatkus, 2020.
Perry, Philippa, *El libro que ojalá tus padres hubieran leído*, Planeta, 2020.
Samuel, Julia, *This Too Shall Pass*, Penguin Life, 2020.
<https://www.nhs.uk/conditions/stress-anxiety-depression/talking-to-your-teenager/>

Índice

Descubre las novelas de Heather Morris
que han emocionado a millones de lectores

Una increíble
historia real de amor
y supervivencia
EL
tatuador
DE
AUSCHWITZ
HEATHER MORRIS
Planeta

HEATHER MORRIS
La autora de EL TATUADOR DE AUSCHWITZ
LAS TRES HERMANAS
UNA NOVELA DE SUPERVIVENCIA Y ESPERANZA
BASADA EN UNA EMOCIONANTE HISTORIA REAL
Planeta

HEATHER MORRIS
La autora de EL TATUADOR DE AUSCHWITZ
EL VIAJE DE CILKA
Una novela basada en una extraordinaria historia real de amor y supervivencia.
Planeta